Chère Lectrice,

Vous qui rêvez d'un monde merveilleux, vous qui souhaiteriez parfois vivre l'histoire d'une héroïne de roman, vous avez choisi un livre de la Série Romance.

Vous verrez, en lisant ces aventures passionnantes, que la chance peut sourire à tout le monde – et à vous aussi.

Duo connaît bien l'amour. Avec la Série Romance, c'est l'enchantement qui vous attend.

**Un monde de rêve, un monde d'amour,
Romance, la série tendre,
deux titres en un volume double,
tous les quinze jours.**

— MON PETIT CHAT SAUVAGE
Titre original : *Loyal Opposition* (324)
© 1984, Mia Maxam
Traduction française de : Jean-Baptiste Damien

UN AVENIR POUR S'AIMER
Titre original : *Future Perfect* (325)
© 1984, Joan Smith
Traduction française de : Camille Tornielle

Originally published by Silhouette Books,
division of Harlequin Enterprises Ltd,
Toronto, Canada
© 1985, Éditions J'ai Lu
27, rue Cassette, 75006 Paris

Série Romance

MIA MAXAM

Mon petit chat sauvage

Les livres que votre cœur attend

Ocean Arctique

Canada
États-
Unis

Cercle polaire

Fleuve Yukon

Fairbanks

Alaska Railroad Route

Anchorage

Golfe
d'Alaska

ALASKA

Chapitre premier

Le soleil d'été dardait ses rayons impitoyables sur la Californie et le bassin de Los Angeles. Les trottoirs brûlants d'Hollywood étaient déserts. Bravant la fournaise, Laura Weston franchit les portes de verre fumé des studios de cinéma Images et Création. C'est à peine si elle goûta la fraîcheur bienfaisante du hall. Laura partait sur le sentier de la guerre.

Ses yeux verts étincelaient. Sa chevelure rousse aux reflets chatoyants dansait sur ses épaules. Dans sa robe haute couture de soie blanche, elle ressemblait plus à une star capricieuse qu'à la cinéaste de talent qu'elle était en réalité. Sa beauté l'aurait fait remarquer n'importe où, mais ici, dans son domaine familier, on ne l'admirait pas que pour son physique. Des sourires affectueux la saluèrent au passage.

— Hé, Laura ! la héla un jeune barbu. Comment va ta main, ce matin ?

Sans ralentir le pas, Laura brandit une main enveloppée d'un pansement.

— Ne m'en parle pas, Sid ! répondit-elle. J'espère que ce sale cabot s'en remettra moins bien que moi.

Le jeune homme éclata de rire tandis qu'elle s'élançait dans l'escalier, trop impatiente pour attendre l'ascenseur. Sur le palier du premier étage, un technicien l'aborda.

— Laura, si tu as une minute dans la journée, j'aimerais te faire voir un spot vidéo qui t'intéressera.

Elle acquiesça d'un signe de tête. Elle savait que ses collègues respectaient sa compétence professionnelle et trouvait toujours un moment à leur consacrer.

— Où cours-tu si vite ? reprit son interlocuteur.

La jeune femme s'immobilisa une seconde pour lui montrer la boîte de film qu'elle tenait sous le bras.

— Chez Jack.

— Oh ! Dans ce cas, je m'en voudrais de faire attendre le patron.

— Il ne m'attend pas ! répliqua-t-elle par-dessus son épaule.

Il la regarda s'éloigner d'un petit air amusé. Ce que les hommes appréciaient le plus chez Laura était sa totale absence de vanité. Qu'une femme aussi ravissante ne jouât pas de sa beauté les étonnait, les enchantait. Une qualité plutôt rare à Hollywood.

En revanche, cette dernière avait tout à fait conscience de son talent et n'hésitait pas à défendre ses convictions avec fougue. Cela tenait davantage à son caractère passionné qu'à un quelconque sentiment de supériorité. Selon Jack Reba, patron des studios Images et Création, toutes les rousses étaient affligées de ce genre de tempérament. « Et une rousse, intelligente de surcroît, répétait-il aimablement, représente une double calamité. »

En ce moment précis, Jack Reba était en pleine conversation téléphonique avec son ami Bob Post qui se trouvait à des milliers de kilomètres de là — à Anchorage, en Alaska.

— Jack, disait celui-ci, je vous assure que John Winchester ferait le meilleur gouverneur que l'Etat d'Alaska ait jamais connu. J'ai accepté d'organiser sa campagne électorale parce que je vois en lui le candidat idéal. Il a déjà une énorme popularité à Juneau, en tant que sénateur. C'est un homme honnête, brillant, courtois, séduisant, un excellent orateur...

— N'en jetez plus ! S'il possède toutes ces qualités, votre boulot devrait se présenter comme un jeu d'enfant !

— Ne croyez pas ça ! En politique, la compétition est féroce. Cette campagne télévisée pourrait se révéler décisive pour notre candidat, si seulement...

A l'autre bout du fil, Bob s'interrompit un instant.

— ... si seulement la caméra réussissait à le mettre en valeur ? acheva Jack.

— Voilà ! Mais il existe un problème de taille. En public, John Winchester est extraordinaire ; à la télévision, j'ignore pourquoi, son image passe mal. Il lui manque un je ne sais quoi, une étincelle. Ses discours paraissent empruntés, ses gestes répétés d'avance. Il a un côté tellement sérieux, tellement inébranlable qu'on souhaiterait presque le voir se troubler de temps en temps...

Soudain, par la porte entrouverte, on entendit la voix étouffée de Dolorès, la secrétaire de Jack Reba.

— Attendez, Laura ! Jack est au téléphone avec Bob Post.

— Oh, Bob est un vieil ami. Jack ne m'en voudra pas.

Ce dernier leva la tête. Comme la jeune femme pénétrait dans la pièce, il l'invita à s'asseoir d'un geste, sans cesser d'écouter son interlocuteur. Silencieuse, Laura prit place dans un fauteuil de cuir en face de son bureau, la boîte de film sur ses genoux.

— Pourtant, continuait Bob Post, mon candidat

dispose d'un atout majeur : un physique de séducteur que les femmes trouvent irrésistible.

— Voyez-vous ça ! Vous et moi n'avons pas cette
chance, Bob !

Jack se mit à rire de bon cœur, sous l'œil attentif
de Laura. Celle-ci se félicitait de sa bonne humeur ;
en effet elle avait l'intention de lui sauter à la gorge
sitôt la conversation terminée ! En attendant, elle
caressait nerveusement le pansement de sa main
droite — histoire de ne pas oublier la raison de sa
venue.

— J'avais engagé une équipe locale pour enregis-
trer les allocutions télévisées du sénateur Winchester, poursuivit Bob Post. Mais les premiers résultats
m'ont déçu. C'est pourquoi je fais appel à vous, mon
vieux. Vous me connaissez. Il me faut les meilleurs
techniciens d'Images et Création.

— Vous me flattez, mais cela demande réflexion.
Nous avons pas mal de projets en chantier en ce
moment...

Tout en parlant, Jack, amusé, observait Laura qui,
assise en face de lui, avait visiblement du mal à se
contenir. Il aimait bien cette jeune femme aux idées
originales, travailleuse et honnête — une somme de
qualités qu'il exigeait de tous ses collaborateurs.
Peu à peu, une idée germa dans son esprit. Pourquoi
ne pas lui confier la tâche de filmer John Winchester ? Elle possédait suffisamment de fougue et de
détermination pour décrisper, assouplir ce roc politique. Laura Weston et John Winchester. Une rencontre peut-être explosive... ?

Voyant qu'elle avait enfin capté l'attention de son
patron, Laura passa à l'action. Avec une adresse de
discobole qui la surprit elle-même, elle envoya
valser la boîte de pellicule sur le bureau de Jack
Reba, dans un grand fracas métallique. Geste
impulsif qu'elle regretta aussitôt. Le bruit se propa-

8

gea le long de la ligne téléphonique jusqu'en Alaska, faisant tressaillir Bob Post.

— Que se passe-t-il ? s'étonna celui-ci.

Le producteur se mit à rire.

— Oh, ce n'est que Laura qui manifeste sa présence, Bob. Toujours aussi impulsive, apparemment. Et qui plus est furieuse, aujourd'hui.

— Laura ? La petite Laura Weston ? s'écria Bob Post, ravi. Transmettez-lui mes amitiés. Et surtout, ne la contrariez pas, Jack. Je tiens à vous conserver en un seul morceau jusqu'à la fin de cette campagne !

Bob, qui rendait souvent visite à son ami Jack, avait assisté aux débuts professionnels de Laura et tous deux s'entendaient à merveille.

— Justement, Bob, répondit Jack Reba, il m'est venu une idée. Votre proposition m'intéresse et je l'accepte. Nous discuterons des conditions plus tard. En attendant, ne vous en faites pas, je m'occupe de tout.

— Merci. Je savais que je pouvais compter sur vous.

A peine Jack raccrochait-il que Laura bondit sur ses pieds, à bout de patience.

— Vous voyez ce film ? s'écria-t-elle en pointant l'index sur la boîte d'aluminium. C'est le dernier de ce genre que vous obtiendrez de moi. J'en ai assez. Si vous imaginez que...

Le patron des studios l'interrompit en soulevant sa main bandée pour l'examiner.

— Laura ! Que vous est-il arrivé ?

Sous sa carapace autoritaire se cachait une grande sollicitude envers ses employés. La jeune femme ne parut pas l'entendre.

— Les aliments pour chiens ! fulmina-t-elle. Encore une publicité là-dessus et je deviens folle ! D'ailleurs, c'est terminé. Si vous n'avez rien de plus excitant à me proposer, je démissionne.

9

Elle dégagea sa main et retourna s'asseoir, l'air buté. Jack la dévisagea d'un air songeur. Il alluma posément un de ses gros cigares. Un nuage de fumée s'éleva au-dessus de sa tête.

— Eh bien, Laura, vous ne plaisantez pas, on dirait, déclara-t-il enfin. Nous allons donc essayer de vous confier quelque chose de plus excitant, comme vous dites.

Elle en fut abasourdie. Après huit ans de bons et loyaux services, elle croyait bien connaître Jack Reba et anticipait souvent ses réactions ; mais ce diable d'homme réussissait néanmoins à la surprendre alors qu'elle s'y attendait le moins. Voilà sans doute une des raisons pour lesquelles elle aimait tant travailler avec lui. Perplexe, elle le vit appuyer sur le bouton de son interphone.

— Dolorès, ordonna-t-il, trouvez-moi Manny Singleton et Jerry Wayne et envoyez-les-moi au petit trot. Et réservez un billet d'avion au nom de Laura pour Anchorage, départ lundi matin. La date de retour n'est pas encore fixée. Elle y séjournera un certain temps.

Laura resta sans voix. Manny et Jerry étaient les meilleurs cameramen de la compagnie. Le producteur reporta son attention sur elle et poursuivit :

— Vous avez raison, mon petit. Vous avez fait vos classes et vous méritez mieux. Maintenant, vous me semblez prête pour des missions plus ambitieuses. Comme vous le savez, je viens d'avoir Bob Post au téléphone. Il dirige la campagne électorale du sénateur John Winchester qui brigue le poste de gouverneur d'Alaska. Bob se plaint de l'équipe responsable des clips télévisés du candidat et souhaite que nous prenions la relève. C'est vous qui allez le faire. Vous aiderez ce brave Bob à faire élire son sacré gouverneur.

Laura se pencha en avant, bouche bée, les yeux brillants d'excitation.

— Avant de me donner d'autres détails, Jack, laissez-moi vous remercier, murmura-t-elle gravement. Du fond du cœur.

Tous deux se dévisagèrent. En lui confiant cette énorme responsabilité, Jack lui témoignait son estime, son affection.

— Ce ne sera pas du gâteau, Laura.

— Bien sûr. Mais j'y mettrai le meilleur de moi-même. Je m'efforcerai de ne pas vous décevoir.

— J'y compte bien, Laura, j'y compte bien...

Le vol matinal de Burbank à Anchorage fut des plus paisibles. Le plateau servi par Alaska Airlines se révéla excellent ; le temps était tiède, le ciel clair. Seul l'esprit de Laura donnait des signes de turbulences. Elle débordait d'idées et de projets.

Bob Post l'avait prévenue qu'il l'attendrait à l'aéroport ; cela signifiait sans doute qu'il comptait la mettre au travail immédiatement. La fonction de Laura consisterait à tourner une série de clips d'une minute ainsi qu'un film d'une demi-heure. Elle se sentait comblée et songeait déjà aux courts scénarios à rédiger, au découpage à préparer. Il lui faudrait également trouver un laboratoire pour développer la pellicule. Elle s'informerait sur le parcours du candidat, les villes ou bourgades où celui-ci comptait prendre la parole et s'arrangerait pour organiser en conséquence le transport de son équipe et de son matériel.

A ses débuts, Jack avait tenté de la mettre en garde contre les écueils du monde du cinéma. Dans cet univers frelaté, une femme jeune et belle courait tous les dangers, y compris celui de n'être pas prise au sérieux. En effet, les hommes essayaient inévitablement de l'attirer dans leur lit. A croire qu'ils ne pensaient qu'à cela ! A ce jeu-là elle avait acquis un solide sens de l'humour et une imparable tactique, propre à décourager les assiduités les plus obstinées.

Il lui avait fallu huit longues années pour imposer sa créativité, son intelligence. Et encore, sans le soutien de Jack Reba, probablement n'y serait-elle pas parvenue. Mais aujourd'hui, à vingt-cinq ans, elle s'enorgueillissait de sa position, conquise de haute lutte dans un univers plutôt masculin. Absorbée par sa carrière, elle négligeait sa vie sentimentale. On ne lui connaissait ni amours ni liaison cachée. Néanmoins, elle faisait confiance à son destin, convaincue qu'il existait quelque part un homme qui l'attendait — un homme qui saurait découvrir la véritable Laura, sensible et vulnérable, au-delà de sa beauté. Elle lui offrirait en retour sa passion, sa pureté. Elle ne se donnerait pas à la légère et pressentait que, si elle tombait amoureuse, ce serait pour la vie. C'est sur cette pensée qu'elle se laissa glisser dans le sommeil.

L'avion amorça sa descente et la voix du commandant de bord annonça : « Mesdames et messieurs, nous arrivons à Anchorage. La température au sol est de vingt-deux degrés. Veuillez attacher vos ceintures. Nous espérons que vous avez fait bon voyage et nous vous remercions. »

A travers le hublot, Laura aperçut des montagnes aux sommets enneigés. Le Boeing 727 piqua du nez sur une mer d'argent avant de décrire un cercle au-dessus d'une cité moderne qui conservait, même vue du ciel, un aspect de ville champignon. Ses bâtiments se détachaient sur une étendue verte bordée par les monts Chugach.

L'aéroport était encombré de badauds et de voyageurs. Tout en se frayant un chemin parmi la foule, Laura s'entendit appeler par haut-parleur. Une voix la priait de se rendre au comptoir des réservations d'Alaska Airlines. Autour d'elle, de grands panneaux photographiques vantaient les beautés de l'Etat le plus septentrional du pays, ses montagnes, ses rivières, sa faune et sa flore.

— Vous avez appelé Laura Weston ? demanda-t-elle à l'employée des réservations.

Celle-ci lui sourit tout en la dévisageant avec curiosité.

— En effet. Il y a quelqu'un qui vous attend, là-bas.

Elle indiqua une baie vitrée d'un signe de tête. Se retournant, Laura vit un homme appuyé contre celle-ci ; le soleil d'été l'éclairait à contre-jour, nimbant sa silhouette d'une lumière aveuglante. Une ombre masquait son visage, qu'elle ne put reconnaître. Mais de toute évidence, il paraissait trop grand et trop jeune pour être Bob Post. Bob, sans doute victime d'un empêchement, avait envoyé quelqu'un d'autre à sa rencontre. Elle se dirigea vers lui.

L'homme regardait avec un intérêt bien masculin cette jeune femme rousse s'approcher du comptoir. Dans son tailleur suprêmement élégant, avec ses cheveux soyeux dansant sur ses épaules, elle était éblouissante. Et quelle démarche, quelle allure ! Il admira la grâce de ses mouvements et ce curieux mélange d'innocence et de maturité qui émanait d'elle. Quand elle se pencha sur le comptoir, il baissa instinctivement les yeux sur les longues jambes parfaites et ne put réprimer un petit sourire devant ses fines sandales à hauts talons, absurdes d'inconfort dans ce rude pays.

Il poursuivit un instant son inspection, s'attardant sur son chemisier ivoire puis sur son profil délicat. A son grand étonnement, il s'aperçut alors que l'hôtesse des réservations pointait le menton dans sa direction. La ravissante rousse se retourna, ses yeux verts se posèrent sur lui.

Il réprima un léger mouvement d'irritation en comprenant que cette femme aux cheveux flamboyants devait être Laura Weston. Il se demanda avec accablement comment Bob Post avait pu engager cette créature de rêve aux allures de star au lieu de la cinéaste chevronnée qu'il s'attendait à rencontrer.

Lorsqu'elle s'avança vers lui, il dut s'avouer que sa beauté était plus frappante encore que de loin. Un doux parfum de fleurs sauvages l'assaillit, provoquant en lui un trouble étrange.

Ils se trouvaient face à face, à présent. Sur le nez de la jeune femme, de minuscules taches de rousseur rehaussaient l'éclat satiné de son teint. Il éprouva soudain l'envie irrésistible de lui toucher la joue, de goûter ses lèvres sensuelles. Déconcerté par sa propre réaction, il s'efforça de se ressaisir : cette fille le rendait nerveux et le surexcitait curieusement...

Laura réalisa qu'il était en train de l'étudier et perçut comme un choc physique la caresse du regard qui s'attardait sur sa silhouette. L'admiration masculine ne représentait rien de nouveau pour elle mais, pour une fois, elle manqua perdre contenance. Dans les grands yeux sombres de l'inconnu, elle vit passer une lueur de surprise, peut-être d'impatience — aussitôt disparue. De stature imposante, large d'épaules, l'homme portait une chemise de lainage bleu, aux manches négligemment retroussées sur ses bras musclés. Un jean usé à point moulait ses longues cuisses robustes. Il donnait l'impression d'un être habitué à l'effort physique. Laura se décida à parler la première :

— Je suis Laura Weston, d'Images et Création. C'est sans doute Bob Post qui vous envoie ?

Il hocha la tête et ils échangèrent une poignée de main.

— Bob nous rejoindra tout à l'heure, dans le parking, dit-il. Nous avions les passagers de deux

14

vols à accueillir et nous nous sommes partagé la tâche. Apparemment, j'ai récolté la meilleure part.

Laura éclata d'un petit rire bref qui masquait sa nervosité. Une sensation inconnue s'était emparée d'elle au contact de cette grande main chaude. Je dois être fatiguée par le voyage, songea-t-elle. Elle fit gaiement remarquer :

— Vous changerez d'avis quand vous soupèserez mes valises.

— Ça m'étonnerait, répliqua-t-il. Je change rarement d'avis. Je laisse ce privilège au sexe faible. Vous venez ?

Sans plus attendre, il s'éloigna à grandes enjambées, Laura trottant à ses côtés et le maudissant intérieurement de marcher si vite. Elle observa son profil à la dérobée. Oui, il devait être du genre autoritaire, têtu, implacable. Il avait de beaux traits énergiques, le teint hâlé, une masse de cheveux noirs et drus. Des petites rides d'expression s'étoilaient au coin de ses yeux sombres. Des yeux qui devaient faire perdre la tête à bien des femmes, se dit Laura.

— Qui êtes-vous ? demanda-t-elle à sa façon directe.

— On m'appelle Chet.

Il parut soudain remarquer les efforts de la jeune femme pour rester à sa hauteur et ralentit le pas.

— Et que faites-vous dans la vie, Chet ?

— Oh, un peu de tout.

Elle se rendit compte qu'elle n'obtiendrait pas de réponse plus explicite et n'insista pas. Ils arrivaient à la réception des bagages. Là, ils attendirent le déchargement des soutes. Chet croisa les bras.

— C'est votre premier séjour en Alaska, je suppose ? interrogea-t-il avec un sourire poli.

Laura se mit à rire.

— Cela se voit tellement ? Oui. J'habite Los Angeles. Une citadine dans l'âme. Je crois que j'aurai du mal à m'habituer à votre air pur et vos cimes enneigées. J'espère que le gouverneur ne va pas me demander tout de suite de grimper au sommet du mont McKinley.

Le regard de Chet s'attarda de nouveau sur les vêtements élégants, les hautes chaussures :

— Pas dans cette tenue, en tout cas.

Laura se demanda comment interpréter ce propos. Les yeux de Chet disaient clairement qu'il appréciait sa tenue et, cependant, on y décelait une espèce de froide incrédulité. Il ajouta :

— Et c'est le sénateur, pas le gouverneur.

— Ne sous-estimez pas le pouvoir de la télévision, Chet, répliqua-t-elle. Je suis là pour faire de ce sénateur un gouverneur, et j'y réussirai.

A ce moment, elle repéra sa première valise glissant sur le tapis roulant. Comme elle se penchait pour la saisir, l'homme voulut la devancer et la bouscula. Il la releva d'une main ferme.

— Merci... balbutia-t-elle.

Elle se dégagea, troublée, ressentant encore le contact de son grand corps musclé, respirant le parfum de son after-shave.

— Contentez-vous de me montrer vos bagages, mademoiselle Weston, fit-il d'un ton sec.

Elle avait emporté trois valises. Chet saisit les deux plus grandes comme si elles ne pesaient rien.

— Croyez-vous pouvoir vous charger de la troisième ? demanda-t-il.

— Pardon ? Oh, oui. Bien sûr.

Déjà, il filait vers le parking. Laura se précipita dans son sillage et le rejoignit devant un break crème. Il entassa les valises dans le coffre et consulta sa montre.

— Si Bob ne se dépêche pas, je vais être en retard... murmura-t-il.

Laura se demanda une fois de plus qui pouvait être cet homme. Elle avait cru d'abord qu'il s'agissait d'un employé de Bob mais Chet semblait préoccupé par son emploi du temps personnel et ne pas dépendre de lui. Un collaborateur du sénateur ?

— Ah, les voici !

Ces mots tirèrent Laura de ses réflexions. Elle se retourna et vit Bob émerger de l'aéroport, accompagné d'un inconnu d'aspect banal. Vêtu d'un costume de bonne coupe, ce dernier avait des épaules étroites, un début de calvitie et des petites lunettes cerclées de fer. Seul signe particulier, une épaisse moustache tranchait sur son teint cireux.

Bob écoutait cet homme avec attention tout en le pilotant à travers le parking. Et soudain, Laura eut une révélation. Cet individu qui escortait Bob, auquel il montrait tant d'intérêt... ne pouvait être que le sénateur ! Leur candidat, John Winchester !

Elle s'écroula contre la voiture en poussant un gémissement.

— Bon sang ! J'ai un sacré problème.

Chet la dévisagea avec curiosité.

— Le candidat, expliqua-t-elle en désignant d'un signe de tête le compagnon de Bob. Il ne correspond pas du tout à ce que j'attendais. Pas étonnant que Jack se soit montré si discret à son sujet ! Il voulait que je me fie à mes propres impressions... Bon, eh bien avant tout, il faudra débarrasser ce monsieur de ses lunettes. Des verres de contact, peut-être. Seigneur ! Et ces épaules ! Nous allons être obligés de rembourrer tous ses costumes. Dommage qu'il n'ait pas votre carrure, Chet !

Elle jeta un regard amusé sur son compagnon et poursuivit à mi-voix :

— Et nous lui passerons le front au fond de teint, je le vois briller d'ici... En fait, la seule chose qui me plaise en lui, c'est sa moustache. C'est ça, le ravageur annoncé par Jack ?

— A combien de campagnes de ce genre avez-vous déjà participé, mademoiselle Weston ? interrogea le jeune homme.

— Aucune, pour le moment.

— C'est bien ce que je pensais. Et de quoi parlait votre dernier film ?

— De pâtée pour chiens. Canirégal, vous connaissez ?

A cet instant, Bob et son interlocuteur les aperçurent et Laura leva le bras pour les saluer. Chet, les sourcils froncés, saisit sa main bandée.

— Pourquoi ce pansement ? s'enquit-il d'une voix douce.

— Oh, un souvenir de mon dernier film, justement. Le chien n'était pas d'accord avec le scénario.

Comme elle retirait sa main, embarrassée, Bob se précipita vers elle, l'œil brillant.

— Laura, mon petit ! Comment vas-tu ? Je vois que tu as fait connaissance avec Chet. Permets-moi de te présenter Ronald Simon, son chef du personnel.

A ces mots, l'homme à la moustache tendit à Laura une main molle qu'elle serra d'un air perplexe. Mais son désarroi ne dura pas. Elle regarda Chet qui lui souriait d'un air innocent et sentit ses joues s'empourprer.

— C'était donc vous ! Vous êtes John Winchester !

— Je suis certain que le sénateur ne t'en voudra pas de l'appeler Chet, intervint Bob, mort de rire. C'est un surnom que tous ses amis lui donnent depuis l'époque du collège ! Et après tout, puisque nous allons vivre ensemble plusieurs mois et que nous formons une grande famille...

Le sénateur en blue-jean se rapprocha de Laura sans cesser de sourire.

— C'est exact, mademoiselle Weston. Nous formons une grande famille. Considérez-moi donc comme votre père.

Mais l'éclat ironique de son regard n'avait rien de paternel quand il ajouta, la voix basse :

— Avant d'aller plus loin, laissez-moi vous prévenir de deux choses, Hollywood. Quand je ne suis pas d'accord avec le scénario, il m'arrive de mordre, moi aussi. Et je refuse de me laisser pousser la moustache.

Chapitre deux

Installée sur la banquette arrière du break, Laura contemplait les montagnes vertes aux sommets couverts de neige qui se détachaient sur l'horizon. Mais elle avait du mal à apprécier la beauté du paysage : elle pensait au candidat, John « Chet » Winchester. A première vue, il ne correspondait guère à l'idée qu'elle se faisait d'un sénateur. A cause de son allure décontractée, de ses robustes épaules, de son côté sportif ? Pourquoi ne portait-il pas un costume croisé, comme l'insipide Ronald Simon avec lequel il parlait finances en ce moment même ?

L'animation régnait dans les rues d'Anchorage bordées de bâtiments aux balcons fleuris. La plupart de ses habitants arboraient une tenue estivale, les hommes en blue-jean et chemisette de toile, les femmes en robe légère.

Dans le rétroviseur, l'espace d'une seconde, la jeune femme croisa le regard de John Winchester. Ce regard l'effleura à peine mais, cette fois encore, elle ressentit profondément son magnétisme. Décidément, le sénateur Winchester ne manquait pas d'attraits : jeune, vigoureux, dynamique, séduisant... Avec une pointe d'angoisse, elle se demanda comment se soustraire à un charme aussi puissant.

On l'avait envoyée ici pour une raison bien précise. Travailler. Faire bénéficier Winchester de ses idées, de son talent de cinéaste. Tu n'auras qu'à t'accrocher à cette idée, se dit-elle. Pas question de tomber amoureuse d'un client. Non, pas question. Et puis c'était anti-professionnel !

Restait cependant un autre problème, et non des moindres. Laura éprouvait la nette impression que, pour une raison confuse, le sénateur doutait de ses capacités. S'il la renvoyait chez elle manu militari, avant même que la première bobine de film ne fût dans la boîte, Jack serait terriblement déçu. Et cela remettrait toute sa carrière en jeu. On lui confierait de nouveau des publicités du genre pâtée pour chiens, ou pire encore.

Laura serra les mâchoires d'un air déterminé. Elle ne se laisserait pas éconduire sans se défendre. Ce n'était pas la première fois qu'elle se heurtait au scepticisme d'un homme. Elle prouverait à ce Chet Winchester qu'elle connaissait son métier sur le bout des doigts. Se montrerait d'une patience angélique. Tiendrait compte de ses suggestions — il devait être têtu comme une mule ! Mais avec un peu de chance, peut-être travaillerait-elle surtout avec Bob Post, responsable et planificateur de cette campagne électorale.

Le break s'arrêta devant un grand building de verre et d'acier. Le ciel bleu et les nuages mouvants s'y réfléchissaient, lui donnant quelque chose d'aérien. En descendant sur le trottoir avec ses compagnons, Laura cligna des yeux à cause de la lumière très vive que ne filtrait aucune brume. Pas comme à Los Angeles qui baignait en permanence dans une nuée jaunâtre. Le rez-de-chaussée de l'immeuble abritait le quartier général de la campagne Winchester. Des posters géants représentant le sénateur ornaient les fenêtres. Des bannières proclamaient avec optimisme : « Chet Winchester, le prochain gouverneur d'Alaska. » Le tout ne manquait ni d'efficacité ni de goût. De nouveau, la cinéaste éprouva une bouffée d'excitation. Quels que fussent les obstacles, elle vivrait une expérience passionnante.

Chet regarda sa montre.

— Nous avons un meeting stratégique dans... deux minutes. C'est l'occasion pour vous de faire connaissance avec mon équipe, mademoiselle Weston. Vous pourrez ainsi vous familiariser avec notre stratégie électorale, nos objectifs, mes convictions sur la plupart des problèmes importants pour l'Alaska.

Elle hocha la tête, jetant un regard inquiet du côté de ses valises, entassées à l'arrière du break.

— J'enverrai quelqu'un chercher vos bagages, reprit le sénateur. J'imagine que vous aimeriez vous refaire une beauté, mais nous n'avons pas le temps, j'en ai peur.

Bien qu'il eût parlé d'un ton poli, Laura devina son irritation. De toute évidence, il la prenait pour une cover-girl, une vivante publicité pour un couturier d'Hollywood. Au prix d'un effort, elle retint une réplique cinglante.

Le sénateur s'éloigna d'un pas pressé, suivi de Ronald Simon, laissant à Bob Post le soin d'escorter Laura à l'intérieur du building. Ce dernier lui présenta un grand jeune homme blond qui s'apprêtait à sortir.

— Laura, voici Benjamin Howard, journaliste. Le meilleur. Nous avons la chance qu'il ait accepté de s'occuper de toutes nos relations avec la presse et les media en général.

Avec sa mèche de cheveux en bataille et ses lunettes d'écaille, Benjamin ressemblait à un étudiant sérieux. Son visage s'épanouit cependant quand Laura lui tendit la main.

— Il me tarde de vous montrer les scripts que

nous avons mis au point, le sénateur et moi, dit-il. J'aimerais savoir ce que vous en pensez.

— J'ai hâte de les lire, moi aussi, répondit la jeune femme en souriant. Nous devons nous organiser aussi vite que possible, Benjamin.

— Je suis là pour ça, Laura. Que diriez-vous de me retrouver dans mon bureau, ici même, demain matin à neuf heures ?

Ne connaissant pas les projets de Bob à son égard, Laura l'interrogea du regard. Il hocha la tête.

— Entendu, conclut-elle. Comptez sur moi.

Benjamin partit de son côté, tandis que Bob l'accompagnait dans une salle de conférences pleine à craquer de supporters et de techniciens de la communication. Chet avait pris place au fond de la salle, devant un tableau noir. Il parlait déjà quand ils arrivèrent mais s'interrompit malgré lui et leva les yeux. Laura Weston était sans aucun doute la plus belle femme qu'il eût jamais vue. Il sentit les battements de son cœur s'accélérer au souvenir du contact de son corps ferme et tiède lorsque tous deux s'étaient heurtés à l'aéroport. Il eut du mal à retrouver le fil de ses pensées.

— Mesdames et messieurs, annonça-t-il, nous avons parmi nous une nouvelle venue. Je vous présente Laura Weston. Vous pourrez lui parler plus tard. En fait, c'est elle qui filmera notre campagne télévisée ; vous aurez désormais l'occasion de la voir partout où j'irai...

Il fit une pause et ajouta :

— Enfin, presque.

Le sous-entendu de ces derniers mots provoqua l'hilarité de son auditoire. Peu à peu, son pouls s'apaisa ainsi que la tension provoquée par l'arrivée de Laura. Une fois de plus, il contrôlait la situation.

— Bienvenue dans notre famille, mademoiselle Weston.

Il hocha brièvement la tête en direction de celle-ci et reprit son discours où il l'avait laissé.

Après avoir installé Laura, son homme de confiance rejoignit Chet au fond de la salle. Bob et lui se lancèrent dans l'explication de diverses stratégies ponctuées d'inscriptions à la craie sur le tableau. Puis les partisans du sénateur se divisèrent par équipes. Certains repartant vers d'autres lieux de réunion, d'autres se rassemblant çà et là en comités particuliers. Laura se laissa gagner par l'agitation ambiante. Elle écoutait, passionnée.

A intervalles réguliers, Bob la happait pour la présenter aux différents groupes dont chacun l'accueillit avec chaleur et gentillesse, voyant naturellement en elle un ardent supporter du jeune et dynamique sénateur.

Son carnet à la main, Laura prenait fébrilement des notes, consultant une masse de prospectus exprimant les opinions de l'homme politique sur les sujets les plus divers. Elle espérait partager ses opinions, ce qui aurait infiniment facilité sa tâche future. Hélas, au fur et à mesure qu'elle prenait connaissance des dossiers de presse, elle éprouvait un malaise croissant. Que ce fût en matière d'éducation, de santé, de politique énergétique et autres problèmes — la liste était longue — elle ne se sentait en accord avec rien. Et elle finit par s'avouer avec effroi que leurs convictions s'opposaient radicalement. Avec son tempérament entier, sa fougue et son penchant pour la controverse, filmer cette campagne allait représenter un défi exténuant.

Un éclair de lucidité la frappa soudain. Maudit soit Jack Reba qui l'avait délibérément précipitée dans la fosse aux lions, elle en était sûre ! Cette révélation l'aveugla au point qu'elle ne saisit pas tout de suite ce que Bob Post lui chuchotait à propos de son logement et de son séjour à Anchorage...

— Pardon ? Où disiez-vous que je vais habiter ?

— Dans l'appartement de Chet, répéta Bob. Mais...

Le visage de Laura exprima la plus vive contrariété. Son instinct l'avertissait de garder ses distances vis-à-vis du trop séduisant sénateur. Comment le pourrait-elle en vivant sous le même toit ? Et que devenaient dans tout cela Manny et Jerry, les cameramen, qui devaient arriver quelques jours plus tard ? Quand elle travaillait, elle restait toujours en contact constant avec ses coéquipiers.

— Trouvez-moi une chambre près de celles de Manny et Jerry, Bob. J'ai remarqué en ville trois ou quatre hôtels très convenables.

L'ami de Jack secoua la tête. Avec son cigare au coin de la bouche, il n'était d'ailleurs pas sans rappeler celui-ci. Elle leva une main fine pour chasser la fumée. D'une façon générale, elle aimait la vie saine et réprouvait tout ce qui représentait un danger pour le corps humain : tabac, drogue, stimulants, nourriture trop riche. Bob se détourna poliment pour ne pas lui souffler un autre nuage dans la figure.

— Désolé, marmonna-t-il, tous les hôtels sont pleins. Tu ne connais pas Anchorage en été. C'est bourré de touristes, de fanatiques de la pêche, de militaires en permission. Mais...

Laura faillit s'emporter.

— Pas question de loger chez le sénateur ! Il doit bien rester une chambre libre quelque part. Usez de votre influence, Bob ! Faites jouer vos relations...

— Nous ne sommes pas à Hollywood, mademoiselle Weston !

Laura sursauta et se retourna pour découvrir Chet juste derrière elle, le visage tendu, une lueur rageuse dans le regard.

— Ici, il ne suffit pas de faire jouer ses relations pour obtenir ce qu'on veut ! Vous logerez chez moi avec le reste de mon personnel et votre propre équipe... Si vous vous inquiétez pour votre vertu, ajouta-t-il après une pause, rassurez-vous. Votre chambre se trouve juste à côté de celle de Bob. Je suis certain que c'est un chaperon idéal.

Ayant ainsi parlé d'un ton sans réplique, John Winchester s'adressa à ses collaborateurs encore présents :

— Il est temps de faire une petite pause, mes amis. Rentrez chez vous, et oubliez tout ce chaos. Puisque Ronald Simon ne reprend l'avion qu'à minuit, le comité financier se réunira de nouveau chez moi vers huit heures et demie.

Tandis que les supporters prenaient congé, Bob, entraînant Laura vers la sortie, lui expliqua que l'immeuble appartenait à la société immobilière Winchester. L'appartement de Chet, en terrasse, occupait tout le dernier étage. Il était assez vaste pour abriter les membres de son équipe. La cinéaste lui murmura à l'oreille :

— Pourquoi ne pas m'avoir dit tout de suite que vous logiez chez le sénateur ? J'aurais envisagé la situation avec moins d'aigreur.

— Tu ne m'en as pas laissé le temps ! Tu es toujours aussi impulsive.

— Ah vraiment ?

Ils échangèrent un sourire complice. Bob ébouriffa les cheveux de la jeune fille et la serra contre lui d'un geste affectueux.

— Tu n'as pas changé, ma petite Laura !

Lorsque le sénateur les rattrapa dans l'ascenseur, tous deux évoquaient des souvenirs en gloussant joyeusement. Chet leur jeta un regard réprobateur et appuya sur le bouton du dernier étage. Laura se demanda la raison d'un tel sérieux. Ne pouvait-il supporter que les gens s'amusent autour de lui ? Elle poursuivit à dessein sa conversation animée, riant de plus belle, sans cesser de l'observer du coin de l'œil. Son air sombre la fascinait. Dans l'atmosphère confinée de l'ascenseur, elle percevait les effluves discrets de son eau de toilette malgré l'odeur envahissante du cigare de Bob. Un parfum qui lui allait à merveille.

L'ascenseur s'immobilisa en douceur et Laura suivit la grande silhouette du sénateur le long d'un couloir. C'est à peine si elle remarqua que Bob s'arrêtait en chemin pour éteindre son cigare dans un cendrier mural. Elle ne voyait que les larges épaules de Chet, le jeu de ses muscles puissants sous sa chemise tandis qu'il se penchait pour ouvrir la porte. Il se tourna vers elle, la défiant du regard.

— Bienvenue dans mon antre de débauche, murmura-t-il.

Une allusion manifeste aux objections de Laura un moment plus tôt... Elle en fut ulcérée. Elle n'allait pas supporter longtemps qu'il se moque ainsi d'elle. La tête haute, elle passa devant lui sans un mot. Elle l'entendit glousser d'un petit rire silencieux qui ne s'adressait qu'à elle.

L'appartement, typiquement masculin, était spacieux, dans les tons beiges et bruns que relevait ici et là une touche discrète de pourpre et de bleu marine. La plupart des objets avaient un caractère fonctionnel, comme les meubles de la chambre de Laura, en chêne massif. Elle trouva ses valises au pied de son lit. Dans la salle de bains attenante, d'un luxe évident, une somptueuse baignoire de marbre noir prenait des allures de piscine. Laura décida aussitôt de s'offrir un bon bain. Tout en savourant la tiédeur d'une eau mousseuse et parfumée, elle se lava les cheveux avec son shampooing aux herbes favori.

Revigorée, elle s'étrilla vigoureusement et s'habilla d'un simple pantalon de toile noir et d'un tee-shirt blanc. Puis elle se sécha les cheveux en toute hâte.

Bob lui avait demandé de le retrouver dans le bureau de Chet, à côté du salon, quelques minutes avant le dîner. En arrivant, elle entendit un murmure de voix masculines et s'arrêta malgré elle.

— Songez à ses références, Bob ! Des boîtes de conserve pour chiens !

De toute évidence, Chet n'approuvait pas le choix de son bras droit en matière de réalisateurs de télévision.

— Elle a quand même remporté un oscar dès son premier documentaire alors qu'elle n'était qu'étudiante...

Laura fut heureuse de constater que Bob ne semblait pas s'émouvoir des réticences du sénateur.

— Un documentaire sur quoi ? demanda ce dernier.

— Une manifestation contre l'implantation d'une centrale nucléaire. Elle s'y opposait elle-même farouchement. Elle...

— Oh, bonté divine ! interrompit Chet. Il ne manquait plus que ça. Ne savez-vous pas que mon programme comporte un projet d'étude sur l'utilisation du nucléaire en Alaska ?

— Oui, mais...

Laura préféra ne pas en entendre davantage. Elle fit irruption dans la pièce, apparemment très détendue et souriante.

— Vous avez oublié de lui parler du clip vidéo que j'ai réalisé pour ce fameux groupe punk, Bob. Il a fait un malheur, paraît-il.

Il y eut un silence embarrassé. John Winchester s'éclaircit la gorge.

— Je suis désolé que vous ayez surpris notre conversation, mademoiselle Weston.

— Il n'y a aucune raison à cela, répliqua Laura avec une parfaite sincérité. Certes, nous ne partageons pas les mêmes convictions et c'est sans doute regrettable. D'après ce que j'ai lu de votre campa-

28

gne cet après-midi, je peux même affirmer que tout nous oppose, en matière de politique.

Elle lui sourit de nouveau pour lui montrer que cela ne revêtait pas la moindre importance. Puis elle se dirigea nonchalamment vers une fenêtre ouverte offrant une vue magnifique sur la baie d'Anchorage. Ce spectacle lui donna le temps de rassembler ses esprits. Elle se retourna, regarda Chet droit dans les yeux.

— Je vous assure que mes opinions personnelles ne m'empêcheront pas de faire du bon travail. C'est ce qui vous inquiète, n'est-ce pas ? Vous doutez de mes compétences ?

Il éluda la question.

— Il y a un tas de choses qui m'inquiètent, depuis peu, répondit-il en souriant à son tour.

Ses yeux s'attardèrent sur la masse lumineuse des cheveux de Laura, caressés par une brise légère. Déconcertée, elle s'efforça de se soustraire à l'attraction qu'il exerçait sur elle.

— Images et Création possède une excellente réputation, monsieur le sénateur, déclara-t-elle d'une voix égale. Une réputation que Jack Reba réussit à maintenir depuis plus de trente ans. Croyez-vous qu'il m'aurait envoyée ici s'il avait pensé une seconde que je n'étais pas à la hauteur ? Vous obtiendrez de moi ce qu'il peut vous offrir de mieux.

Ses yeux verts étincelaient d'énergie et de colère. L'atmosphère de la pièce se chargea d'électricité. Bob, qui les observait tour à tour, recula lentement vers la sortie.

— Heu... J'ai oublié de commander le dîner, sénateur. Vous vouliez manger chinois, il me semble ?

Chet détacha son regard de Laura au prix d'un effort visible.

— Pardon ? Ah oui, Bob. Faites monter assez de nourriture pour rassasier une armée.

Le chargé de relations publiques disparut. Soudain, l'attention de Laura fut attirée par une grosse boule de fourrure grise et blanche qui remuait, à quelques mètres d'elle. Elle tressaillit. Un énorme chien se dressait sur ses pattes en bâillant. Depuis sa récente mésaventure, Laura avait appris à se méfier des animaux, en particulier des chiens. Elle eut un mouvement de recul.

Ce chien-là avait les yeux les plus étranges qu'elle ait jamais vus, d'un bleu transparent et glacé, remplis d'une sagesse immémoriale. Fascinée, elle observa l'animal qui, appuyé sur ses pattes avant, s'étirait comme un chat. Puis il s'approcha d'elle et s'immobilisa. Devinant sa crainte, il attendit sans bouger qu'elle avance timidement la main. Alors seulement il pressa un instant sa truffe humide au creux de sa paume, puis se laissa tomber à ses pieds et roula sur le dos. Ses yeux de cristal bleu la suppliaient de jouer avec lui.

Rassurée, Laura se baissa pour gratter la fourrure épaisse de son poitrail.

— Ma parole, est-ce que tu te prendrais encore pour un bébé ? s'écria-t-elle en riant.

— Oh, mais c'est encore un bébé, Hollywood. Il a tout juste six mois.

Laura leva les yeux. Chet la contemplait, sourire aux lèvres. A cause de ce sourire, elle décida de ne pas s'offusquer du surnom qu'il s'obstinait à lui donner.

— Comment s'appelle-t-il ?

— Denali. C'est un husky, un chien de traîneau. Un cousin du loup.

— Denali, répéta-t-elle. « Le Grand ». Comme la montagne.

Elle faisait allusion au nom donné autrefois par les Indiens d'Alaska au mont McKinley, la plus haute montagne d'Amérique du Nord, située à quelques deux cents kilomètres d'Anchorage.

— Votre science m'impressionne, dit Chet en se penchant à son tour sur l'énorme chiot — ravi de ce surcroît d'attention.

— J'ai lu ça dans l'avion, avoua-t-elle en toute franchise.

Leurs regards se croisèrent et elle sentit sa gorge se nouer. Denali, s'apercevant qu'on ne s'intéressait plus à lui, se releva et, s'appuyant de tout son poids sur les épaules de la jeune femme, enfouit son museau dans ses cheveux.

— Il vous a adoptée, murmura Chet.

Ces mots résonnèrent dans le silence, brisant la magie de l'instant. Laura caressa doucement le front du husky de sa main bandée. Et, pour la deuxième fois de la journée, Chet saisit cette main dans la sienne, la retourna, scrutant sa paume ouverte.

— Mais il semble que tous les animaux ne succombent pas à votre charme, observa-t-il.

Elle se dégagea avec un petit rire nerveux, parcourue d'un long frisson.

— C'est vrai, dit-elle en se levant. Je suis le genre de fille qui provoque des réactions inattendues — chez les animaux comme chez les hommes.

Chet se redressa à son tour et la dévisagea avec beaucoup de sérieux.

— Vous êtes très perspicace, mademoiselle Weston.

— Ah, enfin un compliment, ironisa-t-elle. Voilà qui est mieux, sénateur Winchester. Figurez-vous que j'avais deviné tout le mal que vous pensiez de moi bien avant que vous n'en parliez à Bob.

L'éclat malicieux de ses yeux rehaussait sa beauté. Chet haussa les épaules.

— Je ne m'attendais pas à accueillir une vamp rousse habillée par un grand couturier !

— Les apparences sont parfois trompeuses, rétorqua-t-elle. Moi, je vous prenais pour le chauffeur.

L'absurdité de la situation les frappa soudain et ils éclatèrent d'un rire clair, contagieux. Denali, appréciant cette atmosphère joviale, se mit à gambader, pataud comme un ourson. Au bout d'un moment, son hôte demanda :

— Quelles réactions avez-vous provoquées chez ce groupe de punks ?

— Ils m'ont trouvée un peu mémé.

— Vous ? Je n'arrive pas à le croire.

— C'est pourtant la vérité. Je leur interdisais de fumer dans le studio. Qu'est-ce que vous dites de ça ?

Les mains sur les hanches, la tête penchée, elle le regardait d'un air frondeur. Chet écarta les bras en signe d'impuissance.

— J'en dis que vous m'épatez, mademoiselle Weston d'Hollywood.

Il s'efforçait d'arborer un visage sérieux mais ne put maîtriser le sourire qui se jouait déjà sur ses lèvres fermes et sensuelles. L'ingénuité de ce sourire acheva de conquérir Laura. Son cœur s'emballa, son sang courut plus vite, ses jambes devinrent cotonneuses.

Pour masquer son trouble, elle s'agenouilla devant Denali. Pas question de se laisser embobiner par ce séducteur professionnel ! Mais Chet, l'imitant, lui enlaça la taille et lui releva le menton pour l'obliger à le regarder. Elle plongea dans ses yeux sombres, le souffle coupé.

Elle ne protesta pas quand il posa sa bouche sur la sienne. Ce fut d'abord un simple contact, à peine un effleurement. Il explora ses lèvres du bout de la langue, les goûta avec précaution. Puis son baiser s'intensifia, devint fiévreux. Il donnait l'impression d'un homme assoiffé en plein désert, se désaltérant à une source.

Il l'attira tout contre lui. Elle savait qu'il lui fallait à tout prix se dégager, mais n'en eut pas la force. Chet lui caressa tendrement les cheveux, le visage, l'embrassa encore et encore.

Au bout d'un moment, elle tenta de le repousser, mais si faiblement qu'il la serra plus étroitement encore. La passion manifeste qu'elle éveillait chez cet inconnu anéantissait en elle toute volonté. Elle songea tout à coup qu'elle attendait ce moment depuis toujours. Le temps n'existait plus. Elle subissait avec délices un déferlement de sensations merveilleuses, découvrait enfin sa propre identité : celle d'une femme capable de vibrer dans les bras d'un homme.

Comme dans un rêve, elle explora les traits du visage de Chet, sa mâchoire nette, ses oreilles, sa nuque. Il redoubla d'ardeur à ce contact, noyant ses yeux, ses joues d'une pluie de baisers. Sa bouche brûlante soulevait en elle une houle de sensualité. Laura rejeta instinctivement la tête en arrière pour lui offrir son cou, le creux de sa gorge. Il s'y attarda, l'enivrant de plaisir. Et quand il prit de nouveau sa bouche, ce fut avec une telle force qu'elle crut littéralement entendre des cloches sonner à la volée.

Il lui fallut un certain temps pour réaliser que le son provenait du carillon de l'entrée.

Chet la releva d'un mouvement souple puis la pressa brièvement contre sa poitrine, son souffle lui effleurant le front.

— J'espère que vous faites vos films aussi bien que l'amour, Hollywood, murmura-t-il d'une voix enrouée. Si c'est le cas, j'ai beaucoup de chance.

Laura se demanda un instant s'il s'agissait d'un compliment, et émergea tout à coup de l'abîme de volupté où il l'avait plongée.

— Entre s'embrasser et faire l'amour, il y a tout de même un grand pas à franchir, répliqua-t-elle en se dégageant.

Chet la transperça d'un regard encore flambant de passion.

— C'est exact. Mais avec cet incendie dans vos cheveux et votre tempérament, j'imagine que vous êtes un vrai petit chat sauvage, au lit.

— Imaginez tout ce qu'il vous plaira car vous avez peu de chances de le découvrir !

Les yeux de Laura brillaient de larmes de colère. Elle se sentait humiliée, déçue. En le regardant traverser la pièce sans se hâter, elle songea amèrement qu'il n'était qu'un homme comme tous les autres. D'après les bruits de voix qui parvenaient du hall, le comité financier arrivait en masse.

Sur le pas de la porte, John Winchester se retourna et secoua la tête d'un air faussement apitoyé :

— Et moi qui vous croyais perspicace !

Il sortit de la pièce et Laura écouta décroître son rire, le cœur serré.

Chapitre trois

Laura resta dans le bureau du sénateur un bon moment, sous l'œil patient de Denali qui semblait comprendre son besoin de faire le point. Pourquoi, se demandait-elle, avoir permis de telles privautés à un homme qu'elle connaissait à peine ? Et surtout, quelle folie s'était emparée d'elle pour répondre à ses avances avec tant d'ardeur ? Fronçant les sourcils, elle caressa du bout des doigts sa lèvre encore brûlante. Comment Chet avait-il accompli ce miracle qu'aucun autre avant lui ne lui avait révélé : une féminité toute neuve, une sensualité assoupie brusquement éveillée.

Certes, bien qu'elle l'eût rencontré depuis quelques heures à peine, elle ne pouvait nier entre eux une certaine analogie de caractère : le sens de l'humour, une forte personnalité, une carrière qui dévorait leur existence. Et le hasard avait voulu que leurs chemins se croisent. Mais la jeune femme savait qu'une fois sa mission accomplie chacun repartirait de son côté. N'en déplaise au sénateur, probablement obsédé par cette idée, elle n'était pas du genre à rechercher une aventure passagère. Son cynisme reprit le dessus. Chet Winchester ? Encore un de ces hommes en quête d'une proie facile pour réchauffer son lit !

Elle pensa soudain à Jack Reba, qui plaçait en elle tous ses espoirs. Entamer une liaison avec un client signifierait la fin de sa carrière à Images et Création. Et si le client en question se trouvait être un futur gouverneur, cela ne manquerait pas de nuire également à sa campagne électorale.

Laura rejeta ses cheveux en arrière d'un air de défi. Pourquoi se tracasser ? De toute façon, il n'était pas question d'envisager la moindre relation intime avec John Winchester. Celui-ci ne représentait guère qu'un soupirant de plus. Elle saurait l'éconduire avec tact et fermeté, comme elle savait si bien le faire depuis toujours.

— Voilà qui est réglé! s'exclama-t-elle d'un ton léger. Que dirais-tu d'aller manger quelque chose, Denali ?

Le husky remua son pelage avec enthousiasme. Tous deux franchirent la porte et s'aventurèrent en direction de la cuisine.

Leur itinéraire les mena dans un vaste salon où une dizaine d'hommes étaient installés dans des fauteuils profonds, autour d'une grande table basse en chêne massif. Il s'agissait apparemment d'une réunion de travail des plus sérieuses. Sur la table trônaient divers dossiers et rapports financiers, des cendriers à moitié pleins, des verres contenant des fonds de jus de fruits. Chet et Ronald Simon s'entretenaient un peu à l'écart sur un canapé de cuir cannelle.

La cinéaste avait déjà été présentée à la plupart des hommes liges du sénateur qui l'accueillirent par des exclamations enjouées et des regards admiratifs. Elle leur fit signe de rester assis.

— Ne vous dérangez pas, messieurs.

Bob Post leva les yeux de l'épais manuel qu'il parcourait.

—Il y a de la nourriture dans la cuisine, Laura. Tu n'as qu'à te servir.

— Entendu, Bob. Ne vous en faites pas pour moi, je vais me débrouiller.

Elle arriva dans la cuisine, toujours flanquée de Denali. C'était une pièce de conception entièrement moderne, équipée de toute sorte de gadgets domestiques. Mais il y régnait une atmosphère vivante, chaleureuse. Elle remarqua des paniers d'osier remplis de fruits sur une longue table de ferme et des fougères luxuriantes suspendues près de la fenêtre. Des bocaux emplis d'épices s'alignaient sur des étagères. Elle songea un instant que le sénateur devait aimer faire la cuisine. Un bar séparait la pièce d'une salle à manger attenante. Guidée par un fumet délicieux, Laura se dirigea vers un petit comptoir où des coupelles de nourriture chinoise étaient maintenues au chaud.

Elle prit une assiette en carton et fit scrupuleusement son choix. En végétarienne convaincue Laura évitait toutes les viandes et ne se permettait qu'un peu de poisson à l'occasion. La gastronomie chinoise, abondant en légumes frais sautés, lui convenait tout à fait. Elle jeta son dévolu sur du riz cantonnais semé de filaments d'omelette, des rouleaux de printemps et ne put résister aux beignets de crevettes.

Elle s'aperçut qu'elle mourait de faim et dévora un premier beignet sans plus attendre.

— Essayez donc le porc au caramel ! Vous m'en direz des nouvelles.

La voix de Chet la fit sursauter. Silencieux comme un Indien, cet homme...

— Pas de viande pour moi, merci, dit-elle avec une certaine raideur.

— Vraiment ? C'est pourtant délicieux.

— Je vous assure que ce qu'il y a dans mon assiette me suffit.

Bien qu'elle professât des idées arrêtées en

matière d'alimentation, Laura n'aimait pas en parler. Chet n'insista pas.

— A votre aise, déclara-t-il. J'étais venu m'occuper de la pâtée de Denali.

Le chien attendait patiemment près de sa gamelle. Chet ouvrit une boîte de boulettes au bœuf et en remplit celle-ci. Il posa à côté une écuelle d'eau fraîche. Puis il s'approcha de son invitée.

— Vous n'êtes pas encore calmée, on dirait.

— Je ne comprends pas.

Il tendit le doigt, lui caressa doucement la lèvre et murmura :

— Je crois que je vous ai eue par surprise, tout à l'heure dans mon bureau.

Cette fois, Laura ne feignit pas l'incompréhension.

— Oui, je dois avouer que vous allez vite en besogne.

Les yeux du sénateur étincelèrent de malice.

— Quand vous me connaîtrez mieux, Laura Weston, vous découvrirez que je me flatte de mon honnêteté. La vérité, c'est que je vous trouve très séduisante. Alors, j'ai naturellement éprouvé l'envie de vous embrasser.

Il haussa les épaules avant d'ajouter :

— Je ne suis plus un petit garçon et je n'aime pas les jeux compliqués. J'obéis à mes impulsions, en somme.

— Et vous êtes toujours aussi impulsif ?

Chet, redevenant sérieux, l'étudia un moment.

— Non. Pas toujours.

— Moi, j'ai failli vous repousser, dit-elle. J'aurais dû le faire.

— Mais vous ne l'avez pas fait.

Laura se chercha vainement une excuse. Aucune ne lui vint à l'esprit. Après une hésitation, elle releva le menton et déclara :

— Je vous ai permis de m'embrasser, soit. Mais

cela ne veut pas dire que je tomberai toute rôtie dans votre lit, sénateur. Vous vous trompez d'adresse.

— J'apprécie votre franchise, Laura. Il y a toutefois une chose que vous devriez savoir à mon sujet.

— Oui ?

— Je suis tenace. Je ne capitule pas facilement.

Il avait prononcé ces mots avec un petit sourire cynique. Laura ne put s'empêcher de lui rendre son sourire.

— Ça, je m'en doutais. Je suis sûre que vous vous acharnez sur votre proie jusqu'à l'hallali.

— Vous voilà prévenue.

Là-dessus, il se détourna et se mit à préparer du café. Tandis qu'il fourrageait dans les placards, comme indifférent à sa présence, Laura observa ses mouvements aisés, précis. Elle réfléchissait. Quel homme étrange ! Contrairement aux autres, il ne manœuvrait pas sournoisement pour arriver à ses fins. Son approche directe lui apportait une bouffée d'air pur — mais le rendait d'autant plus redoutable. Laura s'émerveilla de ses mouvements souples, de la façon dont sa chemise épousait ses épaules. Les mèches drues de ses cheveux noirs venaient frôler son col. Elle se rappela soudain leur texture soyeuse, la douceur de sa peau sur la nuque.

Chet surprit son regard.

— Vous en voulez une tasse ?

— Pardon ? balbutia-t-elle.

— Voulez-vous une tasse de café ? répéta-t-il en disposant tasses et soucoupes sur un plateau. Le café, c'est ma spécialité.

Son expression narquoise la fit rougir. Il lisait probablement en elle à livre ouvert.

— Non merci, je n'en bois jamais. Si cela ne vous fait rien, je prendrais volontiers un peu de lait.

Il se dirigea vers le réfrigérateur et en sortit un

carton scellé qu'il ouvrit avant de lui tendre un grand verre.

— Merci.

Elle emporta son assiette et son verre au bar et s'installa sur un haut tabouret. Son hôte vint s'accouder à ses côtés. Assise, elle se trouvait presque à hauteur de ses yeux.

— Donc, vous buvez du lait. Vous n'avez pourtant pas le genre à ça, s'étonna-t-il en la dévisageant avec curiosité.

Elle fut immédiatement sur la défensive.

— Pourquoi ? Il faut un genre spécial ?

— Oh, mais j'y pense... Seriez-vous une de ces cinglées de la diététique, par hasard ?

Il semblait la trouver d'une irrésistible drôlerie, tout à coup. Il se jucha sur le tabouret voisin. Leurs épaules se frôlaient. Laura s'efforça d'ignorer la secousse électrique qui la traversa à ce contact. Rendue furieuse par le ton moqueur de Chet, elle lança :

— Puisque vous vous intéressez tellement aux habitudes alimentaires des indigènes d'Hollywood, sachez que je suis végétarienne !

— Une végétarienne qui se bourre de crustacés ?

Haussant un sourcil sardonique, Chet vola un beignet de crevette dans son assiette et le croqua. Laura fit glisser l'assiette hors de sa portée.

— On peut faire attention à ce qu'on mange sans devenir obtuse et fanatique, sénateur !

Il se mit à rire, faisant naître de petites rides au coin de ses yeux. La colère de Laura s'évanouit sur-le-champ. Un instant plus tard, elle riait avec lui.

— Vous êtes trop susceptible, Hollywood, déclara enfin Chet. Je ne vous reproche pas de surveiller votre alimentation. Beaucoup de gens devraient suivre votre exemple, au contraire.

Il caressa d'un regard franchement admiratif les courbes voluptueuses du corps de Laura et ajouta :

— En tout cas, cela semble vous réussir.

Ils se faisaient face, à présent, sans se toucher. La jeune femme avait une conscience aiguë de la présence de cet homme, de son corps près du sien. Dans l'éclat sombre de ses yeux, elle lisait le désir — un désir passionné. Une fois de plus, elle dut s'avouer que tout en lui l'attirait — son visage, sa carrure d'athlète, sa franchise, son humour, son intelligence.

Le chuintement aigu de la cafetière interrompit leur échange silencieux et Laura poussa un soupir soulagé quand Chet glissa à bas de son tabouret. Il versa le café dans les tasses, acheva de garnir le plateau d'un pichet de crème fraîche et d'un sucrier. Elle en profita pour reprendre le contrôle de ses émotions. Un exemplaire de l'*Anchorage Times*, avec la photographie de Chet en couverture, traînait sur le bar. Elle commença à le parcourir tout en savourant distraitement son dîner.

Du salon, la voix de Ronald Simon appela le sénateur.

— J'arrive ! répondit celui-ci.

En passant près de Laura avec son plateau, il s'arrêta.

— Je suis content que nous ayons eu l'occasion de parler.

— Moi aussi, murmura-t-elle en le regardant dans les yeux.

Chet hocha la tête avec une apparente satisfaction. Puis il sortit de la cuisine, Denali sur ses talons.

Plus tard, assise dans le salon et observant John Winchester à la dérobée derrière son journal, la réalisatrice admira une fois de plus sa personnalité. Il aimait le jeu politique et la réunion l'absorbait complètement. De l'endroit où elle se trouvait, elle entendait les propos étouffés de ses collaborateurs. Tous le respectaient, semblaient vouer une foi aveugle à leur candidat. Le sénateur était un homme fort et rassurant, entièrement consacré à une cause. Après la lecture de son curriculum vitae et celle de son programme électoral, cet après-midi, Laura comprenait la raison de son célibat. Tous deux avaient, du reste, la même façon d'envisager leur carrière, de la faire passer avant leur vie personnelle. En ce moment, ils se sentaient peut-être attirés l'un vers l'autre, mais leurs préoccupations professionnelles passant avant tout, leur rencontre ne pouvait avoir d'avenir.

Elle se leva, plia soigneusement le journal et retourna dans sa chambre.

Un rayon de soleil filtrait à travers les rideaux de la chambre de Laura. Elle s'éveilla, indécise, ne sachant pas où elle se trouvait. Elle cligna des yeux, se redressa et d'un coup de tête renvoya ses cheveux en arrière. Un calme impressionnant, inhabituel, régnait dans la pièce.

Puis elle se rappela qu'elle ne se trouvait pas dans son appartement californien, mais en Alaska. Elle jeta un coup d'œil sur son réveil de voyage. Cinq heures et demie. Elle retomba sur son oreiller en gémissant.

Cinq minutes plus tard, elle s'asseyait de nouveau dans son lit. Inutile d'insister. Elle était parfaitement réveillée. Son corps refusait de tenir compte du décalage horaire. De toute façon, elle avait l'habitude de se lever tôt.

Elle sauta du lit et tira les rideaux. Sa chambre donnait sur une terrasse qu'éclairaient les premières lueurs de l'aube. Faisant coulisser la porte-fenêtre, elle sortit respirer une profonde bouffée d'air marin. Pieds nus sur le carrelage, vêtue d'un court pyjama de soie bleue, elle s'étira langoureusement, comme une chatte.

La beauté du paysage, du golfe d'Anchorage,

dégageait quelque chose de primitif, de sauvage. Elle promena son regard sur la mer luisant comme du mercure, sur les montagnes et découvrit un parc boisé d'un vert luxuriant au sud du building Winchester. Cela lui donna envie de faire son footing matinal.

Elle retourna dans sa chambre et enfila une tenue de jogging gris et rose ornés de motifs géométriques irréguliers, composée d'un sweater et d'un bermuda mettant en valeur ses longues jambes dorées par le soleil californien. Elle compléta cette tenue en maintenant les mèches folles de ses cheveux par un bandeau rose en travers du front.

Elle sortit de sa chambre sur la pointe de ses chaussures souples, traversa le salon sans bruit et pénétra dans la cuisine. Le soleil jouait sur les fougères. Après avoir pris un grand verre dans un placard, elle s'approcha du réfrigérateur et faillit buter sur Denali, dormant du sommeil du juste, le museau entre les pattes. Le verre lui échappa des mains et s'écrasa sur le carrelage. Le chien bondit avec un grondement. Laura le rassura en l'appelant par son nom et lui ordonna de ne pas bouger. S'agenouillant avec précaution, elle commença à ramasser les morceaux de verre.

— Que diable se passe-t-il ?

La voix de Chet la fit tressaillir. Il se tenait sur le seuil.

— N'approchez pas ! lui lança-t-elle en remarquant ses pieds nus. J'ai cassé un verre.

Il s'éloigna un instant, revint en lui tendant un balai et une pelle à main.

— Merci, murmura-t-elle. Désolée de vous avoir réveillé.

Elle fit disparaître les débris de verre en un clin d'œil et rangea pelle et balai sous l'évier.

— Vous ne m'avez pas réveillé, dit Chet.

Elle s'aperçut alors qu'il avait les cheveux mouillés. Sans doute venait-il de prendre une douche. Il s'était également rasé, le parfum frais de son after-shave traînait dans l'air.

— Je travaillais dans mon bureau, ajouta-t-il. Mais que faites-vous debout de si bonne heure ?

— Je ne pouvais pas dormir. Question de fuseau horaire. J'ai eu envie d'aller faire un petit galop matinal.

— Toute seule ? s'étonna-t-il.

— Pourquoi pas ?

Chet vint se planter devant elle, les poings sur les hanches. Il secoua la tête.

— Vous ne pouvez pas vous balader toute seule si tôt ! Ce n'est pas prudent.

Il était vêtu d'un peignoir de bain s'arrêtant aux genoux et entrouvert sur son torse nu et bronzé aux muscles puissants. Cette vision troubla Laura plus qu'elle ne voulait l'admettre. Elle balbutia :

— Mais les rues sont désertes ! Je ne risque absolument rien.

— Quelle tête de mule ! soupira le jeune homme. Ecoutez, j'en ai par-dessus la tête de parcourir des sondages m'annonçant le déclin de ma popularité. Que diriez-vous si je vous accompagnais ?

— Vous pensez que j'ai besoin d'un garde du corps, c'est ça ?

— En quelque sorte, Hollywood. Pendant que je me prépare, vous avez le temps d'avaler votre satané verre de lait. A tout de suite !

Il s'éloigna avant qu'elle n'ait le temps de protester. Quand il réapparut, il portait un tee-shirt et un short de jogging noirs. La jeune femme détourna les yeux de ses longues jambes musclées.

Ils sortirent de l'appartement en compagnie de Denali qui sautillait autour d'eux avec force jappements et battements de queue. Ce n'était pas exactement ainsi que la cinéaste avait projeté de commencer la journée mais, en toute franchise, elle éprouvait une intense excitation à se trouver seule avec le sénateur alors que le reste du monde dormait encore. Le trajet en ascenseur lui parut trop court. Une fois dans la rue, ils se livrèrent à quelques exercices d'échauffement avant de se mettre à courir à petites foulées, côte à côte — comme s'il s'agissait là d'une activité qu'ils partageaient depuis toujours.

Aucun d'eux ne semblait ressentir l'envie de parler. L'écho cadencé de leur course résonnait dans un silence paisible. Devant eux, Denali batifolait le long du sentier, s'arrêtait, repartait. Ils atteignirent ainsi le parc que Laura avait remarqué de sa terrasse et s'arrêtèrent d'un commun accord devant une aire de jeux. Chet prit sa compagne par la main et l'y entraîna.

— Vous me paraissez en pleine forme, dit-il.

Laura rougit de plaisir.

— Je vous retourne le compliment. Vous n'étiez pas obligé de m'accompagner mais je vous remercie quand même d'être venu. Quel endroit merveilleux ! Est-ce que vous courez tous les matins ?

— Chaque fois que je le peux. Aujourd'hui, en tout cas, j'avais une excellente raison et je suis heureux que nous soyons seuls. Je voudrais vous parler de votre rôle dans cette campagne.

Laura s'efforça d'ignorer le petit pincement de déception qui lui serra le cœur. Elle s'installa sur une balançoire.

— Allez-y, sénateur.

— Bob vous a certainement expliqué que, jusqu'à la semaine dernière, nous avions confié la réalisation de nos films à une autre agence.

— En effet.

— Bob n'était pas satisfait des résultats, auxquels il attribue ma baisse de popularité selon de récents sondages. Pour lui, une publicité honnête ne suffit pas. Il nous faut quelque chose de plus. Du punch.

Notant un certain embarras dans son explication, Laura l'interrompit.

— J'ai l'impression que vous et Bob divergiez à ce propos, justement.

— C'est exact, Laura. Franchement, cette baisse d'indices ne m'inquiète pas. Je m'y attendais. Elle ne concerne en rien mes apparitions télévisées. Les élections primaires sont terminées, les républicains et les démocrates ont choisi leur candidat. Je suis un indépendant, c'est donc maintenant qu'il va me falloir remonter le courant. Je préfère vous avouer que nous utilisons toujours les films réalisés par vos concurrents. Nous les avons payés et je n'aime pas jeter l'argent par les fenêtres.

Laura écoutait sans broncher. Il poursuivit :

— Vous connaissez maintenant Benjamin Howard, mon directeur des communications. Il accomplit du bon travail et je souhaite que vous vous entendiez avec lui. Au début de ma campagne, Benjamin et moi avons mis au point une série de scénarios pour la télévision. Je n'ai pas l'intention de les modifier et certains d'entre eux ont déjà été tournés par l'autre compagnie. J'insiste pour que vous les respectiez.

Laura ouvrit la bouche pour protester mais il l'arrêta du geste.

— Attendez. Au point où j'en suis, je ne peux plus me permettre un changement radical. Ces scripts présentent les objectifs de ma campagne exactement comme j'entends qu'on les définisse. Sans effets recherchés ni fioritures. Je déteste les clichés et les faux-semblants.

— C'est ridicule ! Vous ne voulez donc pas remporter cette élection ? Il faut valoriser vos arguments, votre personnalité !

Le visage de Chet se ferma.

46

— Je préfère que mes électeurs me voient tel que je suis.

— Mais...

— Ne le dites pas, c'est écrit sur votre beau visage. Vous êtes responsable des spots télévisés et je dois m'en remettre à vous. Mais nous ne sommes pas à Hollywood. L'Alaska est un Etat à part, peuplé de gens simples et honnêtes. Tâchez de le comprendre. Voilà, j'ai dit l'essentiel, Laura. Maintenant, je vous laisse exploser. Vous en mourez d'envie...

A son attitude, Laura se rendit compte qu'elle ne parviendrait pas à le faire changer d'avis. Elle eut un petit rire amer. Ce n'était pas la première fois qu'elle se heurtait à un client aux préjugés solidement ancrés.

— J'avais raison de penser que vous étiez entêté, sénateur, mais je vais quand même vous répondre. Vous êtes en train de me lier les mains alors que je réclame une certaine liberté d'action. Il faut que je puisse modifier vos scripts en fonction de mes propres plans de tournage.

— C'est impossible ! Je vous l'interdis.

— Vous ne me faites pas confiance, c'est ça ?

— Si vous voulez. Souvenez-vous que je suis le candidat. Donc le patron incontesté. Que je gagne ou que je perde, la responsabilité de cette campagne repose sur mes épaules. Je me suis déjà assez compromis en permettant à Bob de s'adresser à Images et Création dont le tape-à-l'œil hollywoodien me déplaît. Je n'irai pas plus loin.

— Eh bien, que répondre à ça ? soupira Laura. Vous avez raison. Vous êtes le candidat et possédez tous pouvoirs. Y compris celui de gâcher vos chances. Je vous livrerai le produit que vous désirez, sénateur. Bien terne et anonyme. Après tout, on m'a fait venir ici pour ça.

Elle haussa les épaules. Chet la dévisagea avec une espèce de stupeur. Peut-être s'était-il attendu à une rébellion de la part de cette jeune femme aux étincelants yeux verts, aux cheveux roux. Machinalement, Laura prit appui des deux pieds sur le sol et se mit à se balancer.

— Mon équipe doit arriver bientôt, reprit-elle. J'espère commencer à filmer la semaine prochaine. Nous serons aussi discrets que possible, sénateur. Vous ne remarquerez même pas notre présence.

Chet se plaça sur le trajet de la balançoire, l'obligeant à s'immobiliser. Elle le heurta avec un petit choc sourd.

— Non, Laura, murmura-t-il. Je sais toujours quand vous êtes là.

Il bloquait les chaînes de la balançoire et retenait délibérément la jeune femme prisonnière. Elle le regarda dans les yeux, gênée de le sentir si proche. Et soudain, d'un mouvement vif, elle se glissa sous son bras et lui échappa en courant.

Quelques mètres plus loin, elle lui adressa par-dessus son épaule un sourire railleur. Revenu de sa surprise, Chet s'élança à sa poursuite. Elle tenta vaillamment de le distancer, mais il la rattrapa. Il saisit sa main au vol, l'arrêta net dans sa course et l'attira contre lui.

Tous deux haletaient, le cœur battant. Chet transpirait légèrement. Laura respira son eau de toilette, l'odeur de menthe de son haleine. Comme dans un rêve, il leva la main, caressa ses mèches folles.

— Vos cheveux me font un étrange effet, Laura. Ils sont si beaux sous le soleil. On dirait de la lave en fusion.

Il se pencha, posa sa bouche sur la sienne. Cette fois, elle ne songea pas à lui échapper. Elle savoura la fermeté de ses lèvres tièdes, s'offrant à leur caresse, entrouvrant la bouche pour accueillir plus profondément son baiser. Ce contact intime la fit frissonner de tout son être. Chet resserra son étreinte et poussa un petit gémissement de plaisir.

Quand il se détacha d'elle il murmura enfin, d'une voix rauque, tout contre son oreille :

— Venez dans ma chambre, Laura. Tout le monde dort encore. Venez dans ma chambre et laissez-moi vous faire l'amour... Vous êtes libérée, une femme d'expérience. Je sais que vous ressentez la même chose que moi. Nous devions en arriver là tôt ou tard, inévitablement.

Il lui caressait le visage, les lèvres, le regard brûlant de désir. Laura hésita, tentée. N'importe quelle femme aurait aimé céder à la passion d'un homme aussi séduisant. Mais Chet la prenait pour une fille « libérée », une collectionneuse d'aventures. Assez désinvolte pour se satisfaire d'une liaison sans lendemain. Des émotions contradictoires la traversaient.

Comme s'il devinait son conflit intérieur, Chet l'embrassa dans le cou, lui mordilla l'oreille. Elle se sentit faiblir, ferma les yeux en soupirant, comprit qu'elle perdait pied. Il lui fallait lutter non seulement pour elle-même, mais pour lui. Elle se raidit, rassemblant toute son énergie. Après tout, elle n'en était pas à son premier soupirant à éconduire...

Elle rejeta la tête en arrière et, souriant froidement, regarda l'homme droit dans les yeux. Il relâcha son étreinte.

— Vous ne croyez pas que nous avons pris assez d'exercice pour aujourd'hui, sénateur ?

Et elle détala une fois de plus sans crier gare. Denali bondit derrière elle en aboyant. Au bout d'un moment, elle se retourna pour voir si Chet la suivait. Il était resté au milieu du chemin, le regard fixé sur elle.

— Dégonflée ! lui cria-t-il.

Ce reproche la poursuivit jusque dans sa chambre.

Chapitre quatre

Le tournage débuta en extérieur le matin du Quatre Juillet, jour de la fête nationale, dans le parc Mulcahy. Il faisait beau, le temps était clair et Laura arriva sur les lieux dès huit heures. Le soleil brillait au-dessus des montagnes, réchauffant l'atmosphère. Çà et là, des ouvriers s'activaient dans le parc. La foule commençait à affluer.

Dans une heure, on accueillerait une délégation de dignitaires régionaux. D'ici là, la cinéaste ne saurait où donner de la tête et en était ravie. Ainsi, son travail lui interdisait de penser au trop séduisant sénateur et au choc physique que lui produisait sa seule présence. Car ses contacts quotidiens avec Chet Winchester la troublaient chaque jour davantage. Devant lui, elle avait le plus grand mal à se cramponner à sa détermination de garder ses distances.

Tandis qu'elle surveillait le parc, un crachotement se fit entendre dans son walkie-talkie. Elle porta l'appareil à son oreille.

— Oui, Jerry ?

— J'ai pris quelques vues du côté nord du parc, Laura. Ça pourra toujours servir. Mais maintenant, je voudrais me rapprocher du podium.

Laura se retourna et l'aperçut au loin. Jerry avait

installé au sommet d'une butte sa caméra montée sur trépied.

— Il faudrait que la grue soit en place dans une quinzaine de minutes, reprit-il. Tu crois que c'est possible ?

— Ne t'inquiète pas, je m'en occupe.

Laura s'était arrangée pour faire venir un camion spécialement équipé. En un clin d'œil, la grue fut en place, offrant au cameraman une plate-forme stable et élevée. La réalisatrice rappela à ce dernier ce qu'elle attendait de lui : uniquement des plans des réactions de la foule. Ses séquences seraient ensuite intercalées, au montage, entre celles de Manny, filmées avec bande sonore.

Elle s'éloigna, satisfaite, et surveilla de nouveau le décor. La foule était déjà plus dense mais elle n'eut aucun mal à repérer Manny, placé selon ses instructions. Laura préparait chaque tournage avec un soin méticuleux et ses cameramen en tenaient compte. Tous trois formaient une équipe homogène.

Elle avait passé une bonne partie de la semaine à étudier les notes de Benjamin. En même temps, elle se consacrait à l'analyse et l'observation des divers aspects de la campagne, ainsi qu'à des entretiens avec les employés et les supporters du sénateur. Elle s'était intégrée très vite et, bien entendu, n'avait pu éviter certains débats politiques passionnés avec les partisans les plus zélés de Chet. Mais à présent, tout le monde la connaissait et appréciait sa franchise et sa vivacité. Mais elle ne négligeait pas pour autant les adversaires de Chet et s'employait à assimiler leurs arguments.

Dès l'arrivée de Manny et Jerry, Bob Post les réunit tous les trois pour leur projeter les documents tournés par l'équipe précédente — en se gardant de leur donner ses impressions. A première vue, Laura jugea ces films bien faits et comprit la réticence de Chet à changer de compagnie. Mais, en visionnant les films une deuxième fois, elle et Manny avaient fini par déceler ce qui clochait. D'abord, Chet semblait trop conscient de la présence de la caméra. Mais surtout, son image à l'écran, très physique, puissante et virile, éclipsait son discours, avantageant l'homme aux dépens de ses idées. Un piège à éviter. Pour le spectateur, la séduction magnétique de John Winchester ne devait pas empiéter sur ses convictions politiques, les occulter. Le problème consistait à trouver un juste équilibre entre les deux. Laura et ses compagnons avaient passé une nuit à préparer leur première journée de tournage en gardant sans cesse cette idée à l'esprit.

Une espèce de chuintement attira l'attention de Laura. Au milieu d'une vaste étendue de gazon, on venait d'allumer les brûleurs servant à gonfler d'énormes ballons à air chaud. Ceux-ci commencèrent à frémir, à enfler et s'élevèrent peu à peu, comme émergeant d'un long sommeil. Leurs couleurs vives étincelaient. Tout en observant ce spectacle, Laura, fascinée, repéra de nouveau la silhouette trapue de Manny en train de filmer les montgolfières. Le micro directionnel fixé à sa caméra enregistrait certainement le sifflement des flammes, les claquements du nylon soyeux. La journée de tournage s'annonçait bien.

Quelques instants plus tard, une dizaine d'aérostats se détachaient sur le vert profond du parc Mulcahy, le bleu léger du ciel. Superbe, songea Laura, absolument magnifique ! A la concentration de Manny, elle devina qu'il partageait la même impression. Des camions se garaient çà et là, et diverses organisations dressaient leurs stands. La foule se déplaçait, de plus en plus dense, entre les baraques à hot dogs, à barbe à papa et à confiserie. Les festivités du Quatre Juillet à Anchorage commençaient.

De sa position surélevée, Jerry, qui le premier aperçut le cortège officiel, avertit Laura par walkie-talkie.

— Attention. Les voilà.

Elle transmit le message à Manny. La file de voitures se frayait un chemin à travers la foule. Selon l'itinéraire préparé par Benjamin, Laura savait que le sénateur John Winchester, du corps législatif d'Alaska, devait se trouver dans le troisième véhicule. Il venait juste après le maire d'Anchorage puis l'actuel gouverneur flanqué d'un membre du Congrès des États-Unis, venu spécialement de Washington pour la circonstance. On avait invité les hauts dignitaires de l'État à inaugurer les festivités de l'anniversaire de l'Indépendance en prenant part à une courte balade en ballon dans le ciel d'Alaska.

Laura se dirigea vers Manny tandis que les gens applaudissaient l'apparition du maire et celle du gouverneur.

— Voilà le sénateur, Manny, annonça-t-elle comme la troisième voiture s'arrêtait. On tourne !

Chet sortit de la voiture. La brise caressa ses cheveux. Il portait un costume gris de coupe irréprochable et une cravate bordeaux. Laura le vit se pencher pour aider une femme d'un certain âge à descendre de la limousine officielle. D'après ses renseignements, il s'agissait d'un membre respecté de la législature fédérale. Chet la conduisit vers le podium tout en saluant la foule.

Il adressa un sourire étincelant à des visages de connaissance. Des acclamations fusèrent. De toute évidence, le public l'adorait. Une fois sur le podium, il serra la main des personnalités présentes et prit place à leur côté avec une parfaite aisance. Laura le jugea magnifique. Elle admira une fois de plus sa haute taille, ses larges épaules, sa chevelure sombre dont les reflets bleutés luisaient au soleil.

A ce moment, Chet l'aperçut près de Manny. Il fronça imperceptiblement les sourcils. Un court instant, il fixa intensément la caméra avant de reporter son attention sur Laura. Vêtue d'un jean et d'un tee-shirt arborant le sigle Images et Création, elle avait un petit air sérieux et professionnel.

Leurs regards se croisèrent et Chet sourit. Pour Laura, ce fut comme si le parc et tous les spectateurs s'évanouissaient dans le néant. Puis la voix du maire retentit dans les haut-parleurs. Chet parut se ressaisir et se détourna.

Le maire présenta le gouverneur, lequel rappela les origines de la fête de l'Indépendance — la victoire du général Washington sur les troupes de l'Angleterre coloniale le quatre juillet 1776 — et ce qu'elle représentait pour la population de l'Alaska. Le membre du Congrès transmit ensuite à tous les vœux du président des Etats-Unis. Ce fut alors au tour de Chet de prendre la parole.

Il eut l'intelligence de ne pas s'éterniser. Mais son discours concis, où se mêlaient l'humour et la sincérité, captiva l'auditoire et s'acheva dans un tonnerre d'applaudissements.

— Coupe ! ordonna Laura à Manny.

Inutile de filmer les autres discours. Manny rassembla son équipement et, un moment plus tard, tous deux se joignirent à la foule qui s'acheminait vers les ballons. Laura saisit son walkie-talkie.

— Jerry, dit-elle, le sénateur va monter dans le ballon aux rayures bleues, orange et blanches, à ta droite.

— Compris, rétorqua Manny.

Du haut de sa grue, ce dernier bénéficiait d'une vue privilégiée sur l'ensemble des ballons et pouvait les filmer au téléobjectif. Mais il se concentra sur le groupe de Chet au moment où celui-ci prenait place dans la nacelle d'osier.

Le ballon du maire fut le premier à s'élever.

Quelques secondes plus tard, les autres furent lâchés presque simultanément, dans un doux balancement de nacelles. Au même moment, une nuée de petits ballons remplis d'hélium fusèrent dans le ciel comme autant de bulles de champagne multicolores et dépassèrent leurs frères géants. Ce spectacle enchanta la foule.

Après une demi-heure, environ, le ballon de Chet redescendit se poser à une centaine de mètres à peine de son point de départ. Dès qu'il mit le pied sur la terre ferme, le sénateur fut assiégé d'électeurs potentiels. Tout en serrant les mains qui se tendaient vers lui, il se dirigea de sa démarche souple vers le stand de son service politique. Là, il remit des prospectus aux uns, bavarda avec les autres et joua sans le moindre signe de lassitude son rôle d'homme public. Laura et son équipe continuèrent à travailler jusqu'à midi.

— Ouf! dit enfin la jeune femme à Manny. Nous pouvons nous offrir cinq minutes de repos.

Non loin du podium grésillaient déjà les barbecues et l'on pouvait voir le maire s'amuser à faire griller des hamburgers dans une délicieuse odeur de fumée et de viande rôtie. Laura appela Jerry et se laissa tomber sur l'herbe, dans un coin tranquille. Ses compagnons l'imitèrent.

— Comment ça se passe, de votre côté? demanda Jerry.

— Notre star sent toujours la présence de la caméra, répondit Laura en haussant les épaules.

Manny se passa la main dans les cheveux.

— C'est vrai, Laura. Il faudrait trouver une tactique.

— J'y réfléchis, les gars. J'y réfléchis.

— Tu entends ça? fit Jerry. Elle réfléchit. Gare à la tuile!

Habituée aux plaisanteries de ses camarades, la jeune femme se contenta de s'allonger dans l'herbe sans protester et de regarder le ciel. Tandis qu'elle rêvassait, Chet se dirigea vers leur petit groupe. Elle tressaillit en entendant sa voix profonde leur demander s'ils voulaient boire quelque chose.

— Vous êtes un vrai sorcier! s'écria-t-elle en se redressant. Je meurs de soif.

Manny et Jerry se déclarèrent également altérés. Le sénateur en personne alla gentiment leur chercher trois gobelets d'orangeade puis s'agenouilla près de la jeune cinéaste.

— Vous êtes sur la brèche depuis l'aube, observa-t-il.

— A qui la faute? Vous n'avez pas chômé non plus, répliqua-t-elle.

Elle se laissa retomber dans l'herbe fraîche, appuyée sur ses coudes, et contempla le ciel. Au-dessus de leurs têtes, quelques montgolfières retardataires flottaient encore.

— J'aimerais être là-haut, en ce moment, murmura-t-elle. Ce doit être merveilleux.

Chet suivit son regard et hocha la tête.

— Vous avez raison. C'est merveilleux. On se sent loin de tout ça... En paix avec le monde et avec soi-même.

Laura se mit à rire.

— Oh, mais, justement, vous n'avez pas envie d'être loin de tout ça, sénateur! Admettez-le. Vous adorez votre campagne électorale. Le bruit, l'agitation, les discours. Rencontrer des tas de gens, voyager...

— Cela ne m'empêche pas d'être humain, Laura. Et de ressentir le besoin d'un moment de paix de temps à autre, comme tout le monde.

Laura comprenait parfaitement. En une semaine, elle avait vu défiler la moitié de la planète dans l'appartement de Chet! Les rendez-vous de ce dernier se prolongeaient souvent tard dans la nuit.

C'est tout juste s'il s'accordait un peu de répit pour dîner.

— Vous avez toute ma sympathie, monsieur le sénateur, dit-elle. Parfois, je me demande même si vous trouvez le temps de dormir.

Chet lui lança un regard malicieux.

— Pourquoi ne pas essayer de le découvrir ? Venez dans ma chambre, ce soir. Vous verrez bien.

Il arbora une expression d'intense séduction à la Rudolph Valentino qui fit éclater de rire Manny et Jerry. Laura gémit.

— Tous les mêmes ! J'ai perdu une bonne occasion de me taire.

Chet se releva en souriant.

— Pardonnez-moi mais c'est tout ce que j'ai pu trouver en cinq minutes de récréation. Au moins, j'aurai tenté ma chance !

Là-dessus, il tourna les talons et s'éloigna avec un petit salut de la main. Laura regarda ses compagnons d'un air faussement contrarié.

— Cessez de ricaner comme des idiots, marmonna-t-elle. Allez, au boulot !

Aucune fête de l'Indépendance n'eût été complète sans une partie de base-ball. En l'occurrence, le jeu devait opposer une équipe de professionnels de la ville à celle composée de personnalités politiques locales. Bien entendu, cet événement était inscrit au plan de tournage de Laura. Après avoir stratégiquement placé ses cameramen, elle alla faire un tour du côté de la tribune de presse. Là se trouvaient de nombreux journalistes et quelques cinéastes des stations de télévision régionales. Les deux équipes entrèrent sur la pelouse. Au gouverneur échut l'honneur de lancer la première balle. La foule poussa des hurlements.

Le jeu se déroula durant une bonne partie de l'après-midi, captivant, en dépit du fait que les professionnels menaient presque tout le temps. Une même volonté soudait les membres de l'équipe des personnalités — parfois de tendances politiques farouchement opposées. Ils jouaient avec fougue et bonne humeur, non sans se lancer au passage des critiques sournoises et des quolibets. La jeune femme était aux anges.

Mais son cœur cessait de battre chaque fois qu'elle regardait Chet. Il avait troqué son costume gris contre un vieux jean et une chemisette. Toujours en mouvement, analysant la partie d'un œil vif, il dégageait une force et une virilité peu communes. Couvert de poussière, il apparaissait à Laura plus séduisant que jamais.

De temps à autre, elle allait rejoindre Manny et tous deux échangeaient leurs impressions sur l'enregistrement filmé de la partie. Ils avaient vite constaté que le sénateur volait la vedette aux professionnels et à ses coéquipiers. Au moindre de ses déplacements jaillissaient de la foule des encouragements et des acclamations. Une telle popularité stimulait la créativité de Laura qui envisageait d'incorporer des séquences du match au film de trente minutes qu'elle devait consacrer à Chet. Benjamin en avait signé le scénario intitulé : *Découvrez votre candidat.* Elle espérait qu'il ne s'opposerait pas aux modifications qu'elle prévoyait de lui faire subir.

L'équipe des professionnels remporta la partie, bien que l'opposition eût été farouche. Souriant, les vêtements maculés, Chet se fraya un chemin parmi les spectateurs et serra des mains comme si sa propre équipe avait gagné. Laura devina que pour lui la victoire était sans importance. Seul comptait le fait d'avoir bien joué. Elle ne l'en admira que davantage.

— Encore une bonne chose de faite ! dit-elle à Jerry et Manny qui venaient de la rejoindre. Mais nous n'avons pas tout à fait terminé. Il reste le feu d'artifice de ce soir.

Ils s'écroulèrent tous les trois sur une banquette des tribunes. Au loin, les gens se dispersaient sur l'immense pelouse. Ils reviendraient plus tard pour le feu d'artifice. Le jour commençait à tomber mais il ne ferait pas nuit sur l'Alaska avant des heures.

Laura ferma les yeux pour savourer un moment de quiétude. Quand elle les rouvrit, Chet s'était matérialisé devant elle.

— Mademoiselle Weston, il y a quelque chose que j'aimerais revoir avec vous.

Souplement, elle se releva aussitôt. Mais, comme elle s'apprêtait à faire signe à ses cameramen, John Winchester arrêta son geste.

— Vous n'avez pas besoin d'eux.

Il la prit fermement par le coude et se tourna vers les techniciens.

— Vous pouvez vous débrouiller tout seuls un moment ? Cette petite réunion risque de nous occuper quelque temps. Mais je veillerai à ce que votre grand chef rentre sain et sauf à la maison.

Il entraîna Laura sans plus attendre.

— Où m'emmenez-vous ? demanda-t-elle en trébuchant derrière lui.

— Pas le temps de vous expliquer. Fichons le camp d'ici le plus vite possible !

Un instant plus tard, elle était assise dans le break de Chet et tous deux fonçaient sur l'autoroute. Après quelques kilomètres, le conducteur emprunta une route secondaire puis un chemin cahoteux et finit par s'arrêter dans un champ. Un ballon gonflé d'air chaud s'y dressait, éclatant de couleurs et frémissant. La jeune femme ne chercha plus à comprendre. Elle se laissa envelopper d'une veste chaude et se retrouva dans la nacelle en compagnie de Chet et de l'aéronaute, qu'il lui présenta comme un de ses vieux amis.

S'élever doucement en montgolfière lui procura une incomparable sensation d'irréalité. Leur lente ascension dans le ciel d'Anchorage avait quelque chose d'immatériel, d'exaltant. Au bout d'un moment, Laura observa :

— Je croyais que vous aviez parlé de réunion ?

— Mais oui, répondit Chet en souriant. Après une journée pareille, j'ai pensé qu'une petite conférence à deux dans la nature ne nous ferait pas de mal.

— Et vous m'avez conduite jusqu'ici pour ça ? Je suis censée travailler !

— On ne peut pas travailler tout le temps.

Laura se rendit compte de l'inutilité de ses protestations. Elle préféra contempler le décor, la nef immense du ballon qui s'ouvrait au-dessus d'eux, le ciel, les flammes dansantes. Son visage exprimait une fascination totale. Elle poussa un soupir extasié.

— Alors, ça vous plaît ? interrogea Chet.

— Oui... Oh, oui.

Il vint se placer derrière elle.

— Vous avez assez chaud ?

Sans attendre de réponse, il l'enveloppa de ses bras. Elle se laissa aller contre sa poitrine solide, renversa la tête au creux de son épaule. Chet effleura ses cheveux de ses lèvres.

— Vous prendre dans mes bras, c'est ce que je pouvais rêver de mieux pour terminer la journée, murmura-t-il.

Au-dessous d'eux, les toits d'Anchorage luisaient sous les rayons magiques du soleil de minuit. La nacelle vacilla un instant et Chet l'étreignit plus étroitement. Ce simple mouvement ramena à la réalité la jeune femme, à qui sa conscience soufflait qu'il s'agissait là du genre de situation à éviter à tout prix. Elle se dégagea doucement, se retourna. Derrière le sénateur, l'aéronaute lui sourit. Elle réalisa qu'elle ne se trouvait pas seule en plein ciel avec Chet et que rien de bien grave ne pouvait arriver. Elle s'abandonna avec bonheur à la magie du moment. Il l'attira de nouveau contre lui, lui chuchota à l'oreille :

— Ne croyez-vous pas que nous sommes mieux ici que dans un stade surpeuplé pour admirer un feu d'artifice ? Regardez, Laura. Le monde est à nos pieds.

— Oui, souffla-t-elle. Le monde est à nos pieds...

Chapitre cinq

Chet gara le break à son emplacement réservé, derrière le building Winchester. Il coupa le moteur et se tourna vers Laura. Décidément, se disait-il, quelle fille extraordinaire! Cette parfaite beauté l'avait ébloui dès leur première rencontre, à l'aéroport, le fascinait davantage encore, maintenant qu'il connaissait son humour, son intelligence. En observant son profil délicat dans l'obscurité, il sentit monter en lui une bouffée de désir.

Il n'ignorait pas qu'elle essayait délibérément de l'éviter depuis une semaine. Peut-être l'avait-il choquée par son assurance brutale de séducteur à qui rien ne résiste? Erreur tactique... Il aurait dû attendre plus longtemps avant de l'inviter dans sa chambre.

Mais non. Derrière ce regard d'un vert lumineux, on devinait une femme, pas une vierge attardée. Elle avait certainement l'expérience des hommes. Il ne pouvait s'être trompé à ce point.

Laura fut la première à briser le silence.

— Une merveille, ce feu d'artifice, murmura-t-elle. Et cette randonnée en ballon! Je suis heureuse que vous m'ayez entraînée dans cette aventure, Chet. Je n'aurais pas aimé rater ça!

Il sourit.

— L'impétuosité a parfois du bon, vous ne trouvez pas ?

— Ne m'en parlez pas ! s'écria Laura. C'est mon plus gros défaut. Je m'efforce de la maîtriser un peu plus chaque jour. En tout cas, je vous remercie de m'avoir emmenée.

Elle posa la main sur la poignée de la portière et son parfum subtil enveloppa l'homme. Il n'avait pas envie que la soirée se termine ainsi.

— Attendez, dit-il. Dans quelques minutes, le soleil va se lever.

Il se déplaça légèrement sur la banquette, se rapprocha de Laura. A travers le pare-brise, les eaux sombres du détroit luisaient sous le ciel boréal.

— Vous voyez cette montagne, de l'autre côté de la baie ? interrogea-t-il.

— Oui.

— C'est le mont Susitna. Les Indiens l'appellent la Dame Endormie.

Laura se détendit contre son siège et ferma les yeux.

— Cette description me convient tout à fait, Chet. Je suis une dame tout ce qu'il y a de plus ensommeillée. Je crois que nous devrions rentrer.

Mais elle resta immobile, la tête renversée en arrière. Le timbre alangui de sa voix ne fit qu'accroître le désir de son compagnon. Il éprouvait une envie irrésistible de la toucher. Avançant la main, il lui caressa la joue.

— Justement, la légende de la Dame Endormie me fait penser très fort à vous, Laura.

Elle ouvrit les yeux et se tourna vers lui.

— A moi ?

— Oui. Voici ce que dit la légende indienne : il était une fois une princesse nommée Susitna. Un jour, son fiancé partit à la guerre. En attendant son retour, elle s'endormit au bord de l'océan. Mais son bien-aimé fut tué et les femmes de la tribu n'eurent pas le cœur de la réveiller pour lui annoncer la triste nouvelle. Et elle continua de dormir ainsi, à jamais. Si vous regardez bien, la montagne ressemble à une femme couchée sur le côté, ses longs cheveux répandus autour d'elle.

Laura se pencha en avant et scruta la montagne.

— C'est ma foi vrai! s'écria-t-elle. Mais je ne comprends pas pourquoi elle vous fait penser à moi.

— Vous êtes si énigmatique, Laura. Vous vous réfugiez derrière l'écran de votre beauté. Pourtant, je suis sûr qu'en vous se consume toute la passion du monde. Mais, comme Susitna, vous attendez qu'on vous réveille.

Il la sentit se raidir imperceptiblement et comprit qu'il avait visé juste. Il s'avoua tout à coup qu'il ne désirait pas seulement devenir l'amant de cette femme; il voulait connaître sa nature profonde, celle qu'elle dissimulait depuis toujours, même à ses amants, il en était certain. Laura éclata d'un petit rire nerveux.

— Quelle drôle d'idée, Chet!

— Vous croyez?

Il lui glissa un bras autour des épaules, l'attira contre lui.

— Vous êtes sans doute sophistiquée et pleine d'expérience, Laura Weston, mais ce n'est pas cela qui m'attire en vous. Il existe autre chose...

Laura savait qu'il allait l'embrasser. Elle en mourait d'envie et l'attente lui parut interminable. Quand il posa enfin sa bouche sur la sienne, le contact lui parut explosif.

Elle reçut avidement son baiser, les lèvres entrouvertes. Chet resserra son étreinte, l'écrasa contre sa poitrine, le cœur battant, la peau brûlante. Laura s'accrocha à ses épaules. Il commença par la goûter avec ferveur, puis s'enhardit, fouilla sa bouche. Leurs langues se mêlèrent. Une fièvre incontrôlable s'emparait d'eux. Laura songea qu'elle ne rêvait que de cet instant depuis une semaine. Quand elle s'était sauvée, l'autre matin dans le parc, c'était pour fuir l'évidence. Plus tard, à chaque rencontre avec Chet, elle feignait d'ignorer les pressantes invites qui brûlaient dans les yeux de celui-ci. Et voici qu'il lui suffisait de la toucher pour l'embraser tout entière.

Chet glissa la main sous son tee-shirt, caressa tendrement sa taille nue. Quand leurs lèvres se quittèrent, elle laissa rouler sa tête au creux de son cou et poussa un soupir. Puis elle se redressa pour le dévisager.

— C'était une merveilleuse façon de terminer une merveilleuse journée, murmura-t-elle.

— Non! grogna Chet. Rien n'est terminé, mon amour. Cela ne fait que commencer...

Sa voix rauque semblait sourdre du plus profond de lui-même. À son regard brûlant, Laura comprit qu'il attendait une réponse de sa part, un encouragement. Elle hésita. Chet lui prit la main, déposa un baiser passionné sur sa paume ouverte. Une onde de feu la traversa. Au fond, ce qui se passait entre eux était naturel, honnête. Il avait envie d'elle et elle de lui. Situation simple entre toutes. Pourquoi ne pas l'accepter?

Chet devina qu'elle se laissait tenter. Il descendit de voiture et vint lui ouvrir la portière. La main dans la main, ils pénétrèrent dans l'immeuble. Dans l'ascenseur, ils restèrent face à face, silencieux, les doigts enlacés. Laura s'avouait vaincue, conquise par la séduction et la virilité triomphante de cet homme. Lui seul avait su éveiller sa féminité. Mais une appréhension lui serrait le cœur. Que voulait exprimer au juste, ce : « sophistiquée et pleine d'expérience » ? Inconsciente du désir qui brillait dans son regard vert d'eau, elle le contemplait, tâchant de déchiffrer la réponse sur son beau visage impassible. Elle craignait tant de le décevoir !

Quand la porte de l'ascenseur s'ouvrit, elle ne s'en rendit même pas compte.

— Chet ! s'écria la voix de Bob. Laura ! Je vous ai cherchés partout.

Ils tressaillirent et la jeune femme s'écarta de Chet en rougissant, tandis que Bob Post lui jetait un regard curieux. Quand ils sortirent de l'ascenseur, il leur barra le chemin.

— Quelqu'un vous attend en bas, dans mon bureau. Il veut vous parler.

Chet fronça les sourcils, irrité.

— A cette heure de la nuit ?

— Une marée noire vient de se répandre dans le détroit de Cook. Le type s'appelle Harriman, de la compagnie Norco Oil. Il craint que vos adversaires n'utilisent l'incident contre vous.

Laura vit l'amoureux céder la place à l'homme politique. La lueur qui animait ses yeux un instant auparavant brillait d'un éclat déterminé, plus dur, à présent. C'en était fini de leur aventure à deux, de leur intimité. John Winchester redevenait le candidat au poste de gouverneur, uniquement préoccupé de sa carrière. Elle fut partagée entre le soulagement et une étrange déception.

— La compagnie Norco Oil a déjà commencé le pompage, poursuivit Bob. En fait, elle a réussi à éviter le pire. Harriman voudrait vous voir sur la plate-forme de forage pétrolier le plus vite possible, Chet.

Son regard se posa de nouveau sur Laura, silencieuse.

— Il veut également que tu filmes la visite de Chet, Laura. Une seule caméra suffira. J'ai pris la liberté d'en parler à Manny, il est en train de se préparer.

Celle-ci émergea de sa torpeur.

— Vous avez bien fait, Bob. Nous utiliserons certainement des séquences de ce film.

Chet se tourna vers elle.

— Cet incident pourrait se révéler catastrophique pour ma campagne, Laura.

— Ce pourrait être une catastrophe tout court, sénateur ! Les marées noires mettent une quantité de vies en danger. Songez aux mammifères marins, aux poissons, aux oiseaux aquatiques — dont certaines espèces sont déjà en voie de disparition.

Les yeux de Laura étincelaient dangereusement. C'était un sujet qui lui tenait à cœur. Sa réaction parut amuser le sénateur.

— Vous avez raison, Hollywood, déclara-t-il en souriant. Je sais parfaitement ce que vous pensez des forages en mer, d'ailleurs. Car, en dépit de ses gratte-ciel, Anchorage est une petite ville. Et pas mal de gens chuchotent que nous sommes à couteaux tirés, vous et moi : l'écologiste contre le pollueur. Il paraît même que mes adversaires attendent avec impatience de voir vos premiers films.

— Dans ce cas, peut-être préférez-vous que je reste ici ?

— Au contraire ! Je tiens absolument à ce que vous veniez. Je compte sur vous pour donner de moi une image responsable.

Laura haussa les sourcils, ressentant désagréablement l'impression d'être manipulée. Puis elle se rappela avec amertume ses responsabilités envers Jack Reba, envers Images et Création. Donner de Chet une image prestigieuse ? Elle était là pour ça. Elle haussa les épaules.

— Alors, qu'attendons-nous ? dit-elle. Je suis prête.

L'hélicoptère oscillait au-dessus d'une mer agitée pour permettre à Manny de filmer l'opération d'assainissement par la portière ouverte. La chute dans l'eau verte et glacée aurait été vertigineuse, mais le cameraman ne se souciait pas du danger. Derrière lui, Laura sentait son estomac se révulser. En temps normal, un vol en hélicoptère ne lui aurait pas produit cet effet ; mais le manque de sommeil et la tension nerveuse, combinés aux vrombissements du moteur, lui donnaient la nausée.

Chet et Harriman, de la compagnie Norco Oil, observaient la scène. De temps à autre, le pétrolier élevait la voix et pointait le doigt sur tel ou tel aspect de l'opération. Il leur avait rapidement expliqué les causes du désastre : une secousse tellurique dont l'épicentre se situait dans le détroit de Cook. Les tremblements de terre étaient fréquents en Alaska, où l'on trouvait encore bon nombre de volcans actifs. Mais le représentant de Norco Oil les assura que la marée noire serait rapidement enrayée car on employait à cet effet les techniques les plus avancées.

Mais Laura n'entendait pas se laisser convaincre. Son premier souci concernait la faune vivant sur ce territoire bien avant l'apparition de l'homme. Elle respectait la nature sous ses formes les plus élémentaires et professait que le devoir des êtres doués de raison était de protéger l'intégrité de l'environnement. Elle songea brièvement que Chet devait envisager la situation sous un aspect différent.

L'hélicoptère descendit vers trois spots lumineux qui délimitaient son aire d'atterrissage sur la plateforme de forage. Soutenue par trois gigantesques colonnes, celle-ci s'élevait au-dessus des vagues furieuses, tel un monstre effrayant dont la machinerie de fer et d'acier suçait l'or noir des entrailles de la terre.

Le pilote posa l'appareil en douceur. Comme prévu, Manny fut le premier à sauter à terre. Il put ainsi filmer Chet lorsque celui-ci descendit à son tour et se dirigea vers le comité d'accueil, composé d'un contremaître et d'une poignée d'employés curieux. Laura et Harriman suivirent. Chet se mit en devoir de serrer la main des hommes et des femmes qui travaillaient et vivaient sur la plate-forme des semaines d'affilée, coupés de la terre ferme. Laura donna quelques instructions à Manny.

Les employés se dispersèrent pendant que le contremaître guidait Chet dans sa visite des lieux, lui expliquant avec orgueil comment son équipe avait réussi à limiter les dégâts de la marée noire dès la première alerte. Tout cela semblait à Laura un peu trop beau pour être vrai.

— Coupe! ordonna-t-elle à Manny.

Ce dernier, surpris, baissa sa caméra.

— Passe-moi le micro manuel.

— Pour quoi faire?

— Pour donner aux choses un aspect moins « tout va pour le mieux dans le meilleur des mondes ». Il faut que j'intervienne. Je vais intervie-wer les responsables. Leur poser les vraies questions.

La perplexité de Manny redoubla.

— Tu crois que la télévision acceptera de passer un entretien politique mené par une inconnue?

— Elle n'aura pas le choix. Qui sait, Manny, je suis peut-être à l'aube d'une nouvelle carrière!

Laura saisit le micro et le brancha sans perdre de temps. Puis elle ajouta :

— Et maintenant, débrouille-toi tout seul. Filme dès que tu seras prêt.

Brandissant son micro, elle s'avança d'un pas déterminé vers le trio formé par Chet, Harriman et le contremaître.

— Monsieur Harriman! s'écria-t-elle. A votre avis, combien d'espèces de mammifères marins dépendent de ces eaux pour leur subsistance?

Les trois hommes la regardèrent un moment, visiblement déconcertés. Le pétrolier fourragea dans ses cheveux.

— Beaucoup... répondit-il enfin. Naturellement,

la compagnie Norco Oil se préoccupe de leur sort. Et je ne dis pas cela pour rassurer les écologistes.

— Si je comprends bien, cette marée noire a été provoquée par une secousse tellurique dont l'épicentre est situé à une vingtaine de kilomètres d'ici. Combien de tremblements de terre de ce genre ont-ils lieu chaque année dans la région ?

Le chiffre donné par Harriman lui parut effrayant. Laura se tourna brusquement vers Chet.

— Monsieur le sénateur, en tant que président de la commission sénatoriale Pétrole et Gaz, il semble que votre responsabilité soit de sauvegarder l'intérêt des habitants de l'Alaska.

Chet l'écoutait avec attention.

— Etant donné la fréquence des phénomènes sismiques dans la région, poursuivit-elle, vous ne pouvez nier l'éventualité d'une marée noire qui se révélerait plus catastrophique que celle-ci. Ma question est la suivante : faut-il vraiment forer au milieu de ces eaux, si près de la côte ?

Chet enfouit ses mains dans ses poches, le visage empreint de sérieux, de gravité, le regard brillant d'énergie.

— Excellente question, dit-il.

D'une voix animée, il commenta en termes précis les implications de cette situation difficile. Captivée, Laura s'aperçut qu'elle se laissait peu à peu convaincre par son éloquence, la finesse et la logique de ses arguments.

— Ma réponse vous satisfait-elle ? demanda-t-il en guise de conclusion.

— Oui. Merci pour votre coopération, monsieur le sénateur.

Elle sortit du champ et ordonna à Manny de couper.

Plus tard, Laura et ses compagnons se virent offrir un solide petit déjeuner. La marée noire étant en partie neutralisée, quelques employés se joignirent à eux. La cinéaste ne pouvait qu'admirer le courage et le dévouement de ces gens qui travaillaient dur et bravaient le danger sans hésiter. A la salle à manger, elle se retrouva assise à une table pour deux en face de John Winchester. Manny, Harriman et le contremaître bavardaient un peu plus loin.

— Désolé que les événements aient pris cette tournure, Laura, dit Chet. J'imaginais un tout autre genre de petit déjeuner pour nous, ce matin.

Laura saisit immédiatement l'allusion. Il regrettait qu'elle n'ait pas passé la nuit dans ses bras. Elle reposa doucement sa tasse de chocolat. Aurait-elle eu le courage de se refuser à lui si Bob Post n'était pas intervenu au bon moment, la veille ? Il valait mieux éluder la question.

— C'est peut-être une chance, au contraire, Chet. Nous avons évité une grave erreur.

L'expression de son compagnon se modifia imperceptiblement.

— Vous ne sembliez pas de cet avis, la nuit dernière.

— La nuit dernière, je... j'avais l'esprit brouillé par cette balade en plein ciel. J'avais oublié qui je suis et surtout ce que vous représentez.

— Ce qui signifie ? interrogea-t-il d'un ton sec.

Laura poussa un soupir.

— Vous briguez un poste très important, Chet. Les regards de millions de gens sont par conséquent braqués sur vous. Si l'on découvrait que vous entretenez une liaison avec une réalisatrice d'Hollywood, cela diminuerait considérablement vos chances de remporter cette élection.

Tout en parlant, elle songeait combien il était plus facile de se montrer raisonnable à la lumière du jour !

— Pourquoi irait-on se mêler d'une chose pareille, Laura ? Ce qui se passe entre vous et moi ne regarde personne.

La voix de Chet s'était radoucie, devenant persuasive. Laura refusa de se laisser fléchir.

— Vous disiez vous-même qu'Anchorage est une petite ville où tout se sait tôt ou tard. En outre, précisa-t-elle sur un léger ton de reproche, je suis convaincue que ce genre d'aventure ne vous apporterait pas grand-chose.

— J'ai les mêmes besoins et les mêmes désirs que tout être humain, Laura, dit Chet.

Leurs regards se croisèrent. La jeune femme se rappela soudain le contact de ses lèvres, de ses doigts sur sa peau. Elle s'efforça de chasser ce souvenir de son esprit.

— Je sais, murmura-t-elle. Mais trop de choses nous opposent.

Il y eut un petit silence. Voulant alléger la conversation, elle ajouta malicieusement :

— D'ailleurs, je crois me souvenir que vous comptiez sur moi pour donner de vous une image respectable.

Il sourit et haussa les épaules puis se leva et, sans la quitter des yeux, repoussa sa chaise.

— Comme vous voudrez, Hollywood. Mais n'allez pas vous imaginer que j'abandonne si facilement.

Il lui adressa un salut et se dirigea vers la sortie. Laura le regarda disparaître, songeuse. Comme elle, Chet Winchester, personnalité énergique, savait ce qu'il voulait dans la vie. Et ce qu'il convoitait en ce moment, c'était Laura Weston.

Puis son visage s'éclaira. L'idée que cet homme politique rompu à toutes les batailles la désirait assez pour engager le combat avait quelque chose d'excitant, malgré tout. Le seul ennui, c'est que Laura ne savait pas qui sortirait vainqueur de leur duel...

Chapitre six

Laura s'éveilla en entendant frapper à la porte de sa chambre. A son retour de la plate-forme de forage, elle avait rapidement pris un bain et s'était aussitôt profondément endormie. On frappa de nouveau. Elle s'assit dans son lit, hébétée.

— Entrez ! marmonna-t-elle.

La porte s'ouvrit. Bien que la pièce fût plongée dans l'obscurité, Laura reconnut la haute silhouette de Chet. Il referma et alluma, la faisant cligner des yeux. Puis il s'adossa au chambranle et promena paresseusement son regard autour de lui. Elle s'aperçut qu'il portait un smoking.

— Chet... murmura-t-elle. Que désirez-vous ?

La réponse fusa, directe :

— Ce que je désire ? Vous le savez très bien, Laura.

Si elle avait eu quelque mal à émerger du sommeil, elle se sentait à présent tout à fait lucide.

— Oui, je le sais. Vous n'avez jamais fait de mystère là-dessus. Mais...

— Avant que vous ne sautiez aux conclusions, interrompit-il en souriant, je dois vous dire que c'est Bob qui m'envoie.

La jeune femme ne put éviter de rougir et se maudit intérieurement.

— Le journal télévisé passe dans quinze minutes, poursuivit Chet. Bob a pensé que vous aimeriez peut-être savoir ce qu'ils ont utilisé de votre film de ce matin...

— Et comment ! s'écria-t-elle. Dites-lui que j'arrive tout de suite.

Elle sauta du lit sans hésitation et se dirigea vers la salle de bains. Selon son habitude, elle portait un pyjama court dont l'étoffe légère révélait plutôt qu'elle ne voilait les courbes de son corps. Comme son visiteur ne bougeait pas, elle s'arrêta en chemin, hésitante.

— Vous désiriez autre chose ?

— Je dois également vous dire que ce brave Bob m'a mis en garde contre les dangers d'une liaison avec vous, ma chère.

Son visage s'était durci mais son regard fiévreux s'attardait sur le corps de Laura, sur ses épaules satinées, ses seins nus sous l'étoffe transparente, ses longues jambes.

— C'est un homme raisonnable, fit-elle, embarrassée. Il a la responsabilité de votre campagne et ne songe qu'à vos intérêts.

— Mes intérêts ! Je voudrais parfois les oublier.

— C'est impossible, Chet, répondit-elle d'une petite voix. Il se trouvera toujours quelqu'un pour vous en empêcher.

— Vous pourriez m'aider à m'évader de mon personnage officiel, Laura.

Il paraissait étrangement vulnérable, tout à coup. Elle leva la main pour lui caresser la joue et murmura :

— C'est une idée bien séduisante, Chet. Mais vous savez comme moi qu'il ne faut pas y penser.

Elle avait décidé de se montrer forte pour deux. Chet retint sa main contre sa joue.

— Vous vous imaginez mes électeurs assez naïfs pour me croire chaste comme un moine, Laura ?

Elle se dégagea, soudain irritée :

— Vous n'êtes pas obligé de leur démontrer le contraire ! Et, tant que nous y sommes, vous pourriez envisager la situation de mon côté, non ? Mon patron n'aime pas voir ses collaborateurs entretenir des relations privées avec les clients. Je risque ma situation. Et comme vous, sénateur, j'ai travaillé comme une forcenée pour arriver là où je suis. Ma carrière passe avant tout le reste.

Ses yeux verts brillaient de défi. Chet poussa un soupir et relâcha sa main. Il parut se détendre :

— Je crois que je me conduis en égoïste...

Puis il tourna les talons. Au moment de sortir de la pièce, il se ravisa et dévisagea Laura sans sourire, de nouveau calme, sûr de lui.

— Puisque nous ne pouvons pas être amants, soyons au moins amis ?

La gorge de Laura se noua d'émotion.

— Bien sûr, Chet. Bien sûr.

Apparemment satisfait, il redressa les épaules et jeta un coup d'œil à sa montre.

— On m'attend à un banquet, une fois de plus. Je dispose à peine de cinq minutes pour renouer ma cravate et polir mon image ternie. Avant de partir, je préviendrai Bob que vous êtes réveillée.

La porte se referma silencieusement derrière lui.

Laura s'était installée sur le canapé du salon, une assiette d'œufs brouillés en équilibre sur les genoux. Bob et Manny l'avaient rejointe pour dîner devant un grand poste de télévision en couleurs. A distance stratégique, sur une table basse, se trouvait un petit poste en noir et blanc branché sur une autre chaîne. Le générique des informations locales défila.

Le reportage sur la marée noire suivit la principale nouvelle du jour — l'activité volcanique des îles Aléoutiennes. Comme on pouvait s'y attendre, la télévision n'avait retenu qu'une faible partie du film de Laura et Manny : quelques phrases prononcées par Harriman et des vues aériennes de l'opération d'assainissement de la nappe de mazout.

Mais d'interview de Chet par Laura, nulle trace... En fait, on ne diffusa qu'une brève apparition du sénateur, tandis que le commentateur annonçait que « le président de la commission sénatoriale Pétrole et Gaz était venu se rendre compte sur place de l'étendue des dégâts ».

Bob se déclara satisfait des quelques secondes d'antenne accordées à son candidat. Il expliqua que si on l'avait vu davantage, les télévisions locales auraient été obligées d'octroyer le même temps de passage à son opposition.

— Tant pis pour moi ! conclut Laura d'un air faussement déçu. Pour mes débuts à la télévision, on ne peut pas dire que j'ai crevé l'écran.

Manny, affalé dans son fauteuil, savourait sa cigarette d'après-dîner. Il déclara soudain :

— Pourquoi n'irions-nous pas aux studios télé nous faire projeter le film en entier ? Jerry s'y trouve déjà.

Laura bondit sur ses pieds.

— Génial ! Vous venez avec nous, Bob ?

— J'avais peur que tu ne m'invites pas, dit ce dernier en éteignant son cigare.

Ils décidèrent de se rendre aux studios à pied. Le ciel s'était couvert, des nuages masquaient le sommet des montagnes. De grosses gouttes s'écrasèrent sur le trottoir, les obligeant à se hâter le long de la Cinquième Avenue.

Le centre d'Anchorage offrait un curieux mélange architectural : des gratte-ciel y dominaient des cabanes en rondins et des habitations de trappeurs qui dataient du début du siècle. Les vitrines exhibaient les produits de l'artisanat local destiné à attirer le touriste : jade, hématite et grenats travaillés, objets d'ivoire sculptés, pépites d'or, fourrures, paniers de jonc tressé. Laura se jura de s'accorder une journée de shopping ininterrompu avant de quitter la plus grande ville d'Alaska.

Aux studios, Jerry, qui les attendait, les guida vers une petite salle de projection et éteignit la lumière. Laura se pencha vers l'homme de confiance de Chet et expliqua :

— Le film que vous allez voir n'est pas encore monté. Ce ne sont que des images fragmentaires.

Celui-ci hocha la tête.

Jerry projeta d'abord le document tourné le jour de la fête de l'Indépendance. Laura le jugea d'un œil critique, tout en échangeant diverses appréciations techniques avec Manny, qui devait plus tard collaborer au montage. Elle en tira la même conclusion que lors de la diffusion des premières séquences consacrées à John Winchester.

— Le sénateur semble encore gêné par la caméra, Manny. Exactement comme dans les films tournés par nos concurrents.

Un instant plus tard, Jerry annonça :

— Et maintenant, la marée noire.

Les images défilèrent sur l'écran : Chet sortant de l'hélicoptère, les cheveux au vent ; le contremaître expliquant la manœuvre de nettoyage ; enfin, Laura brandissant son micro sous le nez d'Harriman.

— Ah, voilà notre reporter de choc, se moqua Manny en riant gentiment.

Bob et Jerry l'imitèrent. Le visage du sénateur apparut en gros plan et on entendit Laura poser sa question d'une voix nette.

Le silence emplit la petite pièce. Chacun écoutait la réponse de Chet. Il semblait avoir oublié la présence de la caméra, ses arguments étaient clairs, précis, forçaient l'attention. A la question suivante, le cœur battant, Laura se rendit compte que ses compagnons gardaient les yeux rivés sur l'écran.

Après la dernière image, Jerry ralluma. Mais le

silence se prolongea quelques secondes encore. Bob le brisa en se frappant sur la cuisse.

— Bonté divine ! s'exclama-t-il. Tu as vu ce que j'ai vu, Laura ?

— Vous avez remarqué cette différence, chez le sénateur ? s'écria Manny au même instant.

Jerry, lui, se frotta les mains et observa :

— Voilà ce que j'appelle du bon boulot.

La réalisatrice se détendit, un sourire radieux éclairait son visage. Elle réfléchissait à toute allure, entrevoyait déjà une nouvelle construction pour ses prochains films, une approche différente du personnage. Comme s'il devinait ses pensées, Bob demanda, les sourcils froncés :

— Est-ce que tu saurais refaire ça ? Pourrais-tu amener Chet à réagir de la même façon pendant le reste de la campagne ?

Laura resta un moment songeuse, puis hocha la tête.

— Je crois que oui. Mais il faut absolument empêcher le sénateur de voir ce film. Cela gâcherait tout. Il se méfierait et... adieu le naturel ! La prochaine fois, Manny, tu tâcheras de le cadrer de plus près, afin que je n'apparaisse pas dans le champ. Quand nous monterons la bande son, nous effacerons mes questions. Ce qui fait que le spectateur ne se rendra même pas compte de la présence d'un enquêteur. Chet aura l'air de parler spontanément d'un sujet qui lui tient à cœur. Dommage que...

Elle s'arrêta, ne sachant comment aborder le sujet épineux des scripts.

— Dommage que quoi ? marmonna Bob. Vas-y, dis ce que tu as sur le cœur !

Sous son regard inquisiteur, Laura opta pour la franchise.

— Ce sont les scénarios de Benjamin, Bob. Je ne les aime pas. Mais je n'ai pas le droit d'y changer

78

quoi que ce soit, Chet se montre intraitable là-dessus.

— C'est un type très entêté, observa Bob en haussant les épaules. Quels changements envisagerais-tu ?

Elle s'expliqua brièvement. Le responsable de la campagne l'écouta avec intérêt puis alluma un de ses gros cigares. Laura savait que ce rituel l'aidait à réfléchir. Elle attendit son verdict.

— Hmm. Tout cela me paraît raisonnable, lâcha-t-il enfin.

— J'ai donc votre permission ? Je ne voudrais pas vous attirer d'ennuis, Bob. Le sénateur ne va pas aimer ça.

Bob mâchouilla pensivement le bout de son cigare.

— Ce ne sera pas la première fois que je me heurterai à notre client à propos de cette campagne télévisée, dit-il. C'est moi qui ai pris la responsabilité de t'engager, il est normal que je te soutienne jusqu'au bout. Winchester insiste pour qu'on passe les films déjà tournés par l'autre compagnie ; pour lui faire ce plaisir, j'informerai Benjamin que nous les utiliserons uniquement jusqu'à la fête du Travail, début septembre. Après, silence total pendant un certain temps — histoire de laisser respirer les électeurs. Et ensuite, juste un mois avant le jour des élections, nous matraquerons tes films, Laura.

La voix de Bob s'était animée au fur et à mesure qu'il exposait sa stratégie. Il conclut :

— Le sénateur, je m'en occupe. Toi, fais ton boulot comme tu l'entends. Tu as ma bénédiction.

Laura faillit sauter de joie. Elle se passa nerveusement la main dans les cheveux et se tourna vers Manny.

— On regarde cette interview encore une fois ?

Un instant plus tard, armée d'un bloc-notes et d'un crayon, elle s'absorbait dans son travail.

Laura vécut les deux semaines suivantes dans un tourbillon d'activités, filmant comme elle l'entendait le sénateur John Winchester en pleine action. Elle s'arrangeait pour se procurer à l'avance le plan de ses allocutions, se documentait. Elle réussissait à lui lancer çà et là une question pertinente pendant le tournage, afin de distraire l'attention de ce dernier de la caméra. Le soir, elle dévorait toute la littérature politique se rapportant à l'Alaska. Quand arriva l'époque de réaliser un document sur le plus grand gala de bienfaisance de la saison, à Anchorage, elle connaissait son homme public sur le bout des doigts et n'avait pas son pareil pour valoriser ses interventions. Le gala réunissait toute la haute société de l'Alaska : plusieurs anciens gouverneurs, une poignée de magnats du pétrole, quelques généraux et les représentants des treize corporations régionales. Laura s'habilla avec soin pour cet événement officiel. Elle avait l'intention de se mêler à la foule sans se faire remarquer et de transmettre ses indications à son équipe le plus discrètement possible.

N'ayant emporté que deux robes du soir, elle choisit un fourreau de soie brun et beige à manches longues, fendu sur le côté, orné de perles et de sequins et fermé par un minuscule rang de perles dans le dos. Il épousait parfaitement ses formes et rehaussait sa beauté sensuelle. Après s'être légèrement maquillée, elle noua ses cheveux en chignon souple. Un nuage de parfum. Elle était prête.

Escortée de Manny et Jerry, elle arriva devant l'immeuble où se déroulait la réception — un building récent de la Cinquième Avenue, situé à courte distance de l'appartement de Chet. La rue était déserte à l'exception d'un groupe de manifestants installés le long du trottoir. Leurs pancartes attirèrent son attention et elle se dirigea alors vers eux.

— Oh non ! s'écria Manny en la retenant par le coude. Tu sais bien que nous n'avons pas le temps.

— Voilà ce qui cloche dans le monde d'aujourd'hui, monsieur, rétorqua-t-elle. Personne n'a plus le temps.

Elle se laissa néanmoins entraîner docilement, consciente des nombreux détails à régler avant l'arrivée des invités.

Une agitation fébrile régnait dans la salle de réception. Serveurs et extras déposaient des plateaux chargés de victuailles sur de longues tables nappées de blanc : salade de crabe, pâté de saumon, minuscules saucisses de renne et fruits frais. Le champagne dans des seaux d'argent voisinait avec de délicates coupes de cristal. Une gigantesque glace à la framboise moulée en forme de saumon était la pièce maîtresse de ce somptueux buffet.

Sur une estrade, un technicien vérifiait le fonctionnement d'un micro. Manny, son casque sur la tête, installait non loin de là sa caméra montée sur trépied. De l'autre côté de la salle, Jerry préparait également son matériel.

Laura se récitait à mi-voix le déroulement des festivités :

— Les invités vont arriver par là... Le sénateur les accueillera personnellement... A neuf heures, il fera son discours...

Entendant des pas derrière elle, elle se retourna et se trouva en face de Chet. La dernière fois qu'elle l'avait vu en smoking, c'était dans sa chambre, deux semaines auparavant. Depuis, ils entretenaient des rapports purement professionnels, ne se parlant que lors des tournages.

Dans le regard de Chet passa une lueur d'admiration, de tendresse. Elle ressentit l'envie soudaine de se blottir dans ses bras et faillit rougir de cette impulsion qu'elle refoula bien vite.

— Vous êtes en avance, sénateur. Vous auriez dû attendre que la salle soit pleine à craquer pour faire une entrée théâtrale ! Peu de politiciens résisteraient à cette tactique.

— Pas moi. J'ai l'intention d'accueillir personnellement chacun de mes invités, vous le savez.

— Ah, très astucieux, ironisa-t-elle. J'oubliais que le fameux charme Winchester est un de vos atouts maîtres. Et que seront présents ce soir des gens très importants, très riches...

Le sénateur soutint son regard sans se troubler.

— En effet. J'ai besoin d'argent pour mener ma campagne. De beaucoup d'argent, pour être précis.

— Vous ne m'apprenez rien, fit-elle avec une légère trace d'amertume. L'argent représente à la fois le carburant et le moteur nécessaires pour atteindre le pouvoir. Ce pouvoir que vous semblez désirer par-dessus tout...

Contre toute attente, Chet lui posa un doigt sur les lèvres. Elle en demeura interdite, le laissa caresser sa bouche.

— Quand vous vous trouvez dans les parages, il n'y a pas que le pouvoir politique que je désire, murmura-t-il. N'essayez pas de faire taire mes sentiments chaque fois que nous sommes seuls, Laura. C'est trop me demander.

Elle jeta un regard inquiet autour d'elle.

— Je... je croyais cette question réglée, balbutia-t-elle. Heu... J'ai du travail, Chet. Si vous voulez bien m'excuser...

Elle voulut s'éloigner, mais il la retint par le bras :

— Juste une minute !

— Qu'est-ce que... ?

— Venez ici.

Sa voix était si douce. Il l'attira contre lui.

— Puisque vous tenez à ce que nous ne soyons que de bons camarades, laissez-moi vous avertir en toute amitié qu'un de vos boutons dans le dos est défait.

— Oh! Ma caméraiste est restée à Hollywood, répliqua-t-elle d'un ton léger. Alors, vous comprenez...

— Mais vous pouvez remercier le ciel, mademoiselle Weston. Vous avez devant vous un homme très au fait de la mode féminine. Un amateur éclairé tout à votre service... que dis-je! Un expert en boutons dégrafés. Si vous le permettez...

Tout en parlant, il resserra son étreinte et fit courir sa main le long du dos de Laura, prétendant chercher le minuscule bouton en question. Cette ruse la fit sourire malgré elle. Elle leva la tête et le regarda dans les yeux.

— Pour un homme de tant d'expérience, vous en prenez du temps!

— Je n'y peux rien, je suis un perfectionniste.

— Un opportuniste, plutôt!

La caresse de Chet sur son dos, autour de sa taille, avait quelque chose d'excitant, d'enivrant. Emportée par son imagination, elle le rêva en train de défaire un bouton après l'autre, lentement, faisant durer le plaisir...

— Laura! Laura!

La voix de Chet la ramena sur terre.

— Maintenant, c'est votre tour, disait-il. Vous avez la permission de rectifier ma cravate.

Elle exécuta ce petit rituel avec empressement. Le simple fait de toucher le satin noir et le jabot immaculé de la chemise lui procurait un étrange bonheur. Il y avait là comme une complicité matrimoniale; tous deux ressemblaient à un couple uni, fignolant les derniers détails de leur tenue de soirée. Finalement, elle tapota les revers de son smoking et recula d'un pas.

— Voilà. Vous êtes superbe.

Sa récompense fut un sourire éblouissant, suivi d'un petit baiser inattendu sur le bout du nez. Elle se mit à rire et envoya Chet accueillir les premiers invités, dont les voix résonnaient dans l'entrée.

Puis elle se détourna — et rencontra le regard de Bob Post. Dans les yeux de son ami, elle ne vit ni désaveu ni réprobation, mais une espèce de pitié amicale ; ils essayaient de lui faire comprendre que toute aventure avec cet homme était vouée à la faillite. En guise de réponse, elle lui adressa un petit sourire empreint de tristesse — un aveu d'échec. Trop tard. Elle avait commis l'erreur fatale de tomber amoureuse du sénateur John Winchester !

Chapitre sept

Cette révélation anéantit Laura. Elle eut l'impression que la pièce se mettait à tourner, qu'elle étouffait, à la limite de la suffocation. Voulant échapper à son malaise croissant, elle sortit respirer un peu d'air frais. Que s'était-il passé ? Si on lui avait prédit quelques semaines auparavant qu'elle tomberait amoureuse d'un homme qu'elle connaissait à peine, d'un séducteur patenté, qui plus est, elle aurait éclaté de rire. Et pourtant elle était là, loin de chez elle, de ses amis, de son milieu, en train de succomber malgré elle au charme d'un ténor politique qui n'avait nulle intention de s'encombrer d'une compagne. Ou du moins, s'il lui en fallait une pour l'aider à assumer les obligations sociales de sa charge, ce ne serait certainement pas elle qu'il choisirait...

— Mademoiselle ?

Une voix interrompit ses réflexions.

— Mademoiselle, vous ne vous sentez pas bien ?

Laura s'aperçut qu'un jeune barbu la dévisageait. Il tenait une pancarte à la main et faisait visiblement partie du groupe de manifestants aperçu un peu plus tôt. Ceux-ci bavardaient à présent sur le trottoir d'en face.

— Vous êtes très pâle, observa-t-il. Ça ne va pas ?

Elle porta la main à son front.

— Si, si, ça va, je vous assure. Il fait si chaud, là-dedans...

Le jeune homme ne parut pas convaincu. Il posa sa pancarte contre le mur et, prenant Laura par la main, la fit asseoir sur un banc proche.

— Vous n'allez pas vous évanouir, au moins ?

— Mais non, quelle idée ! protesta-t-elle faiblement. Je ne me suis jamais évanouie de ma vie... Pourquoi ces pancartes, cette manifestation ? ajouta-t-elle en espérant détourner son attention.

Il alla reprendre son écriteau et le lui montra. On y lisait : « Sauvez la maison Krandall. »

— Vous voyez tous ces gratte-ciel ? dit-il en balayant du geste les immeubles flambant neufs de la Cinquième Avenue. Pour les construire, on n'hésite pas à démolir les bâtiments historiques de la ville. Nous voudrions qu'on épargne la maison Krandall. Un témoin de la ruée vers l'or au Klondike, au Yukon. Beaucoup de pionniers célèbres y ont séjourné à un moment ou à un autre ; on devrait la classer monument historique, peut-être même la transformer en musée. Hélas, la société immobilière Winchester a décidé de la raser pour bâtir un autre building.

L'amertume du jeune barbu était visible. Laura, qui partageait son sentiment, se redressa, indignée.

— Vous voulez parler de la société du sénateur Winchester ?

Il lui jeta un regard soupçonneux car sa robe du soir trahissait une invitée du gala destiné à financer la campagne de l'homme politique.

— Exactement, mademoiselle. Un des slogans favoris du sénateur proclame que l'Alaska « doit s'ouvrir au progrès ». Si c'est là ce qu'il entend par progrès, je m'en passe volontiers. Mon grand-père a séjourné dans la maison Krandall quand il est venu s'installer en Alaska. J'ai une photo de lui et de Jack

London devant la porte. Cet établissement fait partie de notre patrimoine culturel.

— En avez-vous parlé au sénateur ? interrogea vivement Laura.

— Impossible de l'approcher. Chaque fois que nous essayons d'obtenir un rendez-vous, son bureau nous fait répondre qu'il n'est pas en ville, qu'il s'occupe de sa campagne. Pour moi, il se fiche de nous.

— Ecoutez, s'écria-t-elle, je travaille pour le sénateur. Donnez-moi vos coordonnées, je tâcherai de lui demander de vous appeler. Je sais que c'est un homme sensible, et même si je ne partage pas toujours ses opinions, je suis sûre d'une chose — il est juste et ne se dérobe jamais. Il n'est pas du genre à se dissimuler derrière son secrétaire parce qu'il redoute d'affronter un problème quelconque. Je ne peux vous promettre que vous obtiendrez gain de cause mais je connais assez Chet Winchester pour vous assurer qu'il étudiera la question.

Le manifestant regarda la jeune femme d'un air sceptique mais accepta d'inscrire son nom et son numéro de téléphone sur un bout de papier qu'elle enfouit dans son sac du soir.

Elle retourna à la réception à temps pour entendre le discours de Chet. Il y était question du déplacement de la capitale administrative de l'Etat, jusqu'ici située à Juneau. On envisageait d'installer celle-ci à Willow, au nord d'Anchorage. Cette éventualité soulevait des querelles passionnées depuis des années. Le sénateur était favorable au projet. Pour lui, Juneau se trouvait trop éloignée du centre démographique de l'Alaska. Après tout, plus de la moitié de la population vivait et travaillait dans la région d'Anchorage.

Les arguments clairement exprimés par Chet laissèrent Laura de marbre, convaincue que certaines valeurs doivent prendre le pas sur l'argent ou le sens pratique. Comme Krandall House, Juneau faisait partie de l'histoire de l'Alaska.

Elle ne put cependant s'empêcher d'admirer son assurance sur le podium. Il avait capté l'attention de tous. Tandis qu'elle l'observait, une bouffée d'amour l'assaillit de nouveau. Elle s'efforça de se ressaisir, de maîtriser les passions qui l'agitaient pour mener à bien sa propre campagne pour l'environnement — de pair avec son film.

Quand les applaudissements se turent, Chet descendit de la tribune et se mêla aux invités. Il allait de groupe en groupe, serrant les mains, répondant aux questions, se laissant embrasser par ses supporters féminins. L'orchestre engagé pour la soirée attaqua un air léger et des couples s'élancèrent sur la piste de danse.

Laura songeait aux manifestants qui attendaient dehors. Elle adressa un signe au cameraman qui avait enregistré le discours du sénateur. Il la suivit sans poser de question jusqu'à l'endroit où ce dernier bavardait à présent de l'avenir de Juneau au milieu d'un noyau de supporters.

— Même si tout le monde était d'accord, disait-il, le transfert ne pourrait avoir lieu avant une dizaine d'années...

Laura s'approcha de lui et prit une inspiration profonde.

— Monsieur le sénateur, lui lança-t-elle, est-ce que la transformation de Juneau en ville fantôme fait partie de ce que vous appelez « l'ouverture au progrès » ?

La question atteignit sa cible et tous les regards se tournèrent vers elle, y compris celui de Chet. Elle devinait, à sa gauche, la caméra de Manny fixée sur le sénateur.

L'œil étincelant, le candidat entreprit de s'expliquer. Sa réponse ne convainquit en rien la réalisatrice mais sa réaction fut bien celle escomptée. Elle lui laissa à peine le temps de reprendre son souffle avant d'attaquer de nouveau :

— Vous travaillez dans l'immobilier, monsieur le sénateur. Puis-je vous demander si vous-même possédez des terrains là où l'on prévoit d'installer la future capitale ?

Si le regard de Chet avait étincelé auparavant, il la foudroyait à présent.

— Je n'ai pas à rougir de m'occuper de promotion immobilière, dit-il. En fait, je me vante d'avoir apporté ma contribution à la modernisation de l'Alaska dans ce domaine. Mais je ne possède pas, et n'ai jamais possédé de propriétés sur le site de la future capitale. Je tiens également à préciser que si je conserve quelques intérêts dans la société immobilière Winchester, je ne participe plus de façon active à ses opérations. Mes responsabilités envers mes électeurs m'absorbent à temps complet.

— Dans ce cas, comment se fait-il que ceux qui essaient de sauver la maison Krandall de la destruction ne parviennent pas à vous rencontrer, monsieur le sénateur ?

— La maison Krandall ?

Laura eut la satisfaction de constater qu'elle venait d'ébranler son assurance.

— Oui, monsieur. Vous en avez certainement entendu parler ? Il est question de l'abattre pour ériger à la place un autre building Winchester. Encore un pas vers le progrès, je présume ?

La colère et la surprise se peignirent sur le visage de Chet.

— Je vous affirme que je n'en savais rien, déclara-t-il avec une évidente sincérité. La société immobilière Winchester a toujours respecté les bâtiments historiques. Du reste, l'Etat d'Alaska doit à mes interventions au Sénat diverses restaurations dont nous sommes fiers.

Laura fut envahie par une onde de soulagement.

Elle sortit la feuille de papier de son sac et la lui remit.

— Voici le nom de quelqu'un qui vous demande d'intervenir pour empêcher la destruction de la maison Krandall.

— D'où tenez-vous cela ? interrogea-t-il.

— D'une des personnes qui manifestent en ce moment même à l'extérieur.

A l'étonnement de Laura, Chet s'éloigna brusquement de la foule de curieux rassemblée autour d'eux au cours de leur entretien. Il se dirigea à grands pas vers la sortie sans se soucier de l'agitation que provoquait son départ. Une seconde plus tard, Laura et Manny se précipitaient derrière lui, caméra en action.

Les manifestants parurent ahuris de voir venir à eux le sénateur en personne. Chet leur posa des questions, dialogua, promit d'examiner leur requête. Il débordait de vitalité et semblait ne pas se rendre compte qu'on le filmait. Près de Manny, la cinéaste regardait parler l'homme qu'elle aimait, remplie d'orgueil.

— Ouf, quelle soirée ! Mais plutôt réussie, devait décréter Laura un peu plus tard.

Fatiguée mais satisfaite, elle aidait Manny à ranger son matériel, tandis que derrière eux l'orchestre jouait un air langoureux. Chet manifesta soudain sa présence en lui prenant le bras.

— Venez danser avec moi.

Elle secoua la tête, ses joues rosirent.

— Non merci, j'ai du travail.

— Oh, vas-y ! intervint Manny. Amuse-toi un peu. Tu en as suffisamment fait pour aujourd'hui.

Laura aurait volontiers étranglé son cameraman pour tant de sollicitude mais se vit contrainte d'accepter. Chet l'attira contre lui, l'entraîna sur la piste.

— Vous étiez en forme, ce soir, Hollywood.

— Je ne comprends pas.

Ils évoluaient au rythme de la musique. Son cavalier sourit.

— Oh que si, vous comprenez. Ne jouez pas les innocentes. Ça vous amuse de me pousser à bout ?

— Il le fallait.

— Je croyais pourtant que nous étions amis.

Laura ne put s'empêcher de sourire à son tour.

— Rassurez-vous, ça vient, petit à petit...

— Bon, je suppose que je devrai me contenter de ça. Savez-vous que mon équipe vous appelle mon « opposition loyale », Laura ? Il semble que je puisse toujours compter sur vous pour me faire sortir de mes gonds.

Leurs regards se croisèrent. Elle retint sa respiration.

— N'allez surtout pas croire que j'ignore ce que vous avez derrière la tête, reprit-il. Vous intervenez exprès pour provoquer en moi certaines réactions... au bon moment.

Secouée par cette révélation, la jeune femme se contenta d'arborer une expression qu'elle espérait d'une naïveté désarmante. Il éclata de rire.

— Oh, vous auriez dû être actrice ! N'essayez pas de me cacher la vérité, Laura. Admettez-le, vous adorez ce petit jeu. Et comme par hasard, Manny et sa caméra se trouvent toujours là quand il faut.

— Mais... vous n'étiez pas censé le remarquer ! balbutia Laura.

Accablée, elle baissa la tête et posa son front contre sa poitrine. Chet en profita pour resserrer son étreinte. La chaleur de son grand corps musclé avait quelque chose de grisant.

— Je remarque toute sorte de détails, dit-il. Mais je les oublie dès que vous me posez vos satanées questions. Elles me rendent furieux.

— Vous méritez un tel traitement, répliqua-t-elle. Si vous acceptiez plus souvent de regarder la vérité en face, je n'aurais pas besoin de vous asticoter.

Chet se mit à rire de plus belle.

— Avouez que vous prenez un malin plaisir à cela, Hollywood ! La plupart des femmes que je connais ne se soucient guère d'intervenir dans mes décisions. Pourquoi ne leur ressemblez-vous pas ?

— Allons bon ! Vous voudriez me voir docile comme une brebis, bêlant de dévotion devant vous ?

Les yeux de Chet pétillaient. Il se pencha pour lui mordiller l'oreille, déposa une pluie de petits baisers sur sa joue.

— Je vous aime telle que vous êtes, Hollywood, chuchota-t-il. Et vous le savez bien. Amis ou ennemis, nous sommes faits l'un pour l'autre. Et quoi qu'en pense mon directeur de conscience, ce cher Bob Post, vous m'appartiendrez tôt ou tard.

La musique se tut. Laura se dégagea vivement. Elle plongea dans les yeux sombres de Chet, y lut une détermination absolue. Elle savait désormais désirer également cet homme de tout son être, de tout son cœur. Une étrange exaltation lui gonfla la poitrine, son regard devint lumineux. Elle ressentait l'impression d'être ivre — sans avoir touché une goutte d'alcool.

Elle pencha la tête, le dévisageant d'un air moqueur.

— Il faudra d'abord m'attraper, John Winchester !

Puis elle tourna les talons sans crier gare et s'élança vers la sortie. Avant que Chet eût le temps de revenir de sa surprise, elle se trouvait sur le trottoir désert.

Le soleil de minuit caressait les toits de la ville. Jetant un regard par-dessus son épaule, Laura vit le jeune homme déboucher sur le perron, les sourcils froncés. Elle réprima un sourire et, telle une éco-

92

lière, se dissimula derrière une voiture en stationne-
ment. Quand elle risqua de nouveau un regard du
côté de l'immeuble, le sénateur avait disparu. Ouf !
Elle se baissa, ôta ses sandales à hauts talons. Il
était déjà assez difficile de courir en fourreau du
soir, même fendu ; autant éviter de se fouler une
cheville.

Pieds nus, elle marcha tranquillement jusqu'au
carrefour. En tournant au coin de la rue, elle se
heurta à une grande silhouette masculine. Il lui
fallut une seconde pour réaliser que Chet avait dû
prendre un raccourci, passer derrière l'immeuble
pour lui barrer le chemin. Il la retint d'une main
ferme, tous deux éclatèrent de rire comme des
enfants. Laura se sentait extraordinairement
vivante, heureuse.

— Oh, Laura ! Vous êtes folle et j'adore ça !
s'exclama-t-il.

Il tendit la main vers son chignon, défit les
épingles qui retenaient sa chevelure. Celle-ci
retomba sur ses épaules, auréolant son visage d'un
nuage d'or roux lumineux. L'homme se pencha
alors et l'embrassa doucement sur la bouche. A
peine un effleurement.

— Rentrons, Laura. Je crois que vous avez besoin
de vous reposer.

Il lui prit ses chaussures des mains et, lui passant
le bras autour des épaules, l'entraîna.

Ensemble, ils parcoururent la courte distance qui
les séparait du building Winchester. Dans l'entrée
de l'appartement, ils se souhaitèrent chastement
une bonne nuit et chacun regagna sa chambre.

Chapitre huit

La caravane s'arrêta devant les bureaux de la permanence Winchester. Chris Londen, un des assistants de Chet, se trouvait au volant. Il entreprit aussitôt de charger le matériel entassé sur le trottoir. Denali sur ses talons, Laura suivit Jerry, son cameraman, à l'intérieur du véhicule pour l'aider à ranger soigneusement leurs appareils. Jerry émit un sifflement d'admiration.

— Dis donc ! Quel confort !

— Un véritable quatre étoiles ! renchérit Manny, son acolyte, qui venait d'apparaître sur le pas de la porte.

Ce dernier alla inspecter la petite salle de bains et la kitchenette rutilantes, puis marmonna :

— Et moi qui croyais que nous allions mener une vraie vie de pionniers aux confins de l'Alaska sauvage !

— C'est que rien n'est trop beau pour la dame, vous comprenez, expliqua Chris.

— Voilà, j'en étais sûre ! s'écria Laura. Ces messieurs aiment bien leurs aises mais il leur faut un alibi.

Les trois hommes protestèrent en riant et Denali, séduit par l'ambiance, agita la queue avec enthousiasme.

94

Genre de camion-roulotte, la caravane accueillait aisément six personnes. Chris, géant blond et barbu qui aurait pu symboliser l'orpailleur du Grand Nord du début du siècle, apporta bientôt les valises de Laura. Celle-ci saisit un porte-documents et s'installa devant la table qui leur servirait désormais de bureau, de mess et de salle de rédaction. La petite équipe allait courir les routes pendant une semaine et Laura avait encore beaucoup à faire pour mettre au point son film d'une demi-heure. Elle s'était donné le feu vert et avait libéré sa conscience et son propre talent, montant les courtes allocutions télévisées du sénateur selon son idée. Le résultat lui paraissait excellent, de loin le meilleur travail qu'elle eût jamais accompli. La bénédiction de Bob avait été un facteur décisif pour elle. Chose curieuse, le fait que Laura n'envisageât pas la politique au quotidien sous le même angle que Chet la stimulait, la poussait à présenter les arguments du sénateur avec le maximum de clarté et de conviction. Sachant qu'elle rentrerait en Californie bien avant que ces clips ne passent à la télévision en Alaska, elle souhaitait ardemment qu'ils remportent beaucoup de succès. Ce serait sa façon à elle de lui laisser un bon souvenir.

Mais ce film d'une demi-heure nécessitait des modifications importantes dont elle aurait aimé parler au principal intéressé. Elle espérait que ce voyage lui en donnerait l'occasion car ils n'avaient pas retrouvé une seconde d'intimité depuis le gala de bienfaisance. La vie de Chet n'était qu'un tourbillon de conférences de presse, de déjeuners, d'inaugurations, d'allocutions et d'interviews. A chaque tournage, Laura avait repris son rôle d'opposition loyale, d'avocate du diable. A cause d'elle, Chet se devait de rester sur ses gardes. Il la savait imprévisible et se demandait toujours quelle question l'attendait au tournant. Bien entendu, Laura se gardait d'intervenir quand elle le jugeait déplacé et avait parfaitement conscience de n'être qu'une des nombreuses employées du sénateur John Winchester.

Tout en réfléchissant, Laura regardait Chris, Manny et Jerry aller et venir. Elle les vit ainsi ranger sous une banquette des cannes à pêche et des boîtes d'appâts; puis ce furent une tente de toile très bien pliée, un barbecue et du charbon de bois. A quelques propos surpris d'une oreille distraite, elle supposa qu'une bonne partie de leur nourriture consisterait en poisson frais. En fait, la pêche au saumon semblait être le principal sujet de conversation. Manny et Jerry avaient du mal à maîtriser leur excitation.

Quand le chargement fut enfin terminé, Chris ramena Denali dans les locaux de la permanence politique. Le chien parut déçu de ne pas les accompagner. Mais s'embarrasser d'un remuant husky de six mois, alors qu'ils devaient abandonner le camping-car à Kodiak pour revenir en avion! Très peu pour Chet...

Chris s'installa au volant avec Manny à ses côtés et le lourd véhicule s'engagea dans le flot de circulation matinal. Dans un quart d'heure exactement, ils devaient récupérer Chet et Bob devant l'hôtel où le sénateur assistait en ce moment même à un petit déjeuner de travail en compagnie des membres de la chambre de commerce d'Anchorage. De là, ils quitteraient la ville en direction du sud, pour un périple électoral qui leur ferait traverser la péninsule Kenai et les mènerait jusqu'à l'île Kodiak.

Le camping-car s'arrêta dans un parking. Quelques instants plus tard, Chet et Bob sortirent de l'hôtel, serrèrent la main de quelques personnalités qui leur souhaitèrent bon voyage et grimpèrent à bord du véhicule.

Dès que l'hôtel fut hors de vue, le sénateur ôta impatiemment sa cravate et son pardessus en poil de chameau. Puis il s'installa en face de Laura. Il avait l'air las. Les coudes sur la table, les yeux fermés, il se massa le front.

— Quand je pense que ça ne fait que commencer ! marmonna-t-il.

— Vous avez été formidable, lui dit Bob en s'asseyant près de la jeune femme.

Chet ouvrit les yeux et sourit.

— C'est vrai ? Dans ce cas, je dois vous remercier, vieux. Vous m'avez soufflé les meilleurs arguments de mon discours.

Ce compliment plut visiblement à son lieutenant.

— N'oubliez pas que vous me payez pour vous donner de bons conseils, sourit-il.

Puis il se tourna vers Laura et ajouta, malicieux :

— Il a de la chance d'être entouré de petits génies, tu ne trouves pas ?

— Hmm ? fit vaguement celle-ci.

Levant les yeux, elle s'aperçut que Chet l'observait avec attention :

— Je vois que vous êtes plongée dans le boulot jusqu'au cou, comme d'habitude. Etes-vous satisfaite des résultats au moins ? Quand vous déciderez-vous à nous montrer le fruit de tant de réflexions ?

Laura hésita. A ce stade, Chet n'approuverait jamais le traitement de... chirurgie esthétique appliqué à son précieux script ! Même avec le soutien de Bob, elle redoutait sa réaction.

— Nous disposons de quelques bonnes séquences ici et là, commença-t-elle prudemment. Mais rien de vraiment solide encore...

Elle jeta un bref coup d'œil vers Bob à qui, la veille, elle avait projeté la série de clips d'une minute qu'elle venait de terminer. Il s'était montré enthousiaste. Cela lui donna le courage de poursuivre.

— Pour le moment, déclara-t-elle en tapotant une pile de feuillets devant elle, je dois vous avouer que je n'aime pas beaucoup le scénario de votre film de trente minutes. Il faut que je vous en parle au plus tôt. C'est impératif.

Elle avait relevé le menton et regardait Chet droit dans les yeux.

— Pourquoi ne pas en parler plutôt à Benjamin ? rétorqua-t-il.

— Je l'ai fait. Il n'accepte aucune modification.

Elle continuait de le défier de ses yeux verts.

— Je vous ai dit que je l'approuvais à cent pour cent, Laura.

— Mais les choses sont différentes aujourd'hui, Chet ! Du moins je l'espère. Au début, j'ai cru comprendre que vous mettiez ma compétence en doute. Du moins en ce qui concerne le domaine politique. Maintenant, vous devez admettre que les points forts de votre programme me sont devenus familiers.

— Je l'admets. Cependant, mon autre argument tient toujours : ma campagne est trop avancée pour que je change de tactique. Alors, laissons tomber, hein ?

A son regard, Laura comprit que la discussion était close. Elle n'insista pas. Elle savait que Chet pouvait se montrer d'une intransigeance sans appel. Après l'affaire de la maison Krandall, par exemple, il avait renvoyé sur-le-champ le président de la société immobilière Winchester ; et le successeur de ce dernier obéissait désormais strictement à ses seuls ordres.

Le sénateur posa sur la table le texte du discours qu'il devait prononcer à la prochaine étape et se mit à le lire avec attention. Laura dissimula son dépit, se disant qu'elle reviendrait à la charge à la première occasion et que, de toute façon, Bob serait là pour voler à son secours. Elle tenta de s'absorber dans son travail mais la présence de Chet si près d'elle l'empêchait de se concentrer. Chaque fois que

Chris amorçait un virage, le genou de la jeune femme heurtait la cuisse musclée du sénateur. Ce contact la rendait de plus en plus nerveuse.

Chet restait imperturbable. Il continuait à travailler calmement, discutait de temps à autre un détail avec Bob. A la fin, n'y tenant plus, Laura poussa ce dernier du coude.

— Excusez-moi, j'ai besoin de souffler un peu.

Il se leva pour la laisser passer. Comme elle contournait la table, elle vit Chet la dévisager d'un petit air ironique. Son expression disait clairement qu'il avait deviné son trouble. Elle détourna les yeux.

Laura s'installa sur une banquette au fond du car et regarda l'Alaska défiler par la fenêtre. Elle préférait ne pas s'attarder sur la perspective de passer une semaine en compagnie de l'homme qu'elle aimait dans cet espace confiné. Lui faudrait-il serrer les dents et jouer l'indifférence chaque fois qu'ils se frôleraient par accident ?

Ils traversaient un paysage grandiose et désolé. L'autoroute suivait une voie de chemin de fer qui s'enfonçait au loin dans un tunnel à travers la montagne. Des ruisseaux cascadaient çà et là, le long des rochers. Une brume fine s'effilochait sur les sommets enneigés. Des conifères tordus par le vent se cramponnaient aux pentes escarpées. Des touffes de fleurs sauvages étoilaient de couleurs vives le vert des prairies. Laura s'émerveillait à chaque détour du chemin.

Ils s'arrêtèrent une heure et demie à Girdwood. Dans son discours, Chet complimenta la population pour son esprit communautaire et évoqua le courage des premiers colons, leurs ancêtres, qui s'installèrent jadis dans la région. Pour Laura, restée près de la caméra, il ressemblait lui-même à un héros de légende — grand, viril, les cheveux au vent. La foule délirait d'enthousiasme.

La réalisatrice aurait aimé s'attarder dans la petite ville mais Chet et Bob paraissaient pressés de continuer. Songeant que l'agenda du sénateur ne lui laissait sans doute guère de temps à perdre en école buissonnière, elle aida ses amis à rassembler leur matériel et tous trois se hâtèrent de réintégrer la caravane.

Chet avait pris place sur le siège avant, à côté de Chris.

— Que diriez-vous de nous arrêter pour déjeuner à Portage ? proposa-t-il.

Tout le monde étant d'accord, il reporta son attention sur la route, bavardant avec Chris à voix basse. Laura en profita pour se réinstaller devant la table et reprendre son travail. Quand la caravane ralentit et se gara, elle était toujours plongée dans le remaniement du scénario.

— Tout le monde dehors ! s'écria Chet. Vous aussi, Laura. Je vous interdis de travailler pendant les récréations.

L'air était plus frais à Portage qu'à Girdwood. Le parking de l'auberge donnait sur un lac semé d'énormes blocs de glace aux reflets bleutés. Ils pénétrèrent dans le bâtiment rustique, longèrent un comptoir où l'on vendait des cartes postales et des souvenirs d'Alaska et passèrent dans la salle à manger. Bob choisit une table située près de la cheminée, où pétillait un bon feu de bois. C'était un spectacle revigorant, même en plein été.

Les hommes, qui semblaient d'humeur joyeuse, taquinèrent Laura sur son enviable situation — une femme seule escortée de cinq chevaliers servants extrêmement séduisants — ainsi qu'ils se décrivaient eux-mêmes. Pour terminer leur plantureux repas, Chet commanda du café et des tartes aux pommes. Puis il fallut songer à repartir.

Ils accordèrent à Manny le temps de prendre quelques photographies du décor, tandis que Jerry se moquait de lui, l'accusant de ressembler au premier touriste venu. Laura s'aventura sur le muret de béton qui séparait le parking du lac. Perchée sur sa surface dure, elle mordit dans sa part de tarte tout en contemplant les sculptures de glace qui se reflétaient dans l'eau.

Un ronronnement léger attira son attention et elle se retourna. Chet était en train de la filmer avec une caméra d'amateur. Elle fronça les sourcils, embarrassée. La brise agitait ses cheveux roux. Le bleu du lac, le ciel lumineux, les sommets blancs de neige semblaient ne se trouver là que pour servir d'écrin à sa beauté.

— Je voulais savoir quel effet cela vous ferait d'être de l'autre côté de la caméra, dit Chet.

La jeune femme se détendit.

— Je vous le dirai quand j'aurai vu les résultats !

Elle s'amusa à prendre des poses de vamp des années cinquante pendant que le sénateur continuait à la filmer. Mais bientôt la voix de Bob leur cria de se dépêcher. Déjà, le camping-car démarrait.

Pelotonnée sur sa banquette, rassasiée par un excellent repas, Laura se laissa bercer par la vibration régulière du moteur et sombra peu à peu dans une douce somnolence. Une série de cahots et de coups de freins la réveillèrent brutalement. Ils roulaient à présent sur une piste poussiéreuse et semée d'ornières.

— Où diable sommes-nous ? demanda-t-elle.

Du siège avant du véhicule, Chet répondit :

— Notre prochaine étape est un rendez-vous secret.

— Oui, renchérit Bob en hochant la tête. Personne ne doit le découvrir. Nous allons camper incognito cette nuit et pêcher le saumon.

— Quoi ? s'écria la jeune fille en se redressant brusquement. Pêcher le saumon ? Mais je croyais que nous avions un banquet au programme, ce soir.

— Erreur, fit Bob avec un machiavélisme évident. Le banquet, c'est demain soir, à Soldotna.

— Vous voulez dire que nous allons passer la nuit dans ce trou perdu et pêcher jusqu'à demain soir ? C'est donc pour ça que vous êtes si pressés, depuis ce matin ?

Elle n'arrivait pas à en croire ses oreilles.

— Et moi ? poursuivit-elle. Qu'est-ce que je deviens, là-dedans ? Si quelqu'un me répond que je dois faire la cuisine et la vaisselle, je vous plante là et je pars tout de suite à pied. Nous nous reverrons à Soldotna.

Jerry gloussa :

— Pour ce qui est de la cuisine, tu n'as pas à t'inquiéter, Laura. Je les ai déjà prévenus que tu ne savais pas faire cuire un œuf.

— Oh ! s'indigna-t-elle. Tu m'avais promis de n'en parler à personne, espèce de traître !

Ils venaient de pénétrer dans un camping : l'Arc-en-ciel. Tandis que Laura continuait à bougonner, Chris gara la caravane. Quelques enfants curieux s'approchèrent. D'autres jouaient au loin sous les sapins. Une bonne odeur de fumée de bois flottait dans l'air.

La préparation du matériel de pêche prit des allures de manœuvres militaires auxquelles Laura se trouva mêlée malgré ses protestations. Avant de savoir ce qui lui arrivait, elle les suivait bon gré, mal gré, à travers bois vers la rivière, en file indienne. La petite troupe suivit la rive caillouteuse à contre-courant, se baissant pour éviter les branches et enjambant divers obstacles.

Laura n'entendait rien à la pêche et ne s'y intéressait guère. Aussi, quand ils décidèrent de s'arrêter, elle se contenta d'étaler une couverture sur l'herbe drue et de s'y étendre. Puis elle ferma les yeux. Le soleil lui caressait le visage, le bruissement de l'eau chantait à ses oreilles. De temps à autre un brusque dépôt annonçait le bond frénétique d'un saumon remontant le courant vers son territoire de frai.

Elle commençait à s'assoupir quand elle perçut un bref appel de Chet. Elle bondit et courut vers lui. Il était seul, leurs compagnons avaient disparu, installés plus loin, à distance respectueuse les uns des autres pour ne pas se gêner.

— Apportez-moi mon filet ! demanda Chet d'une voix où perçait l'excitation.

Laura s'exécuta et resta à ses côtés. Elle le vit ramener d'une main experte un gros poisson aux reflets d'argent qui résistait à sa capture, jaillissait dans une gerbe de gouttelettes pour replonger aussitôt. Elle obéit de son mieux aux instructions du pêcheur. Bientôt, patiemment halé, le saumon se retrouva prisonnier du filet. Ils le ramenèrent sur le rivage.

— Beau travail, dit Chet avec un large sourire. Merci, Laura.

Ils s'agenouillèrent pour examiner leur prise. L'hameçon s'était planté dans l'ouïe du superbe poisson.

— Nous allons être obligés de le relâcher, décida Chet.

Il libéra le saumon et le rejeta à l'eau.

— Oh ! s'écria Laura, déçue. Pourquoi ?

Il s'essuya posément les mains sur un vieux jean revêtu pour la circonstance.

— En Alaska, la pêche et la chasse sont régies par des lois très strictes, expliqua-t-il. Il le faut bien, si nous voulons préserver nos ressources naturelles. La règle veut qu'on ne garde un saumon que s'il a été pris par la gueule. Et la législation n'autorise que trois saumons par personne.

Tout en parlant, il avait vérifié sa mouche et lancé sa ligne dans le courant. Presque aussitôt, un autre poisson se laissa ferrer. A présent, ce fut au tour de Laura de se sentir excitée. Elle sauta sur l'épuisette

pour attraper le deuxième saumon, cette fois fermement harponné par la bouche.

Après l'avoir suspendu à une cordelette et déposé
dans l'herbe, Chet se tourna vers Laura.

— Vous voulez tenter votre chance ?

— Heu... je ne sais pas, fit-elle en baissant les
yeux.

— Pourquoi pas ? Vous mangez du poisson, il me
semble.

— Oui, mais...

Chet la regarda attentivement.

— Vous ne savez pas vous y prendre, c'est ça ?

— On ne peut rien vous cacher, avoua-t-elle, l'air
misérable.

Son compagnon se mit à rire.

— Inutile de faire cette tête. Si on a négligé votre
éducation, ce n'est pas votre faute. Venez, je vais
vous montrer.

Il se pencha sur son attirail de pêche pour sélec-
tionner un appât et une deuxième canne. Après une
hésitation, Laura s'agenouilla près de lui et le
regarda avec intérêt monter la ligne, observant la
mobilité et la précision de ses longs doigts. Il
semblait parfaitement à l'aise au milieu de cette
nature rude et elle en éprouva, sans trop savoir
pourquoi, une espèce de joie secrète. Elle s'efforça
de se concentrer sur sa leçon de pêche.

Chet jetait un coup d'œil à son visage attentif de
temps à autre, à la dérobée. Son air sérieux l'atten-
drissait. Le parfum subtil de Laura l'envahissait
insidieusement, ses longs cheveux agités par la brise
lui frôlaient le poignet, la joue. Quelque part en lui,
un brasier se mit à couver. Elle leva soudain les
yeux, il plongea dans son regard vert et fut sub-
mergé par une bouffée de désir. Il se contrôla, se
redressa.

— Vous êtes prête ? Alors suivez-moi.

Au bord de la rivière, il montra à son élève

comment tenir la canne et lancer sa ligne avant de la lui remettre.

— A vous, maintenant.

Le désarroi qui se peignit sur le visage de Laura l'amusa. C'était la première fois qu'il lisait un tel sentiment sur ses traits délicats, d'ordinaire empreints d'énergie. Il la connaissait joyeuse, en colère, curieuse, mais rarement impuissante. En observant ses mouvements hésitants, il songea une fois de plus qu'il mourait d'envie de découvrir la femme, la vraie, derrière le masque de sa beauté, tout comme il désirait follement toucher sa peau douce, sentir son parfum. Il vint se placer derrière elle, l'enlaça, guida son bras.

— Non, pas comme ça. Essayez encore une fois.

Il percevait contre lui la courbe de ses hanches, le galbe de ses cuisses. Sa gorge se noua.

— Doucement, dit-il d'une voix enrouée. Jouez avec la ligne.

Tout en parlant, il caressa inconsciemment la taille de Laura. Elle semblait si fragile, tout à coup, qu'il brûlait de la protéger. Ce besoin nouveau, inattendu, le déconcerta.

— Chet ! Chet, l'hameçon est coincé !

Il se mit à rire, redevint lui-même. Lui ôtant la canne des mains, il se déplaça le long du rivage jusqu'à ce que la mouche surgît enfin de l'eau, libérée.

— Voilà, déclara-t-il. Je vous la rends et maintenant débrouillez-vous toute seule.

Laura le regarda lancer sa propre ligne avant de l'imiter. Il lui parut soudain étrangement pensif et elle hésitait à briser le silence qui les enveloppait. Elle avait aimé l'étreinte de ses bras puissants autour d'elle, un instant plus tôt. A présent, elle ressentait, glaciale, l'impression d'être abandonnée.

Soudain, sa canne se courba, résista. Elle poussa un cri. Chet se précipita à ses côtés et, cette fois, ce fut lui qui récupéra le poisson dans le filet : un magnifique saumon correctement hameçonné.

Le reste de la journée se passa paisiblement à pêcher. Quand le soleil descendit à l'horizon, leur groupe se reforma et s'achemina vers le campement. Chris et Bob installèrent le barbecue dans l'herbe et allumèrent un bon feu de braises sur lequel on posa des tranches épaisses de saumon. Et l'on savoura en plein air un délicieux dîner composé de poisson grillé, de pommes vapeur, de salade, de pain beurré et de fruits. Un repas que tous jugèrent mémorable.

Chapitre neuf

A la fin du dîner, la conversation porta inévitablement sur la flore et la faune exceptionnelles des monts Kenai. Au cours des semaines précédentes, les deux cameramen avaient trouvé le temps de s'échapper à plusieurs reprises dans la nature, aux environs d'Anchorage. Pas bien loin de là, ils purent rencontrer des aigles à tête blanche, des chèvres des neiges et des ours bruns. Autour de la table, chacun avait sa petite aventure personnelle à raconter. Sauf Laura, laquelle restait la seule du groupe à n'avoir jamais vu de près l'animal sauvage symbole de la région — c'est-à-dire l'élan.

— Décidément, on a négligé votre éducation plus encore que je croyais, déclara Chet.

La jeune femme se renversa paresseusement sur son siège :

— Je vous assure que je ne m'en sens pas diminuée pour autant !

Elle ferma les yeux et ne vit pas l'énorme clin d'œil de Chet à ses compagnons. Une seconde plus tard, celui-ci la tirait de sa béatitude en l'obligeant à se mettre debout.

— A tout à l'heure, les amis ! s'écria-t-il à la cantonnade. Mlle Weston et moi partons chasser l'élan.

Le rire des autres les poursuivit tandis qu'ils s'éloignaient à travers la forêt. Chet avait empoigné Laura par le coude d'une main ferme sans lui laisser le temps de protester.

— Monsieur le sénateur, marmonna-t-elle, j'ai eu beaucoup de plaisir à pêcher notre dîner, mais vous ne me ferez jamais tirer sur un pauvre élan innocent !

Elle baissa la tête pour éviter une branche de sapin.

— Qui a parlé de tirer sur un élan ?

Chet s'arrêta net, et elle buta contre son dos puissant. Il se retourna avec un sourire insolent et retroussa devant elle les poches vides de son jean.

— Vous voyez ? Pas de fusil. Même pas un canif de scout. Nous allons simplement débusquer un de ces animaux pour que vous puissiez contempler une des plus grandes attractions d'Alaska. Cela vous donnera quelque chose à raconter dans les soirées mondaines d'Hollywood.

Ces mots la piquèrent au vif mais elle n'eut pas le temps de répliquer car, déjà, il s'était évanoui dans les fourrés. Elle se trouva soudain devant cette alternative : rester seule dans le bois ou rattraper son guide, qui semblait savoir exactement où il allait, lui ! Elle se précipita en trébuchant sur des racines et des souches moussues. Le crépuscule boréal dispensait ses faibles rayons dans la forêt peuplée de sapins, de bouleaux et de saules. Le soleil ne se coucherait pas avant des mois. Ici le jour durait vingt-quatre heures.

Quand ils arrivèrent devant la rivière, Chet chercha un passage pour traverser celle-ci à gué, ce qu'ils firent la main dans la main, en sautant de pierre en pierre. Sur l'autre rive, le bois remontait en pente abrupte et s'épaississait encore.

— Chet, jusqu'où faut-il aller pour rencontrer cet élan de malheur ?

Laura était presque hors d'haleine à force d'essayer de s'adapter aux grandes enjambées de son compagnon. Chet se retourna et, devant son visage crispé, ralentit le pas. Il l'aida à franchir un éboulis de rochers particulièrement glissant.

— Les élans adorent les terrains marécageux où ils peuvent brouter de tendres pousses, expliqua-t-il. Je connais l'endroit idéal. Ce n'est plus très loin.

Laura porta la main à sa poitrine pour tenter d'apaiser les battements de son cœur.

— Tant mieux, haleta-t-elle. Après un dîner pareil, je ne me sens vraiment pas d'attaque pour escalader une montagne.

Chet éclata de rire, le son se répercuta à travers la forêt.

— Chuutt! souffla Laura. Ne devons-nous pas être le plus discrets possible?

— Oh non, au contraire! En faisant du tapage, nous éloignerons les ours.

Elle faillit s'étrangler.

— Les... ours?

— Ne vous inquiétez pas, ils ne viendront pas nous embêter si nous les laissons tranquilles. Vous êtes prête?

Il se mit à rire de plus belle et la fit passer devant lui.

— Pour l'amour du ciel, bégaya Laura, trouvez vite votre satané élan et rentrons au camp avant qu'un ours ignorant des usages nous embête, lui!

Elle s'élança d'un pas résolu jusqu'en haut de la pente et, dans un dernier sursaut d'énergie, franchit le sommet. Là, son pied glissa sur de la mousse. Elle perdit l'équilibre et disparut sur l'autre versant, dégringolant sur un lit spongieux d'herbe fraîche qui ralentit sa chute. Quand elle s'immobilisa enfin, elle se trouva à moitié immergée dans une mare d'eau glacée.

Mortifiée, Laura releva la tête juste à temps pour

voir Chet effectuer sa descente avec infiniment plus de maîtrise qu'elle-même. Il se pencha sur elle, l'air terriblement inquiet. Elle se mit debout tant bien que mal, sans autre blessure que celle infligée à son orgueil.

— Ne bougez pas ! ordonna Chet.

Il entreprit de la palper et de l'examiner, cherchant d'éventuelles contusions.

— Je vais très bien, Chet, je vous assure. Mais...

Elle s'arrêta, les yeux écarquillés, le regard fixé derrière lui.

— Mais quoi ? demanda Chet avec appréhension.

Elle pointa le doigt vers une butte verte. A quelques mètres à peine, un superbe élan mâchouillait placidement des feuilles de saule.

— Je croyais que c'était lui qu'on devait débusquer dans un marécage, pas moi, acheva-t-elle.

Ils s'entre-regardèrent et furent pris tous deux d'un fou rire incontrôlable.

— Ces animaux sont sans doute plus rusés qu'ils n'en ont l'air, hoqueta Laura.

Son rire s'éteignit brusquement tandis qu'un frisson la secouait. La brise du soir traversait sa chemise trempée.

— Venez ! ordonna son compagnon.

Il la tira hors de l'eau et l'entraîna sous un arbre au feuillage dense.

— Il faut ôter votre chemise. Vous risquez d'attraper mal.

Laura ne discuta pas. Déjà, elle tremblait. Chet enleva sa propre chemise de flanelle, sous laquelle il portait un tee-shirt de coton immaculé.

— Allons, pas de fausse pudeur dans un moment pareil !

Laura secoua la tête.

— Ce n'est pas... de la pudeur, tenta-t-elle d'expliquer entre deux claquements de dents. Froid aux doigts... Peux pas déboutonner...

110

— Attendez.

Il défit prestement les boutons, la débarrassa de son chemisier et le lui tendit.

— Tenez ça une minute.

Ses doigts s'aventurèrent dans le dos de la jeune femme, cherchant l'agrafe du soutien-gorge. Quand elle comprit son intention, elle émit une faible protestation qu'il balaya d'un haussement d'épaules.

— Je vous le répète, Laura. Pas de fausse pudeur. Je sais très bien à quoi ressemble une femme.

Elle se laissa faire, subjuguée, trop frigorifiée pour s'indigner. Après lui avoir ôté son soutien-gorge, Chet l'enveloppa dans sa chemise de flanelle, encore tiède du contact de son corps. Puis il l'attira contre lui pour la réchauffer. Instinctivement, Laura se blottit dans ses bras, posa sa tête au creux de son épaule. Presque à leur insu, l'atmosphère entre eux se chargea de sensualité. L'homme entrouvrit le col de la chemise, il murmura :

— Vous avez une si belle peau, Laura. Toute douce et crémeuse. On dirait de l'ivoire poli.

Il posa ses doigts sur la gorge de sa captive, perçut le battement de son pouls. Il ne pouvait résister au désir de la toucher, de la caresser. Voyant qu'elle ne tentait pas de se dégager, il recula, ouvrit complètement la chemise. Ses yeux se posèrent sur deux seins parfaits, à la pointe dressée. Jamais le corps d'une femme ne l'avait bouleversé à ce point.

Il en perdit toute retenue, étreignit Laura, laissant errer ses mains sur la taille nue. Elle se rendit à peine compte qu'il la soulevait, l'allongeait dans l'herbe. Sa chevelure rousse se répandit autour d'elle comme une flamme sur du velours vert. Elle lui tendit sa bouche ; Chet se lova sur elle, l'embrassa passionnément, consumé de désir. Pourtant la situation lui paraissait irréelle. Car Laura ne le repoussait toujours pas. Elle avança la main, lui effleura timidement la poitrine. Son tee-shirt de coton devint une barrière insupportable, il l'enleva en un clin d'œil. Penché sur elle, il regardait avidement son visage, guettant l'émotion qui rosissait ses joues, faisait scintiller ses yeux. Elle s'enhardit, frôlant de la paume la peau tiède, ses flancs, ses épaules. Il poussa un petit grognement de plaisir, la serra plus fort contre lui, l'embrassa de nouveau avec fougue.

Laura ne comprenait pas ce qui lui arrivait. Sa bouche semblait s'offrir d'elle-même à celle de cet homme, son corps aller au-devant de ses gestes, s'arquant sous ses caresses. Quand il déposa une série de baisers au creux de sa gorge et taquina de la langue la pointe rose de son sein, elle ferma les yeux, extasiée. Des sensations inconnues la transperçaient, elle vibrait de tout son corps. En proie à une étrange faiblesse, elle s'accrochait à lui. L'odeur de l'herbe écrasée agissait sur ses sens comme un aphrodisiaque.

Chet se redressa un instant, hors d'haleine.

— Oh, Laura. J'ai tant besoin de vous, chérie.

— Je sais. Je sais...

Ils se chuchotèrent des mots tendres, bouche contre bouche. Leurs souffles se mêlaient. L'ombre complice les enveloppait d'un manteau protecteur, les isolant du monde.

Ce ne fut que lorsque Chet tenta de défaire la ceinture de son jean que Laura se raidit. Que se passait-il ? Avait-elle perdu le sens des réalités ? A quoi cela les mènerait-il ? Un bref moment de plaisir valait-il la peine de se briser le cœur ? Et puis il fallait aussi penser au sénateur, à sa maudite campagne. Un murmure de protestation lui échappa.

— Quoi ? balbutia le jeune homme.

Il la dévisageait d'un regard enfiévré de désir, ne comprenait pas. Elle le repoussa doucement.

112

— Il faut rentrer...

Cet accent désespéré, dans la voix de Laura... Elle frissonna en songeant qu'elle avait été à deux doigts de perdre la tête. Chet se méprit et se récria, furieux contre lui-même :

— Vous avez froid ! Je suis une brute.

Il caressa une dernière fois ses cheveux, son visage, et entreprit de reboutonner la chemise.

— Venez, Laura. Rejoignons les autres.

Quelques secondes plus tard, ils prenaient le chemin du retour dans la nuit très claire. Ils trouvèrent la rivière en se laissant guider par le clapotis de l'eau, la traversèrent de nouveau et rentrèrent au camp, la main dans la main, pour découvrir leurs compagnons assis autour d'un feu de bois.

— Nous allions partir à votre recherche ! s'exclama Bob.

Tous les yeux se tournèrent vers Laura qui disparaissait dans la grande chemise de Chet, boutonnée jusqu'au menton.

— Mlle Weston a glissé dans un marécage en contemplant un élan, expliqua Chet. Je n'ai pas pu la rattraper à temps.

La jeune femme s'approcha du feu en espérant que personne ne poserait de questions. Elle rejeta ses cheveux en arrière et tendit ses mains vers les flammes.

— Le sénateur m'avait dit que les élans paissent dans les coins marécageux. J'ai suivi mon instinct de chasseresse...

Les yeux sombres de Chet croisèrent son regard vert. Personne ne saurait jamais avec quelle ardeur elle avait laissé parler, pour la première fois, sa sensualité, ni au prix de quel effort elle parvint à la museler. Elle accepta avec reconnaissance la tasse de chocolat chaud que lui offrait Chris et les commentaires taquins de ses compagnons lui firent vite oublier l'ambiguïté de la situation. Bientôt, tous se séparèrent pour aller dormir.

Cette semaine passée sur la péninsule Kenai devait être une des plus heureuses que Laura ait jamais vécues. Au fur et à mesure que la caravane parcourait son itinéraire, une chaude camaraderie liait chaque jour davantage ses occupants. Par accord tacite, Chet et Laura s'arrangèrent pour que la scène passionnée du bord de la rivière ne se renouvelât pas afin de ne pas provoquer de gêne au sein de l'équipe. Cela n'empêchait pas, au contraire, leurs relations de s'approfondir. Ils en entretenaient de nouvelles, faites de chaleur et d'estime mutuelle.

Nos voyageurs ne se pressaient pas car Chet avait délibérément prévu de longues pauses entre ses apparitions publiques. Ils campaient tous les soirs dans la nature.

Leur dernière étape fut la petite ville d'Homer, où ils abandonnèrent le camping-car pour emprunter le ferry, le *Tustumena*, qui les mènerait à l'île de Kodiak. La traversée durait dix heures.

Le voyage, turbulent, permit à Laura de découvrir qu'elle avait le pied marin. Après un somme dans sa cabine, elle joua aux cartes avec Chris, Larry et Manny, tandis que le sénateur et Bob Post travaillaient sur le discours du soir. La visite à Kodiak devait être courte mais bien remplie : conférence-débat devant un syndicat de pêcheurs, puis visite d'un ranch dont le propriétaire venait d'introduire l'élevage des bisons dans l'île.

L'après-midi, Laura se mit en tête de faire un tour sur le pont pour respirer la brise océane. Secoué par les flots menaçants, le *Tustumena* piquait du nez, tanguait, roulait flanc sur flanc. Accrochée au bastingage, fouettée par des rafales d'embruns, Laura poussa un cri en recevant une gifle d'écume en plein visage. Puis elle se mit à rire, ravie.

— J'aurais dû me douter que je vous trouverais ici, dit la voix de Chet.

Elle se retourna. Il la contemplait avec une admiration manifeste.

— Vous devriez voir Bob, reprit-il. Il est tout vert.

La gaieté de Laura redoubla. Elle demanda :

— Avez-vous fini votre discours de ce soir ?

— Bien sûr. Alors, j'ai décidé de partir à votre recherche.

L'expression de Chet se teinta de mélancolie.

— C'est peut-être notre dernière chance de passer un moment ensemble — seulement vous et moi, Laura.

Le bateau roula brusquement. Chet fit un pas vers la jeune fille, dans l'intention visible de la retenir. Ils se retrouvèrent dans les bras l'un de l'autre, bouche contre bouche. Laura leva vers lui ses yeux lumineux et laissa échapper un petit soupir.

— Si vous me regardez encore une fois comme ça, je ne réponds plus de moi, lui chuchota-t-il à l'oreille.

— Voyons, répliqua-t-elle, oseriez-vous attenter à ma pudeur devant l'équipage ?

Puis redevenant sérieuse.

— Ce fut vraiment une semaine merveilleuse, Chet. Trop courte. Bien trop courte...

— Nous ne sommes pas forcés d'en rester là, Laura.

Comprenant très bien où il voulait en venir, elle s'efforça de nouveau à la légèreté.

— Ignorez-vous que les meilleures choses ont une fin, sénateur ?

Mais elle eut du mal à le regarder en face. Chet déclara soudain :

— Vous m'avez fait perdre le sommeil, Hollywood.

— J'en suis flattée.

— Et même quand il m'arrive de dormir, poursuivit-il comme pour lui-même, vous vivez dans mes rêves...

Laura ne put supporter l'accent désespéré de sa voix.

— Chet, je vous en prie...

— Attendez que je vous raconte le plus beau, fit-il avec un petit sourire amer. C'est un rêve où je vous soulève dans mes bras et je vous emporte, sur fond de coucher de soleil. Exactement comme au cinéma. Sauf qu'il n'y a ni caméras, ni assistants, ni décors. Seulement vous et moi... Seuls.

Laura se souvint tout à coup de leur étreinte près de la rivière. Elle pouvait presque sentir le parfum de l'herbe sous leur peau nue. Les larmes lui montèrent aux yeux. Elle se détourna pour rassembler ses esprits.

— Je... J'ai besoin de vous demander quelque chose, Chet.

— Tout ce que vous voudrez !

— J'aimerais modifier le scénario de votre film.

— Tout ce que vous voudrez, sauf ça ! dit-il d'une voix ferme.

— Mon Dieu, quel entêté vous êtes ! soupira Laura. Que vais-je faire de vous ?

Chet lui adressa un sourire désarmant.

— Là-dessus, je pourrais peut-être vous donner quelques tuyaux...

— Je n'en doute pas ! s'écria-t-elle en riant malgré elle. Mais pourquoi ne me laissez-vous pas remanier ce fichu script ?

— Vous ne pensez donc jamais qu'à ça ? A votre film ?

— C'est pour ça que je suis payée, non ?

Il la dévisagea un moment et secoua la tête, comme devant une enfant insupportable et têtue. Brusquement, un sourire joua de nouveau sur ses lèvres, une lueur de tendresse s'alluma dans son regard. Il prit les deux mains de Laura dans les siennes, leur communiqua sa chaleur. Puis il leva les yeux.

— Ah, nous arrivons !

Kodiak surgissait en effet de la brume. Bientôt, Bob et les cameramen les rejoignirent sur le pont et le Tustumena s'engagea dans les eaux calmes du port où les attendait Benjamin. John Winchester redevint le jeune et dynamique candidat au poste de gouverneur et Laura Weston reprit son rôle de cinéaste chargée de faire de cet homme la plus irrésistible star politique des media. Leur brève intimité partagée au cours de cette randonnée appartenait déjà au passé.

A Anchorage, la campagne retrouva son rythme haletant. Chet ne disposait plus d'une minute d'intimité. Réunions politiques, lunchs et banquets se succédaient. Laura devint furieuse en apprenant que Benjamin Howard ne lui accordait qu'un jour et demi pour tourner leur film : *Découvrez votre candidat.* Selon elle, c'était saboter le sujet, sous-estimer l'importance du court métrage dans la campagne électorale.

Elle implora une dernière fois Benjamin de modifier le script avec son patron, sans résultat. Le moment du tournage arrivé, elle se retrouva donc avec un scénario ennuyeux et un décor rébarbatif : un bureau de noyer, un fauteuil et deux drapeaux — ces derniers ayant sans doute pour fonction d'apporter au décor une touche de dignité. Décor austère donc, voire sinistre. Par contraste, Chet portait un simple pantalon de toile bleu et une chemise blanche aux manches retroussées, afin d'évoquer l'homme au travail, n'ayant pas de temps à gaspiller. Laura ne douta plus de sa sincérité quand il disait ne pas aimer les « fioritures ». Au lieu de prendre place dans le fauteuil, apparemment confortable, il s'adossa au bureau, les bras croisés.

Pendant le tournage, il se montra extrêmement coopératif et plaisant, ne protestant jamais quand la réalisatrice exigeait de recommencer une prise. Cependant, ainsi qu'elle l'avait prévu, la caméra obsédait le sénateur, intensément conscient de sa présence. Laura dut faire appel à toute sa volonté pour ne pas lui lancer quelques-uns de ses commentaires caractéristiques, qui ne manquaient jamais de le faire réagir. Mais elle n'était pas idiote et savait bien que, cette fois, son intervention eût été déplacée. Avec ses deux coéquipiers, ils se donnèrent beaucoup de mal pour tenter de détendre Chet. Leurs efforts se trouvèrent couronnés d'un succès relatif ; à l'écran, Chet paraissait éloquent et sérieux et la cinéaste songea qu'avec quelques manipulations au montage elle réussirait à exploiter au maximum ces aspects de sa personnalité. Ce ne serait pas facile mais elle aimait les défis. Déjà, elle rêvait d'incorporer à l'enregistrement de ces images statiques des scènes de Chet en action, qui valoriseraient son énergie et sa vitalité. Elle espérait qu'au vu de ce qu'elle était capable d'obtenir il lui pardonnerait d'utiliser son script ainsi qu'il lui avait précisément interdit de faire.

Le matin du deuxième jour, tandis qu'elle réfléchissait pendant une pause, Chet s'approcha et lui demanda :

— A quoi pensez-vous, Hollywood ?

— Que vous ne pourriez jamais être acteur, Chet.

— Je vous l'ai déjà dit, ma chère. En Alaska, on aime les choses claires et nettes. Et c'est ce que mes électeurs obtiendront de moi.

— Même si cette méthode un peu simplette vous fait perdre cette élection ?

— Je veux la gagner honnêtement, Laura, ou ne pas la gagner du tout. Je veux qu'on me voie tel que je suis, pas comme un produit trafiqué de cinéma.

Elle releva vivement la tête.

— Dans ce cas, Chet, vous vous trompez sur vous-même. Ce film ne rend pas justice au vrai John Winchester !

La vivacité de sa réaction amusa beaucoup le sénateur.

— Je n'en crois pas mes oreilles ! Est-ce mon opposition loyale qui parle ? Vous passez de mon côté, à présent ?

— Prenez ça comme vous voulez ! s'écria-t-elle en rejetant nerveusement ses cheveux en arrière.

Puis elle se détendit et sourit, soulagée de venir enfin à bout de ce film, ne désirant penser qu'à déjeuner en toute quiétude et, peut-être, faire un peu de shopping dans l'après-midi.

— Il faut nous dépêcher, dit-elle. Benjamin a insisté pour que tout soit fini à midi pile. Vous avez un autre lunch officiel, je suppose ?

— Tout juste ! grogna-t-il avec une grimace. Encore une salade de poulet en perspective !

— Vous devriez vraiment surveiller vos habitudes alimentaires !

— Excellente idée. Dès cette campagne terminée, je ferai bannir la salade de poulet de l'Etat d'Alaska.

— Ou, du moins, de la maison du gouverneur, corrigea-t-elle.

Ils se séparèrent en riant pour terminer la dernière prise.

Quand la jeune femme pénétra dans le bureau de Benjamin, après le déjeuner, un message l'y attendait : rappeler Jack Reba à Hollywood.

— Comment se passe le tournage, Laura ? demanda ce dernier au bout du fil.

— Nous venons juste d'achever les prises de vue.

Sa voix dut laisser transparaître sa déception car Jack s'inquiéta :

— Quel est le problème ?

— Toujours le même, Jack. Le sénateur est trop

appliqué, trop bon élève. Il regarde la caméra en récitant sa leçon.

— Je croyais que vous aviez pris soin de ça, Laura ! Secouez-le, que diable ! Brûlez-lui la plante des pieds !

— Ce n'est pas si facile, Jack ! Le sénateur n'est pas une marionnette, vous savez !

En Californie, il y eut un silence. Quand Jack Reba reprit la parole, son ton avait changé.

— Vous avez raison, mon petit. J'ai l'impression que je vous en demande trop, parfois. Faites comme vous l'entendez, vous méritez toute ma confiance. Mais je vous appelais pour une tout autre raison. J'aimerais savoir avec exactitude quand vous aurez fini votre travail. On vient de me confier un autre projet, et j'ai besoin de Manny. D'autre part, Jerry a déjà un contrat pour Mexico le mois prochain.

Laura n'aimait pas penser à son prochain départ d'Alaska, même si elle le savait inévitable.

— Nous devons encore nous rendre à Fairbanks en train, dit-elle. Nous partons demain matin de bonne heure. Il s'agit d'une campagne bon enfant, genre arrêts discours dans les petites gares perdues...

— Une idée de Bob Post, je parie ?

Laura ne put s'empêcher de rire.

— En effet. Ça l'excite beaucoup. Après ce voyage, nous aurons suffisamment d'enregistrements pour boucler le film. Il me faut donc Manny encore trois jours, au maximum.

— Parfait ! Je vais demander à Dolorès de lui envoyer son billet d'avion. Voulez-vous que je vous envoie le vôtre également ?

La gorge de Laura se noua. Comment réussirait-elle à s'arracher à l'homme qu'elle aimait, qui tenait désormais une telle place dans sa vie ? La Californie, ses anciennes habitudes lui paraissaient si lointaines, presque irréelles. Une autre vie...

— Non merci, Jack. Je crois que je resterai un peu plus longtemps. Bob et moi n'avons encore rien montré au sénateur. Je tiens à être là quand on lui projettera le produit fini.

— Comme vous voudrez, Laura. A bientôt quand même !

Apparemment satisfait, le producteur raccrocha.

Quel déchirement, songea Laura en regardant le téléphone. La semaine prochaine à cette heure, je travaillerai sans doute sur un autre projet. Cette pensée lui fut si pénible qu'elle la balaya de son esprit. Il lui restait encore le voyage à Fairbanks. Autant essayer d'en savourer chaque seconde.

L'idée de cette tournée électorale en chemin de fer émanait bien de Bob mais toute l'équipe Winchester se laissa gagner par une commune excitation. Laura, Manny et Jerry arrivèrent à la gare de bonne heure et y plantèrent les caméras afin de capter les instants précédant le départ. Bob leur avait distribué des badges portant le slogan « Pour Winchester » en lettres bleu et or. Laura épingla le sien au revers de son blouson.

Le staff du candidat occupait un wagon jaune vif accroché à l'arrière du train, gaiement décoré de drapeaux rouges, blancs et bleus et placardé un peu partout de posters de Chet. Pour un homme qui méprisait l'esbroufe, songeait Laura amusée, tout ceci paraissait décidément extravagant ! Peut-être, après tout, serait-il moins choqué qu'elle ne le craignait par la façon personnelle et musclée dont elle avait monté ses films.

Le train quitta la gare d'Anchorage en grande fanfare, avec force coups de sifflet. Bob Post s'était arrangé avec la compagnie pour obtenir certains arrêts entre Anchorage et Fairbanks, ville terminus de la ligne. Les journalistes interviendraient en cours de route pour rendre compte de l'événement, que clôturerait un débat télévisé entre les trois candidats au poste de gouverneur. Débat qui pourrait représenter un tournant décisif dans la campagne de Chet.

Premier arrêt dans la pittoresque petite gare de Wasilla. Comme le train ralentissait, Laura et les cameramen se précipitèrent vers le wagon de tête. Ils sautèrent les premiers sur le quai et purent ainsi filmer la descente de Chet, joyeusement accueilli par un orphéon. Des vivats et des acclamations fusèrent parmi la foule. Le sénateur prononça un discours bref et plein d'humour et l'on se remit en route dans la bonne humeur générale.

A l'étape suivante, où l'accueil fut tout aussi enthousiaste, Bob grimpait franchement au septième ciel, jubilant à la perspective du troisième arrêt : le parc Denali qui attirait de nombreux touristes venus admirer le mont McKinley.

Laura passa devant le compartiment de Chet où celui-ci était en train d'étudier quelques papiers.

— Ça va ? interrogea-t-elle.

— Mmmm ? Oh, c'est vous, Laura.

Le visage de John Winchester s'illumina d'un sourire qui la fit fondre. Elle avait beau s'efforcer d'oublier sa passion pour lui, quand il la regardait de cette façon, elle se sentait près de défaillir.

— Je me demandais si vous accepteriez de m'aider, déclara-t-il. Je veux dire entre les gares.

Elle se laissa tomber sur la banquette en face de lui.

— Vous aider ? Comment ?

— Ce débat télévisé promet d'avoir un gros impact sur le reste de ma campagne, Hollywood. Voulez-vous me donner un coup de main ? J'ai besoin d'une... partenaire, d'une répétitrice. Vous joueriez le rôle de mon opposition.

Il lui posait la question avec beaucoup de sérieux. Tandis que Laura réfléchissait, il héla Bob qui circulait dans le couloir.

— Hé, mon vieux ! Venez donc jouer les médiateurs entre nous.

— Pourquoi ? fit celui-ci en les regardant tour à tour. Vous vous êtes encore disputés ?

Chet et Laura se mirent à rire.

— Non, expliqua le sénateur. Je suis en train de demander à Laura de m'aider à simuler un faux débat. Elle possède un tel talent pour la controverse !

— Mon Dieu ! Comment refuser après un pareil compliment ? s'écria Laura.

Elle se cala confortablement sur son siège et une discussion animée s'instaura, sous l'arbitrage de Bob. Tous les sujets brûlants furent évoqués. Laura connaissait à ce point les arguments de l'opposition de Chet qu'elle avait à peine besoin de jeter un coup d'œil sur les notes que Bob lui griffonnait de temps à autre. Au bout d'un moment, elle déclara, une lueur malicieuse dans l'œil :

— Dommage que je ne vote pas dans votre Etat. Vos adversaires ne manquent pas d'objections fondées !

— J'ai réchauffé une vipère dans mon sein ! s'exclama Chet.

Le train ralentit. On approchait de la gare de Denali. Le sénateur se leva et annonça :

— Bon, je retourne au charbon. A tout à l'heure.

Ils reprirent leur débat dès le discours achevé et le train reparti. Questions et réponses devenaient de plus en plus virulentes. Peu à peu, l'échange s'envenima, ils parurent oublier l'un et l'autre qu'il s'agissait d'un jeu. Attirés par leurs éclats de voix, tous les membres de l'équipe Winchester vinrent assister à la scène.

Bob, interprétant le journaliste de service, posait une question avec son calme habituel.

— Dans dix ans, notre production d'électricité sera considérée comme dépassée. Beaucoup d'Etats se sont déjà tournés vers l'énergie nucléaire. Estimez-vous que le prochain gouverneur d'Alaska doive y recourir également ? A vous, monsieur le sénateur.

— A vrai dire, je suis très favorable à l'implantation du nucléaire en Alaska...

Ni Bob ni son patron ne remarquèrent l'indignation de Laura, particulièrement chatouilleuse à ce propos.

— Ridicule ! interrompit-elle. Avec deux sous d'intelligence, personne ne songerait à envisager une telle solution !

— Je suppose que vous voudriez nous voir revenir à l'âge de pierre ?

Chet avait parlé d'un ton si cassant que tous retinrent leur souffle. La jeune femme passa outre.

— Avec tous ces tremblements de terre, il ne faudrait pas longtemps pour qu'un accident nucléaire nous fasse revenir à l'âge de pierre pour de bon !

— Et c'est vous qui parlez de ridicule ? Prenez donc quelques cours de physique élémentaire, mademoiselle Weston ! Il n'y a rien dans une bonne utilisation du nucléaire qui puisse présenter un quelconque risque d'accident. Vous pensez bien que d'exceptionnelles mesures de sécurité sont envisagées. Rengainez vos arguments d'analphabète !

Chet et Laura se fusillèrent du regard. Deux ennemis se faisaient face, chacun refusant de céder un pouce de ses positions. Tout à coup, Laura se rendit compte qu'un silence planait, pesant. Elle regarda autour d'elle et découvrit qu'ils étaient le point de mire de tous leurs compagnons.

— J'ai besoin de respirer un peu, murmura-t-elle.

Elle se leva, sortit dans le couloir et se posta près d'une fenêtre ouverte. L'air frais qui jouait dans ses cheveux apaisa peu à peu son irritation. Le train traversait un paysage sauvage et désolé, sans trace de civilisation. Laura resta ainsi jusqu'à ce qu'il entre en gare de Nenana. Là, elle se jeta de nouveau dans la routine du tournage avec Manny et Jerry.

Nenana, dernier arrêt avant Fairbanks, deuxième grande ville d'Alaska. En remontant dans le train peu après le discours d'usage, tout le monde avait oublié l'éclat entre Chet et Laura. A l'exception des deux intéressés. Laura aurait bien présenté des excuses mais n'en trouva pas l'occasion. A peine arrivé à Fairbanks, Chet dut se laisser entraîner vers la station de télévision locale où devait se dérouler le débat.

Etant donné leur récent affrontement, Laura n'éprouvait aucune envie d'y assister. Elle prit un taxi et se fit conduire à l'hôtel réquisitionné par Benjamin.

Elle pensait ne pas regarder le débat mais, une fois dans sa chambre, elle ne put s'empêcher d'allumer la télévision. La voix profonde de Chet emplit la pièce. Il irradiait l'énergie, la jeunesse, face à ses opposants. Les caméras ne paraissaient guère le gêner et il ne prêtait attention qu'à ses adversaires — ces hommes qu'il lui fallait écraser s'il voulait triompher. Ces derniers étaient pourtant des individus également intelligents et respectés dans l'Etat mais aucun ne pouvait prétendre à la séduction du sénateur. Ce mélange de charme et d'intelligence qui touchait tant Laura crevait l'écran. En fait, il éclipsait absolument ses adversaires. Un petit sourire d'orgueil aux lèvres, Laura posa sa tête sur l'oreiller et s'endormit tout habillée, la voix grave de l'homme aimé résonnant en elle.

Chapitre dix

Laura s'éveilla en sursaut. On frappait à la porte de sa chambre. Un peu étourdie, elle se leva et alla ouvrir. Chet se tenait sur le seuil. Elle songea vaguement qu'il devait être fort tard.

— Puis-je entrer, Laura ? Je voudrais vous parler.

Elle retrouva ses esprits.

— Bien sûr. J'ai quelque chose à vous dire, moi aussi.

Elle éteignit la télévision tandis qu'il refermait la porte derrière lui. Puis elle prit une profonde inspiration et confessa :

— Je regrette de m'être emportée cet après-midi. J'avais oublié que notre débat n'était qu'un exercice de style.

Elle leva les yeux vers lui. Le cœur de Chet cessa de battre un instant. Aucune femme ne détenait le pouvoir de le troubler comme Laura Weston. Devant elle, il ne parvenait pas à maîtriser ses émotions. La seule chose qu'il sût avec certitude, c'est qu'il brûlait d'envie de lui faire l'amour. Il fourragea dans ses cheveux avec impatience, se demandant si le fait de la posséder le guérirait enfin de cette étrange maladie. Peut-être, ensuite, pourrait-il continuer à vivre, délivré, allégé de cette obsession ?

126

— Ne vous excusez pas, Laura. C'était un peu ma faute. La situation m'a échappé, à moi aussi, dit-il d'une voix rauque, comme altérée.

Il s'arrêta, tenta de mettre de l'ordre dans ses pensées :

— C'est que vous avez la faculté exaspérante de me faire sortir de mes gonds ! En fait, depuis le moment où vous avez surgi dans ma vie, rien ne va plus, tout s'embrouille ! Je ne cesse pas de penser à vous... Au cas où vous ne l'auriez pas remarqué, ajouta-t-il avec un sourire las, je suis devenu un homme frustré. Je suppose que j'ai voulu me libérer de certaines frustrations au cours de ce débat simulé. C'était injuste envers vous.

Après cet aveu, il se sentit soulagé d'un grand poids. Le visage de Laura s'éclaira.

— Allons, sénateur. C'est moi qui ai engagé les hostilités.

— Disons que nous les avons déclenchées tous les deux, fit-il avec une lueur indulgente dans l'œil. En tout cas, vous frappez fort et vous visez juste. Vous devriez vous présenter aux prochaines élections. Et même si je ne partage pas votre opinion sur certains problèmes de fond, je dois admettre que vous connaissez parfaitement les ficelles du métier et que vous maniez le contre-argument en vraie professionnelle.

Flattée, Laura se sentit rougir.

— Je ne pourrais jamais me lancer dans la politique ! D'abord, je me mettrais en colère tout le temps et personne ne voterait pour moi !

Ils se mirent à rire. Toute tension entre eux s'était évaporée, laissant place à une chaleureuse complicité.

— Sérieusement, Chet, je vous ai trouvé formidable à la télévision !

— Notre discussion m'avait donné du punch !

— Ce n'était pas une perte de temps, alors ?

— Certes non. Mais je connais de meilleures façons de passer le temps ensemble...

Son regard s'attarda sur la bouche de Laura.

— Il me tarde de voir votre chef-d'œuvre sur ma campagne, ajouta-t-il. Quand me montrerez-vous vos films ?

Laura tressaillit :

— Deux ou trois jours après notre retour à Anchorage.

— Parfait. En attendant, il me reste à résoudre un problème urgent...

— Lequel ?

— Comment vous dire bonsoir. Si je vous embrasse, si jamais je vous touche, je ne pourrai pas m'arrêter.

Il avait parlé d'une voix basse, passionnée. Laura le regarda dans les yeux. Impuissante, elle le vit s'approcher. Il glissa les doigts sous ses cheveux, lui emprisonna la nuque de ses paumes. Inexorablement, leurs bouches, leurs corps se soudèrent l'un à l'autre. Une vague de désir les emporta aussitôt.

Laura ne pouvait plus se dissimuler son envie de se donner à lui. Elle rejeta la tête en arrière, lui permit de parcourir de baisers la naissance satinée de sa gorge. Il défit un à un les boutons de son chemisier de coton, le lui ôta par petits gestes précis et doux. Sa bouche descendit au creux de ses seins, suivant leur courbe douce. Avant même qu'elle réalisât ce qui lui arrivait, son soutien-gorge volait à terre, à côté du chemisier.

Laura se cambrait sous la caresse de Chet. Elle laissa guider sa main, explora elle aussi son corps viril. Perdue dans une extase sans nom, elle remarqua à peine que Chet la débarrassait de son pantalon de toile kaki et se déshabillait à son tour. Il lui mordilla l'oreille, murmura son nom.

— Cette nuit va nous laisser un merveilleux souvenir, Laura chérie.

D'un mouvement preste, il la souleva dans ses bras et l'étendit sur le grand lit. Une vague appréhension s'empara de la jeune femme, elle ouvrit la bouche pour protester. Il étouffa ses objections d'un baiser et elle perdit toute volonté. Elle ne voulait penser qu'à ce corps puissant étendu sur le sien, à cette poitrine musclée écrasant ses seins.

Chet frôla doucement sa hanche, l'intérieur de ses cuisses. Elle arrêta sa main.

— Chet, je vous en prie... Nous ne devrions pas faire ça.

Il leva la tête et lui sourit. La passion altérait ses traits.

— Chut, ma belle Laura... Nous ne pouvons pas continuer à fuir l'inévitable.

Il parcourut de baisers son épaule nue. Elle secoua la tête. Son esprit se brouillait, tout son corps se dissolvait dans la volupté de l'attente.

— Mais Bob a dit...

— Oubliez Bob. Oubliez tout, sauf nous, murmura-t-il en refermant la main sur son sein.

— Si quelqu'un vous a vu entrer dans ma chambre...

Chet l'interrompit d'un rire silencieux.

— Si quelqu'un m'a vu entrer, qu'il imagine ce qui lui plaît !

— Et si la presse découvre tout ? Vous ne devez pas...

— Je m'en moque, Laura ! J'ai envie de faire l'amour avec vous, une bonne fois pour toutes !

Puis il parut reprendre son contrôle, lui embrassa le bout du nez et ajouta :

— Du reste, qu'est-ce qui vous fait tant hésiter ? Je vous l'ai dit, je sais que vous êtes une femme d'expérience... Et même si le public devait être au courant, quelques bruits croustillants là-dessus feraient le plus grand bien à mon image de marque !

Il éclata d'un rire cynique que, pour quelque obscure raison, Laura détesta. Elle se raidit.

— Non...

Une fois de plus, il étouffa sa protestation d'un baiser ardent, s'emparant audacieusement de sa bouche. La passion de Laura s'éteignit. Si seulement il avait su lire en elle, découvrir la pureté de son cœur, de son corps...

— Détendez-vous, lui murmura Chet à l'oreille. Laissez la nature suivre son cours. Nous sommes seuls et les circonstances sont idéales.

Ces quelques mots, dénués de mystère, douchèrent la jeune fille. Elle le repoussa, s'assit au bord du lit. Ses cheveux cascadaient sur ses épaules bronzées.

— Est-ce pour cette seule raison que vous voulez me posséder ? articula-t-elle. Parce que la situation vous semble idéale ?

— Bien sûr que non ! s'écria Chet.

— Alors, pourquoi ?

— Vous le savez très bien ! Parce que j'ai envie de vous. Depuis le premier jour. Le premier regard.

Ses yeux étincelaient, à présent. Sa voix était tendue.

— Vous avez tout mis en œuvre pour me séduire ! Vous m'avez rendu baiser pour baiser, excité au point qu'il m'est arrivé de me retenir de vous arracher vos vêtements ! Est-ce que cela répond à votre question ?

Il fit une pause et se calma.

— J'avais l'impression que vous désiriez la même chose que moi, dit-il. Me suis-je trompé ?

Laura secoua lentement la tête. Elle soutint son regard.

— Non, vous ne vous êtes pas trompé. J'ai envie de vous, moi aussi.

Elle n'ajouta pas qu'elle l'aimait, qu'elle souhaitait désespérément être aimée en retour.

— Alors, pourquoi nous battre ? demanda-t-il avec un sourire câlin. Venez. Plus de querelles. Plus de protestations. Ne nous inquiétons pas de ce que les autres pourraient penser.

Laura acquiesça d'un hochement de tête. Elle s'agenouilla près de lui, sur le lit.

— Je suis prête, Chet. Mais promettez-moi d'être doux.

Elle leva la main pour caresser sa joue râpeuse de barbe naissante. Une lueur de détresse lui traversa le regard. Elle mourait de peur de ne pas se montrer à la hauteur de ce qu'il attendait d'elle.

— Je n'ai jamais fait cela auparavant, avoua-t-elle.

Cet aveu, murmuré à contrecœur, était à peine audible. Les mains de Chet se crispèrent sur ses épaules.

— Quoi ? Que voulez-vous dire ?

— Je veux dire que je n'ai jamais couché avec un homme, articula lentement Laura d'un air de défi.

— Vous mentez !

Elle secoua la tête en silence. Chet la scrutait intensément. Il comprit tout à coup qu'elle était sincère.

— Pourquoi ne m'en avoir rien dit ? interrogea-t-il, furieux.

— Vous en parler ? Je ne vois pas pourquoi. Je ne pensais pas que cela ferait une différence.

Elle releva le menton, incapable de dissimuler sa blessure.

— Eh bien, ça en fait une ! Et de taille.

Chet se jeta au bas du lit, ramassa ses vêtements épars. S'enveloppant du couvre-lit, Laura le suivit à travers la pièce.

— Je ne comprends pas...

— Vous êtes une allumeuse, ma chère ! Et une actrice consommée. Vous avez raté votre vocation.

Le visage de l'homme était crispé, amer.

— Mais je crois que je commence à y voir clair, ajouta-t-il en enfouissant les pans de sa chemise sous son jean. Vous ne pensez qu'à votre carrière. Vous vouliez frapper un grand coup avec votre film et vous m'avez manipulé afin d'y parvenir. Toutes vos tentatives pour me faire réagir, au début, j'ai trouvé ça amusant. Vous saviez que j'avais désespérément envie de vous et vous avez exploité la situation à fond. Bon sang, quelle proie facile j'étais ! Un vrai jobard !

Il éclata d'un rire sans joie, boucla sa ceinture et chaussa rageusement ses bottes.

— Eh bien, vos films ont intérêt à être bons, Hollywood ! Vous me les avez fait payer assez cher !

Il s'élança hors de la pièce, l'œil noir. La porte claqua derrière lui. Laura resta un moment plantée devant celle-ci, les larmes aux yeux, prêtes à jaillir.

Si leurs compagnons remarquèrent la froideur qui régnait entre Chet et Laura le lendemain matin, ils n'en laissèrent rien paraître. Mais elle se rendit immédiatement compte que la situation n'avait pas échappé à Bob. Le retour à Anchorage s'effectua dans un silence oppressant. Sitôt arrivés, Manny et Jerry firent leurs adieux à l'équipe Winchester au complet et s'envolèrent pour la Californie. Laura songea qu'elle les rejoindrait bientôt, scellant ainsi définitivement un chapitre de sa vie.

En revenant de l'aéroport, elle se rendit au studio avec la dernière bobine de film. Elle se sentait cotonneuse mais voulait terminer son travail. Penser à quoi que ce soit d'autre lui était trop pénible.

Le montage du court métrage d'une demi-heure lui donna entière satisfaction. Elle y avait incorporé des séquences donnant un aspect plus vivant du sénateur, jouant sur le contraste, ajoutant ainsi au charme que dégageait l'entretien à bâtons rompus filmé en studio. Le candidat paraissait tour à tour

débordant d'assurance, capable d'analyser clairement les situations les plus complexes, et d'un
dynamisme contagieux, sachant éveiller l'enthousiasme des foules.

Les clips, qu'elle termina ensuite, exprimaient
son amour, son admiration, sa dévotion pour Chet.
Elle s'y était appliquée de tout son cœur, de toute
son âme. Elle espérait qu'en les regardant, il décou-
vrirait la vérité, devinerait enfin ses sentiments
pour lui.

Le jour de la projection, pétrifiée d'angoisse,
Laura attendit l'arrivée de John Winchester en
compagnie de Bob Post et de Benjamin Howard.
Tous deux avaient à peine échangé quelques mots
depuis Fairbanks. Jack Reba lui avait envoyé son
billet d'avion qu'elle conservait dans son sac. Mais
elle ne pouvait se résoudre à quitter Chet sans un
signe de sympathie de sa part, ne supportait pas
l'idée de le quitter furieux, amer, fâché contre elle.
Changerait-il d'humeur devant ses films ? Elle l'aimait. Peut-être réussiraient-ils à se séparer comme
deux amis emplis de respect et d'admiration l'un
pour l'autre ?

Elle était assise dans la petite salle de projection,
les mains crispées sur les genoux. A ses côtés, Bob
fumait un de ses gros cigares — mais c'est à peine si
elle remarqua que la pièce s'emplissait de fumée.
Derrière eux, Benjamin mâchait énergiquement du
chewing-gum. Il avait déjà visionné les films et les
jugeait sensationnels.

La porte s'ouvrit. Laura sursauta.

— Finissons-en ! annonça sèchement Chet en se
laissant tomber sur un siège.

Le visage fermé, il fixa l'écran d'un regard implacable. La réalisatrice fit signe à Benjamin qui
déclencha l'appareil de projection. Les premières
images de *Découvrez votre candidat* défilèrent. Du
coin de l'œil, Laura observait le principal intéressé,

guettant ses réactions. Le film se déroulait sans qu'il réagît. Le cœur de Laura se serrait d'anxiété. Elle comprit très vite qu'il n'aimait pas ce qu'il voyait.

— Vous n'avez pas respecté mon scénario, Laura, dit-il d'une voix glaciale.

— Pas tout à fait, Chet, c'est vrai. J'ai pris la liberté de...

— Vous avez pris trop de libertés.

Il se leva, se tourna vers Bob Post.

— J'en ai assez vu.

Et il les quitta sans ajouter un mot.

Benjamin arrêta la projection. La jeune femme regardait droit devant elle. Il lui fallut rassembler toute son énergie pour se lever. Elle se pencha, saisit son sac.

— Bob, j'aimerais que vous me conduisiez à l'aéroport. Mes valises sont prêtes. Je ne voudrais pas rater mon avion.

— Laura, mon petit, laissez-lui le temps de s'habituer. Je vais aller lui parler.

— C'est inutile, Bob. Je suis venue accomplir un certain travail et je l'ai fait du mieux possible. Maintenant, j'ai hâte de rentrer chez moi.

La tête haute, elle se dirigea vers la sortie.

De retour en Californie, Laura gagna immédiatement son appartement et s'écroula de fatigue sur son lit. Le lendemain matin, de bonne heure, elle se rendit au bureau de Jack Reba à qui elle remit les copies des clips et du court métrage du sénateur Winchester.

— Vous savez probablement déjà que le sénateur n'a pas apprécié mon travail, dit-elle à son patron.

Le producteur l'invita à prendre place sur un siège de cuir, en face de son bureau.

— Dolorès, demanda-t-il à travers l'interphone, voulez-vous nous apporter du thé ?

Laura fut touchée qu'il n'ait pas oublié qu'elle ne buvait pas de café. Elle se sentait encore étrangère à son milieu, aux studios, à la Californie même. Il lui semblait vivre dans une espèce de brouillard. Jack lui sourit.

— J'ai parlé à Bob Post. Il n'a que des éloges pour vous et votre équipe.

Elle se garda de tout commentaire. Dolorès apporta le thé sur un plateau et sortit. Un arôme subtil montait des tasses fumantes.

— Eh bien, Jack, murmura Laura, à quoi allez-vous m'employer ? Vous avez déjà donné du travail à Manny et Jerry. Il me tarde de m'y remettre à mon tour.

Le directeur des studios se renversa sur son fauteuil et l'étudia attentivement.

— Vous paraissez fatiguée. Pourquoi ne pas prendre quelques jours de repos et revenir me voir ? J'ai plusieurs projets en réserve.

Elle avala une gorgée de thé.

— Je ne veux pas me reposer, Jack. Je veux travailler.

— Puisque vous insistez ! dit ce dernier en haussant les épaules. Demandez donc à ma secrétaire de vous fixer rendez-vous pour demain. Nous en reparlerons.

— Pourquoi pas tout de suite ? insista la jeune femme.

Elle éprouvait un besoin vital de s'absorber dans une tâche qui détournerait ses pensées de John Winchester. Jack Reba secoua la tête.

— Je dois d'abord regarder ça, fit-il en tapotant les boîtes de films. Cela me donnera une idée plus précise de ce que je peux vous confier.

Laura comprit qu'il était inutile de discuter. Elle poussa un soupir et se leva. De toute façon, elle se sentait trop lasse.

— Laura... Ça ne va pas ? Y a-t-il quelque chose dont vous aimeriez me parler ?

— Non, Jack, bien sûr que non ! s'écria-t-elle avec un rire bref. Qu'est-ce qui a pu vous donner cette idée ?

Sur le pas de la porte, elle se ravisa et se retourna.

— Mais vous avez raison. Je suis probablement fatiguée. A demain.

Jack Reba fut si impressionné par les films de la campagne Winchester qu'il confia à Laura la direction d'une série de publicités pour une grosse compagnie pétrolière californienne. Dans le passé, Laura, en bonne écologiste, n'aurait pas particulièrement apprécié pareil sujet. Mais à présent, elle se sentait plus mûre et capable de faire face à n'importe quelle situation. Aussi accepta-t-elle ce travail avec un froid détachement. Elle se jeta à corps perdu dans la production dont elle réclama l'entière responsabilité. Elle choisit elle-même ses cameramen et sa monteuse, ainsi que des scénaristes réputés dans le milieu de la publicité. Pour compenser son manque d'enthousiasme à propos de l'industrie du pétrole, elle se dépensa deux fois plus que les membres de son équipe. Les dirigeants de la compagnie se déclarèrent plus que satisfaits par son professionnalisme. Ainsi passèrent les mois de septembre et d'octobre. Laura vint à bout du projet avec quinze jours d'avance.

Croyant lui octroyer une faveur, Jack Reba l'obligea à prendre une semaine de vacances et lui ordonna de se reposer.

La jeune femme n'avait pas pour habitude de broyer du noir mais, pendant ce repos forcé, elle se rendit compte qu'elle se laissait aller à la mélancolie et frôlait la dépression. Un matin, alors qu'elle regardait sans conviction une émission populaire à la télévision, le visage de Chet apparut sur l'écran. Il semblait la regarder droit dans les yeux. Laura se figea, fascinée. Des souvenirs l'assaillirent. Des souvenirs si douloureux qu'elle n'entendit pas un mot du texte du commentateur — comprenant seulement que le jour des élections approchait et que le sort de l'homme qu'elle aimait allait bientôt se décider.

Le jour même, elle retourna aux studios, déterminée à se rendre utile d'une façon ou d'une autre. Par chance, Manny était en train de travailler dans la salle de montage.

— Tu n'aurais pas besoin d'un coup de main?

— Laura!

Le cameraman bondit vers elle et la serra affectueusement dans ses bras.

— Mais tu es glacée, ma parole! observa-t-il en lui frottant les mains pour les réchauffer.

Laura songea que cette simple phrase résumait parfaitement la situation. Depuis que Chet l'avait repoussée, toute vie s'était retirée d'elle, la laissant de glace. La Laura d'autrefois, vive et joyeuse, n'existait plus. Elle releva le menton et sourit à Manny.

— Jack m'a donné une semaine de vacances, mais l'inactivité me rend folle. Je peux t'aider?

— Bien sûr! Viens jeter un coup d'œil sur mon film.

Laura travailla en sa compagnie huit heures d'affilée. A la fin de la journée, elle se rendit compte qu'elle avait réussi à éloigner Chet de son esprit. Pas pour longtemps, puisque, à peine son travail terminé, elle y repensait... Enfin! les élections auraient lieu dans trois jours. Après cela, elle pourrait peut-être regarder la télévision ou lire les journaux en toute quiétude?

Le téléphone sonna. Manny décrocha.

— Oui, Jack? Elle est là... Entendu, je vous l'envoie tout de suite.

Il reposa l'appareil et se tourna vers Laura :

137

— Jack veut te voir dans son bureau.

— Oh ? Tant mieux. Il va peut-être me donner quelque chose à faire. Merci de m'avoir supportée, Manny. A bientôt.

Sur un petit salut de la main, elle sortit de la pièce et s'élança dans l'escalier en direction du bureau de son patron.

— Vous pouvez entrer, Laura, l'informa Dolorès.

Elle poussa la porte.

— Jack ? Vous vouliez me voir ?

— C'est moi qui voulais vous voir, Hollywood.

Chet ! Debout au milieu de la pièce, il l'observait d'un regard sombre, impassible.

— Je... Chet... Où est Jack ?

Laura se retint d'une main tremblante au dossier d'un fauteuil. Le sénateur continuait de l'observer. Il avait longtemps réfléchi avant de venir et, maintenant qu'elle se tenait en face de lui, il lui semblait que son cœur battait à éclater. Laura Weston lui faisait toujours le même effet ! Il s'était efforcé de l'effacer de sa vie, de son souvenir, sans succès.

Son silence donna à Laura le temps de rassembler ses pensées. Elle haussa les sourcils, dissimulant à grand-peine sa stupéfaction.

— Nous sommes le premier novembre, dit-elle d'une voix neutre. Vous devriez être en pleine fièvre électorale.

Chet se laissa soudain tomber sur un canapé de cuir. Il secoua la tête, se passa la main dans les cheveux.

— Je m'en moque. Ça m'est égal, maintenant, Laura.

Elle eut le courage de le dévisager. Il semblait fatigué, indécis. Un pli de lassitude marquait le coin de la bouche, des cernes bleuâtres le dessous de ses yeux. Elle en eut la gorge serrée.

— Chet, il s'est passé quelque chose ! A cause de

mes films ? Je ne me pardonnerai jamais d'avoir été si entêtée...

— Non, Laura ! s'écria-t-il. J'arrive en tête des sondages et tous les experts affirment que c'est grâce à vous.

— Alors, qu'est-ce qui ne va pas ?

Elle s'était approchée de lui à le toucher mais ne s'en aperçut que lorsqu'il lui saisit le poignet.

— Vous avez maigri, murmura-t-il.

— Vous aussi.

John Winchester la fit s'asseoir à ses côtés. Elle ne pouvait se rassasier de le regarder. Une angoisse la traversa soudain.

— Chet, êtes-vous malade ? C'est ça, n'est-ce pas ?

Cette idée l'affolait. A son étonnement, Chet se mit à rire, son visage se détendit.

— On peut formuler ça de cette façon, dit-il.

Il prit Laura dans ses bras, écrasa sa bouche sur la sienne. Elle se demanda si elle ne rêvait pas. Puis il lui embrassa fiévreusement les joues, les paupières.

— Vous êtes le remède qu'il me fallait... murmura-t-il.

Laura ouvrit des yeux effarés.

— Vous avez bien entendu, Laura Weston ! En deux mots, je suis malade d'amour. Et vous êtes mon seul remède.

— Je... je ne saisis pas bien, Chet. Est-ce que cette étrange déclaration n'aurait pas pu attendre ? Les élections ont lieu dans quelques jours et...

— Non, interrompit-il. Depuis que vous êtes partie, je ne suis plus le même. J'ai longtemps refusé l'évidence. N'ayant jamais été amoureux, je ne savais pas ce qui m'arrivait. D'abord, il m'a fallu des semaines pour oublier ma colère à propos de la façon dont vous avez remanié ce script. Et puis j'ai décidé de me faire projeter tous les films. Je les ai regardés encore et encore. C'est là que tout est devenu clair. Sur l'écran, vous aviez fait de moi un homme complet, Hollywood. Et dans la vie, sans vous, cet homme n'existait plus qu'à moitié.

Il poussa un soupir.

— Ouf ! C'était probablement le discours le plus difficile de ma carrière.

Les yeux de Laura brillaient comme des émeraudes. Il l'aimait ! Chet l'aimait !

— Oh, Chet ! Mon chéri, c'est le discours le plus fabuleux que j'aie jamais entendu ! En ce moment, je me sens même capable de voter pour vous.

— Laura Weston, c'est la seule voix qui me soit indispensable !

Il se pencha, l'embrassa de nouveau. Mais Laura se déroba, s'arrachant à ses bras.

Aussitôt, il fronça les sourcils.

— Ça ne marchera jamais, Chet. Une liaison à distance ! Ça deviendra vite intenable. Avez-vous songé à la distance qui sépare la Californie de l'Alaska ? Des milliers et des milliers de kilomètres !

— Qui parle de liaison ? Je veux vous épouser, Laura.

Il était devenu très sérieux, tout à coup.

— Après votre départ, j'ai beaucoup pensé à vous, envisagé la situation sous tous les angles...

Il la prit dans ses bras, la berça tendrement contre sa poitrine. Elle entendait battre son cœur. C'était à la fois merveilleux et inimaginable. Un instant unique entre tous.

— Nous nous aimons, Laura. Si vous acceptez de m'épouser, je ferai n'importe quoi. Je quitterai l'Alaska, je...

— Il n'en est pas question ! s'écria-t-elle, indignée. Etes-vous devenu fou ?

Chet lui sourit.

— Je vois que je peux toujours compter sur votre esprit de contradiction !

— Et moi, qu'il vous faut toujours quelqu'un

pour vous donner la réplique et jouer les sparring-partners.

Laura ne put s'empêcher de sourire à son tour à celui qu'elle aimait plus que tout au monde.

— Vous appartenez à l'Alaska, Chet. Du reste, je crois qu'on a aussi besoin de bons cinéastes, là-bas...

— Alors, vous acceptez de devenir ma femme ? C'est oui ?

— C'est oui, sénateur ! Oh mon Dieu, Chet ! Vous serez peut-être gouverneur !

— Pour le moment, je m'en fiche complètement. J'ai des choses plus importantes en tête.

Il l'embrassa passionnément. Une onde de désir les submergea aussitôt. Laura se détacha au prix d'un effort.

— Mais moi, ça ne m'est pas égal, Chet. Bien sûr, je me moque que vous triomphiez ou non. Tout ce que je désire, c'est que vous alliez jusqu'au bout. Et je serai près de vous, quoi qu'il arrive.

Ses yeux brillaient de passion, de sincérité. Chet se leva et l'enleva dans ses bras sans crier gare. Il l'emporta ainsi hors du bureau de Jack, devant une Dolorès médusée. Dans l'escalier, accrochée à son cou, Laura tenta de se débattre.

— Chet, pour l'amour du ciel ! Posez-moi à terre ! Vous ne pouvez pas faire ça.

Il poursuivit son chemin sans se soucier de ses protestations.

— Mon amour, dit-il, je vais vous donner votre première leçon de diplomatie, d'art du compromis. Puisque vous insistez, nous allons rentrer à Anchorage. Mais d'abord, nous ferons une courte halte dans le Nevada pour nous marier.

Laura ouvrit de nouveau la bouche, mais il l'interrompit.

— J'ai dit une courte halte, mais pas trop courte, tout de même.

Il adressa un large sourire aux curieux qui se

massaient dans le hall pour dévisager ce couple étrange, la posa enfin à terre et éleva la voix afin que chacun puisse l'entendre.

— Après tout, s'écria-t-il, un type comme moi a bien droit, lui aussi, à sa lune de miel !

Puis il réduisit Laura au silence d'un long baiser.

Epilogue

Chet contemplait la nuit étoilée. La forêt, au-delà du chalet de bois, disparaissait dans la pénombre. La terre était couverte de neige et des flocons tourbillonnaient à travers la fenêtre. De la cheminée provenait le pétillement d'un feu de bois. Chet se sentait profondément heureux d'être ici, loin du monde et de ses complications. Au souvenir des événements de ces derniers mois, il songea combien la vie était imprévisible. Il se tourna vers le grand lit. Un merveilleux bien-être l'envahit. Sa femme, Laura, s'agita sous les couvertures. Elle ouvrit ses yeux verts et le regarda.

— Tu n'as pas froid? chuchota-t-elle d'une voix enrouée en contemplant sa nudité. Viens donc te recoucher, Chet.

Il lui sourit d'un air complice et la rejoignit en trois enjambées. Laura souleva les couvertures et l'accueillit dans ses bras.

Leurs corps s'accordaient parfaitement l'un à l'autre. Elle posa sa bouche sur l'épaule de Chet, goûta sa peau tiède du bout de la langue. Il émit un petit grognement quand elle caressa son dos musclé, ses reins. Il la serra contre lui, embrassa sa gorge, sa bouche.

— Oh, Laura! murmura-t-il contre ses lèvres. Comment ai-je pu vivre sans toi ?

Après un mois de mariage et quoique cela lui parût défier l'impossible, il l'aimait chaque jour davantage. Elle se cambra sous son corps nu et une onde de désir brûlant le traversa. Il se lova sur elle, releva la tête pour se perdre dans ses yeux. Laura promena les doigts sur son visage, avec l'impression de se consumer sous son regard.

— Aime-moi, Chet ! s'écria-t-elle soudain.

Le monde autour d'eux s'évanouit. Pendant un long moment, seuls leurs chuchotements extasiés et le craquement des bûches emplirent le silence.

Les premiers rayons du soleil les éveillèrent. Laura remua doucement dans les bras de son mari.

— Mmmm, murmura celui-ci en lui caressant les cheveux. T'ai-je déjà dit que tu es un vrai petit chat sauvage, au lit ?

Laura se mit à rire.

— La dernière fois que tu as osé ce genre de comparaison, j'ai failli te gifler.

— Et maintenant ?

— Le mariage m'a fait changer d'avis.

Elle s'étira langoureusement.

— Ne fais pas ça, Laura, marmonna son mari.

— Pourquoi pas ?

— Parce que j'ai besoin d'avoir toute ma tête à moi et qu'il faut penser à repartir. L'avion vient nous chercher dans moins d'une heure.

— Oh, non !

Elle se dégagea de son étreinte, sauta du lit et se rhabilla en toute hâte, tandis que Chet en faisait autant de son côté. Quand il la rejoignit devant le feu mourant, le soleil était déjà haut.

Il leur fallut quelques instants à peine pour ranger la pièce qui devait accueillir d'autres occupants. Ils avaient loué le chalet pour le week-end de la fête du Thanksgiving.

— J'entends l'avion, Laura, avertit Chet sur le pas de la porte.

— Une minute, mon amour ! Nous avons oublié de remplir le registre.

Sur la table de chevet, le propriétaire avait déposé un registre relié de cuir où ses clients devaient inscrire leur nom à chaque séjour. Laura ouvrit celui-ci. Armée de son stylo, elle écrivit :

Laura Weston-Winchester et John Winchester
Gouverneur d'Alaska

Dehors, son mari l'attendait. La main dans la main, ils s'éloignèrent dans la neige.

Série Romance

JOAN SMITH

Un avenir pour s'aimer

Les livres que votre cœur attend

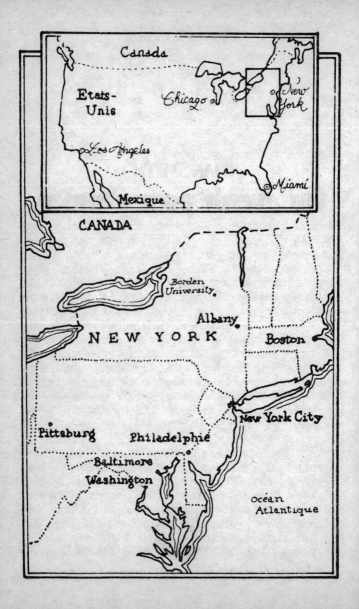

Chapitre premier

Le premier janvier ne compte pas. L'année débute en septembre. Le jour exact varie en fonction de la rentrée universitaire. Tout le monde ne partage sans doute pas cet avis, mais Dolorès Parker n'en démordait pas.

A l'approche de l'automne, la luxuriance de la végétation estivale parait encore les érables et les platanes piqués çà et là sur les vastes pelouses du campus de l'université de Borden. Les étudiants se réfugiaient sous leur ombre clémente pour réviser leurs cours. Seule la vigne vierge qui recouvrait les bâtiments commençait à rougir légèrement : la douceur de la température ne la trompait pas sur la marche inexorable des saisons. Le ciel limpide et brillant de soleil se reflétait sur ces premiers rougeoiements et apportait une note supplémentaire de gaieté en revêtant les murs de somptueux manteaux de pourpre.

La beauté sereine du lieu eût frappé tout autre que Dolorès Parker qui, pour sa part, retrouvait le campus avec la même admiration et le même plaisir que le jour où elle l'avait découvert pour la première fois voici plusieurs années. A l'époque son père détenait la chaire de littérature anglaise. Sous sa direction, elle avait poursuivi ses études jusqu'à la licence avant de se rendre à l'université de

Chicago pour passer son doctorat. Après avoir décroché son diplôme, elle y était restée une année supplémentaire pour se familiariser avec les nouvelles méthodes pédagogiques en usage. Un beau jour, elle avait appris que l'université de Borden recrutait un assistant pour son département d'anglais. Sa candidature avait réuni tous les suffrages et, à présent, elle pouvait à nouveau fouler les pelouses élastiques de ce bon vieux Borden !

Les étudiants qui la regardaient passer la prenaient sans doute pour une des leurs : elle faisait si jeune ! Les garçons se demandaient comment ils avaient pu ne pas remarquer plus tôt une aussi jolie condisciple. Du temps où elle achevait ses études, les soupirants ne lui avaient jamais manqué. Les volontaires se bousculaient pour lui prêter leurs notes et leurs comptes rendus des différents cours. Il aurait suffi qu'elle le souhaite pour devenir la reine du campus. Une petite clique d'étudiants, beaux, riches, gais, mais pas forcément très sérieux, l'auraient volontiers intégrée à leur joyeuse bande. Mais sortir tous les soirs et collectionner les flirts n'était pas du goût de Dolorès. Elle préférait rester auprès de son petit groupe d'amis soigneusement sélectionnés avec lesquels elle pouvait nouer des liens autrement solides.

Il n'est pas rare d'entendre les gens d'âge mûr évoquer, pleins de nostalgie, leurs années de vie universitaire. A les entendre, jamais ils n'ont su retrouver une telle insouciance, une telle douceur de vivre. Malgré l'excellent souvenir que Dolorès conservait de cette période, elle n'adhérait pas entièrement à ce point de vue. A ses yeux, le milieu estudiantin était trop coupé des réalités du monde. De par leur jeunesse, les étudiants manquaient de cette expérience qui remet les valeurs à leur véritable place et Dolorès avait hâte de rejoindre la grande compétition de la vie où chacun forge sa propre image à force de volonté et de courage.

Les parents de la jeune femme, habitués à vivre entourés de jeunes, avaient su faire preuve d'une grande largeur d'esprit dans l'éducation de leur fille. Avec elle, ils analysaient minutieusement chaque nouvelle situation rencontrée, après quoi ils la laissaient libre de décider. La confiance la plus parfaite régnait entre eux. Jamais, par exemple, ils n'étaient intervenus pour l'influencer sur le choix de ses chevaliers servants.

Sur ce plan leur fille ne leur donnait d'ailleurs aucun sujet d'inquiétude. Elle sortait peu et lorsqu'elle le faisait, il s'agissait le plus souvent de dîners à plusieurs où la franche camaraderie l'emportait sur les confidences et les intrigues sentimentales. Ses rapports avec les hommes manquaient de naturel. Ils sonnaient faux. Sans doute parce que ses compagnons d'un soir n'essayaient pas de la comprendre mais aussi parce qu'elle ne montrait aucune disposition à interpréter favorablement leurs attentions et leurs compliments.

Fort heureusement, pour le moment, personne en particulier ne cherchait à troubler le calme de ses occupations quotidiennes.

Plus elle approchait des bâtiments qui abritaient le rectorat, plus l'agitation devenait sensible. En cette période de rentrée, les bureaux administratifs débordaient d'activité. On y distribuait formulaires et renseignements. Les emplois du temps affichés dans les vitrines extérieures provoquaient des attroupements d'où jaillissaient des cris de satisfaction ou des lazzi vengeurs selon les horaires et les professeurs que chacun se découvrait. Pour les anciens, le plaisir des retrouvailles compensait la perspective des longues heures d'études et des terrifiants examens qui les sanctionnaient. Ils régnaient en maîtres sur le campus, déambulant en groupes bruyants et méprisants. Les nouveaux qui erraient en solitaires, leurs dossiers sous le bras, n'auraient jamais osé les aborder pour leur demander un renseignement. Ils préféraient chercher un semblant de réconfort auprès d'autres garçons et filles qui, comme eux, découvraient Borden pour la première fois.

— Corridor de gauche, quatrième porte.

— Merci, répondit Dolorès.

Il restait cinq minutes avant le début de la réunion. Elle en profita pour aller se refaire une beauté. Dans le vestiaire des dames, le miroir au-dessus du lavabo lui renvoya l'image flatteuse d'un ovale parfait encadré par une masse soyeuse de cheveux blonds. A plusieurs reprises elle avait hésité à les raccourcir pour se simplifier la vie. Plus besoin de passer vingt minutes chaque soir à les brosser. Ils étaient si fins qu'à la moindre négligence ils se rebellaient en un écheveau inextricable. Seules les objurgations de son père l'en avaient dissuadée. C'était tout ce qui lui restait de son enfance, avait-il prétendu. Qu'elle les coupe et il ne retrouverait plus sa petite fille d'autrefois.

L'azur de son regard toujours en mouvement reflétait la vivacité de son esprit en même temps que la réserve naturelle qui en bridait parfois l'expression. L'éclat de sa beauté se passait de maquillage. Elle ajouta un peu d'ombre grise sur ses paupières, une touche de rouge à lèvres. C'est tout. L'harmonie longiligne de son corps constituait un autre des atouts de cette séduction dont elle n'était guère consciente. Même la coupe sévère du tailleur qu'elle portait ne parvenait pas à cacher la souple sensualité de ses courbes. Plus par nervosité que par nécessité, Dolorès renoua la cravate de son chemisier de soie grège.

En usant des artifices de la mode, la jeune femme

n'aurait eu aucun mal à se métamorphoser en une de ces fascinantes créatures propres à figurer en couverture des magazines ou à briller en technicolor sur les écrans.

Pourtant, telle qu'elle choisissait de paraître, il suffisait qu'elle descende la rue de sa démarche gracieusement balancée pour que les hommes se retournent sur son passage.

En entrant dans la salle de réunion, elle fut surprise par l'ambiance animée qui y régnait déjà. Ses futurs collègues se retrouvaient avec la même exubérance que les plus anciens de leurs élèves. Les sièges, équipés d'un écritoire, s'étageaient en gradins surplombant une estrade au milieu de laquelle trônait une longue table. Elle s'installa à la première place libre venue et sortit de son sac de quoi prendre des notes.

Sans perdre de temps, son voisin se pencha vers elle.

— Bonjour ! Je m'appelle Al Lexington, du département d'anglais. Vous êtes nouvelle ici ?

Ses yeux d'un bleu profond souriaient de manière tout à fait séduisante. Les boucles châtain clair de ses cheveux recouvraient ses oreilles avec un insouciant laisser-aller. Seules les rides profondes qui barraient son front haut donnaient à penser qu'il pouvait avoir des préoccupations d'ordre intellectuel.

— Plus ou moins.

Elle lui rendit son sourire.

— Nouvelle enseignante mais ancienne étudiante.

Il lui tendit la main.

— Bienvenue à bord. Dans quel département enseignez-vous ?

Des pièces de cuir renforçaient les coudes de sa veste de tweed. L'extrémité d'un tuyau de pipe dépassait de l'une des poches et, de l'avis de Dolorès, seule la solennité de l'occasion expliquait sa cravate de laine bordeaux dont le nœud manquait manifestement d'entraînement. Pour autant que l'on puisse se fier aux apparences, il évoquait davantage le monde universitaire que celui de la banque ou de la grande industrie.

— Dans le département d'anglais également.

— Eh bien, tant mieux. Comme cela nous aurons souvent l'occasion de nous rencontrer.

Des fossettes se creusaient de part et d'autre de sa bouche lorsqu'il souriait.

— Vous êtes nouveau vous aussi ? demanda Dolorès, soulagée de trouver quelqu'un à qui parler.

— Non. Cela fait trois ans que j'enseigne l'histoire du théâtre et de l'art dramatique.

— De mon temps, cette matière ne figurait pas au programme de Borden.

— Et pour cause ! On m'a engagé pour inaugurer ce cours. En principe je dépends de l'autorité du département d'anglais. En fait, on me laisse toute liberté et je dois me débrouiller seul.

L'entrée du recteur, escorté de ses deux adjoints, mit fin à leur conversation. Le silence s'établit dans la salle sans que quiconque ait eu besoin de le réclamer. Cette manifestation spontanée de déférence mit le recteur de bonne humeur. Il sourit aimablement à droite et à gauche. Après quelques secondes de recueillement destinées à aider chacun à se pénétrer de l'importance de ce qu'il allait dire, il attaqua son discours de bienvenue.

D'un ton solennel, il tint les propos que son auditoire, tranquillement résigné, attendait. Cordial accueil aux nouveaux venus, satisfaction de retrouver les autres, rappel de la haute réputation de l'enseignement de Borden qu'il leur incombait de maintenir, souhaits pour que cette année encore leurs différentes équipes sportives remportent de nombreuses victoires, tout y passa. Son allocution se termina sous les applaudissements nourris de l'auditoire. Il se tourna vers l'un de ses adjoints qui, à son tour, prit la parole. Les précisions qu'il apportait ne concernant pas directement Dolorès, elle se mit distraitement à observer ses collègues, cherchant à deviner lesquels deviendraient ses amis. Certains étaient de vieilles connaissances. Le Pr Fuller par exemple, responsable de l'ensemble des études littéraires. C'est lui qui, le printemps dernier, avait examiné sa candidature, ou encore M. Georges, l'administrateur, qui occupait déjà cette fonction du temps de son père.

Son regard parcourait nonchalamment les rangées. Il s'arrêta net à l'extrémité de l'une d'elles, incrédule. Dutch Kampen! Que fabriquait-il dans cette docte assemblée? Au même instant, elle le vit consulter sa montre en dissimulant avec peine un bâillement d'ennui. Il étira sa grande carcasse et ses pieds faillirent effleurer la nuque de son voisin de devant. Il se renversa contre le dossier de son siège et s'absorba dans la contemplation du plafond.

Sa présence avait quelque chose d'incongru en ce lieu et Dolorès n'aurait jamais pensé l'y rencontrer. Sa tenue vestimentaire même tenait de la provocation. Il était le seul homme de l'assistance à ne porter ni veste ni cravate mais un sweater en molleton mauve sur lequel figuraient, blasonnées en jaune vif, les armoiries de l'université de Borden. La tenue typique de l'entraîneur de l'équipe de football.

Dolorès se rendit soudain compte qu'elle était à moitié retournée sur son fauteuil. Elle rectifia sa position mais n'en continua pas moins à jeter de fréquents coups d'œil en arrière.

A quand remontait sa rencontre avec Dutch? A son arrivée au lycée. Cela faisait un bail qu'elle le connaissait ou plutôt... qu'elle l'aimait! Non, décidément le terme ne convenait pas au curieux sentiment qui l'attirait vers lui.

Lorsqu'elle avait pour la première fois croisé son chemin, Dutch remplissait les fonctions de capitaine de l'équipe de football du lycée. Situation ô combien prestigieuse aux yeux de la petite nouvelle qu'elle était ! Leur différence d'âge, la disparité de leurs centres d'intérêt, les avaient tenus éloignés l'un de l'autre jusqu'au jour où avaient débuté les préparatifs de la fête de Noël organisée par les élèves. Tous deux s'étaient retrouvés membres du même comité d'organisation, obligés de passer plusieurs heures ensemble chaque soir. Cette semaine-là était restée à tout jamais gravée dans sa mémoire. Elle se souvenait plus particulièrement de la première réunion. A un moment donné, Dutch s'était tourné vers elle :

— Quand on a des cheveux aussi blonds que les vôtres et des yeux aussi bleus, c'est presque malhonnête de porter un nom pareil. Pour moi, vous serez Dol.

Il n'avait pas eu un mot de plus, ne l'avait pas invitée à dîner. Eût-il agi différemment que Dolorès en aurait été fort surprise. Que représentait-elle pour lui ? une élève parmi tant d'autres, effacée et timide.

Deux ans plus tard, quand ils s'étaient rencontrés à nouveau, à l'université cette fois, il était toujours capitaine de l'équipe de football et elle étudiante. Mais entre-temps elle avait mûri. Elle avait compris que Dutch n'était pas un homme pour elle et avait décidé qu'il ne l'intéressait pas le moins du monde. Tandis qu'il représentait une des gloires sportives de Borden, de son côté elle incarnait ses espoirs intellectuels. Ils étaient à égalité. Dutch se montra plutôt chaleureux à son arrivée à l'université. Dolorès s'étonnait qu'il conservât le moindre souvenir d'elle. Il n'avait même pas oublié le surnom qu'il lui avait donné un jour. A chacune de leurs rencontres sur le campus, il ne manquait jamais de lui adresser quelques mots aimables et si, par chance, ils allaient dans la même direction, il réglait son pas sur celui de Dolorès l'espace du trajet. Une telle familiarité avec le beau Dutch Kampen impressionnait vivement les autres filles. D'autant qu'elles se l'expliquaient mal. L'interprétation qu'en donnait la principale intéressée les laissait sceptiques. La réputation de Dutch dans certains domaines était solidement établie... On l'imaginait mal en amoureux transi de même que l'on ne comprenait pas comment un homme tel que lui pouvait attirer la sérieuse Dolorès. Ce point obscur devint l'un des sujets de prédilection des conversations de Borden. Pour compliquer un peu la situation, la très jolie Rosalie Rogers, la plus éclatante des pin-up du campus, affichait avec une satisfaction non dissimulée les tendres liens qui l'unissaient à Dutch. A la moindre occasion, en public de préférence, elle s'enroulait autour de lui comme un boa constricteur autour de sa proie.

Les étudiants, amateurs de théâtre, s'étaient regroupés en une association dont Dolorès assumait le secrétariat. Son but : obtenir des places à tarif réduit pour des spectacles new-yorkais et organiser les déplacements pour s'y rendre. Il suffisait pour s'inscrire de retirer un formulaire au bureau des étudiants. Dutch avait préféré s'adresser directement à la secrétaire. Sous prétexte de s'informer des conditions et du programme, il l'avait emmenée boire un verre à la cafétéria.

Après vingt minutes de conversation à bâtons rompus, les vieux émois de l'époque du lycée étaient remontés à la surface. Le visage énergique du capitaine de l'équipe de foot, ses yeux vert émeraude exerçaient toujours la même fascination. Il avait réglé sa cotisation sur-le-champ, pour rien d'ailleurs, puisque jamais il n'avait participé à aucune sortie.

A la fin de cette première année, Dutch avait rompu avec la ravissante Rosalie. Son amour était sans doute devenu trop exclusif, trop étouffant. A peu près à la même époque, croisant par hasard Dolorès sur le campus, il lui avait proposé d'aller prendre un verre dans un endroit plus calme que la cafétéria. Ils avaient quitté l'enceinte de l'université dans la voiture de Dutch pour gagner la Taverne du Fauconnier dans la petite ville voisine.

Par la suite ils s'y étaient souvent rendus à la fin des cours. L'endroit ne figurait pas au nombre des repaires des étudiants. Malgré cela, ils choisissaient systématiquement la même table dissimulée derrière un mur de refend. Là, dans la tranquille pénombre de la salle aux boiseries sombres, éclairée d'antiques lampes à pétrole montées à l'électricité, ils discutaient durant des heures. Tous les sujets y passaient sans que jamais, au détour d'une phrase, ne se glisse la moindre allusion à un sentiment autre que la camaraderie. Ils refaçonnaient l'univers à leur guise, usant de leur savoir fraîchement acquis, abusant de leur ignorance de jeunes gens enthousiastes. Dolorès qui avait classé Dutch parmi les beaux garçons aux muscles d'acier et à la cervelle de bois dut réviser son jugement. L'interlocuteur qu'elle avait en face d'elle possédait une vive intelligence, ouverte à toutes les idées nouvelles.

Par la suite, il l'avait invitée à dîner, à l'accompagner au cinéma. Une fois même, ils avaient terminé la soirée dans une boîte de nuit. Vers deux heures du matin, ils s'étaient enfin décidés à rentrer. Dutch n'avait pas desserré les dents de tout le trajet de retour. La jeune femme ne s'en était pas formalisée. Elle en avait profité pour somnoler sur son siège. Arrivés à Borden, ils s'étaient dit au revoir comme d'habitude. Mais, après l'avoir embrassée, il était resté planté devant elle, hésitant, avant de demander à brûle-pourpoint :

— Accepteriez-vous de m'épouser ?

Dolorès l'avait regardé, abasourdie.

— Vous épouser ? Mais, Dutch, je vais avoir dix-huit ans au mois d'août. Je ne veux pas me marier, pas encore.

— Qu'à cela ne tienne ! Nous attendrons votre anniversaire.

— Et mes études ?

— Vous les terminerez à l'université du Wisconsin. J'ai accepté de m'y rendre pour jouer dans leur équipe. Comment nous verrons-nous si vous restez ici ?

— Mais je suis beaucoup trop jeune pour me marier !

L'argument ne le convainquit pas le moins du monde.

— Ma mère s'est mariée à seize ans.

— Je ne peux pas consentir à devenir votre femme alors que je vous connais si peu et que j'ai encore tout à apprendre de la vie. Ce serait courir au désastre, un résultat que ni vous ni moi ne souhaitons.

Il n'avait pas insisté et ce refus avait marqué la fin de leurs sorties. La Taverne du Fauconnier ne les avait pas revus. Dolorès avait mal supporté leur rupture, très brutale. Pendant des jours elle était restée prostrée dans sa chambre à sangloter sans retenue. Elle avait beau se dire qu'elle ne l'aimait pas, sa présence lui manquait.

Aujourd'hui encore elle s'expliquait difficilement le comportement que Dutch avait eu envers elle à l'époque. Comment avait-il pu passer d'une fille comme Rosalie Rogers, ravissante et lancée, à une étudiante passionnée pour son travail, effacée et timide ? Au palmarès du beau footballeur figuraient de nombreuses copies de Rosalie, pas une seule intellectuelle sage et jolie. C'était un genre qu'il ne paraissait pas priser outre mesure. Peut-être ne lui avait-il fait la cour que dans le but d'éveiller la jalousie de Rosalie. Mais pourquoi alors l'avoir demandée en mariage ? S'agissait-il d'un jeu seulement ? Un test grandeur nature pour éprouver son pouvoir de séduction ? Aucun homme sensé ne se hasarde à une telle proposition s'il n'estime avoir quelques chances de succès. Offrir son existence en partage à une femme et essuyer un refus n'est jamais agréable. Comment se faisait-il qu'un garçon aussi intelligent que lui ait pu imaginer un instant qu'elle accepterait de s'engager pour la vie au terme de quelques heures passées ensemble ?

Une salve d'applaudissements la rappela à la réalité.

— Et maintenant, je passe le micro à Dutch Kampen, annonça l'orateur.

Dutch négligea les quatre marches menant à l'estrade pour l'investir d'un bond. Ses propos allèrent droit au but. C'est la moindre des choses pour un footballeur de talent. Exactement comme lorsqu'il l'avait demandée en mariage. Après Dutch, ce fut au tour du Pr Fuller de prendre la parole. Il se montra nettement moins concis que son prédécesseur et une certaine impatience gagna son auditoire. Le souffle tiède et parfumé qui s'engouffrait par les fenêtres ouvertes rappelait à chacun la douceur et la beauté de cette journée d'automne. Le discours du Pr Fuller à peine achevé, tous se ruèrent vers la sortie.

— Que diriez-vous d'un café ? proposa Al Lexington.

— Excellente idée.

Ils se retrouvèrent dans une salle, réservée aux professeurs, où l'on pouvait déguster diverses sortes de rafraîchissements.

— D'où venez-vous ? s'enquit Al.

— D'ici. Je suis née à Borden.

La réponse le surprit.

— Votre présence parmi nous est une manière de retour aux sources, si je comprends bien, déclarat-il après l'avoir longuement écoutée.

Il s'empara d'une assiette de petits fours salés et en offrit à Dolorès qui refusa.

— Une cigarette alors ? suggéra-t-il.

Elle n'avait pas fumé depuis le lycée, époque où elle considérait cela comme une preuve de maturité. Au même instant, Dutch entra dans la pièce. Il vint droit à elle.

Leurs regards se rivèrent l'un à l'autre. Elle n'entendait plus rien du vacarme qui l'entourait. Le hâle de l'été dorait le visage de Dutch. Ces quelques années n'avaient en rien altéré ses traits. Ses yeux étaient toujours aussi verts. Seules les petites rides qui les cernaient et qui lui donnaient davantage de charme encore attestaient de la fuite du temps. La même masse de cheveux très noirs, un peu en désordre, auréolait son visage.

— Hello ! Dol. Ça fait un bail qu'on ne s'est vus !

Il mordit à belles dents dans un beignet aux pommes.

— Bonjour, Dutch. Quelle surprise de vous retrouver ici !

Al comprit immédiatement que quelque chose lui échappait.

— Je vois que vous vous connaissez déjà, hasarda-t-il.

— Nous sommes de vieux amis, confirma Dutch avec un regard appuyé vers Dolorès.

Avec un sens de l'à-propos qui arrangea tout le monde, Al effectua une sortie diplomatique.

— Tant mieux, ça évite les présentations. Excusez-moi mais je dois aller dire un mot au doyen.

Une fois seuls, l'ancienne timidité de la petite lycéenne face au glorieux sportif refit son apparition. La jeune femme se dépêcha de dire ce qui lui passait par la tête de crainte de ne plus pouvoir articuler un mot.

— J'imaginais que vous meniez une brillante carrière de footballeur professionnel. Qu'est-il advenu de l'équipe du Wisconsin ?

— Je n'ai pas renouvelé mon contrat. Entraîner une équipe universitaire a toujours été dans mes projets. Et vous ? Qu'est-ce qui vous ramène ici ?

— Une certaine lassitude de l'atmosphère polluée des grandes villes. Dans les brouillards de Chicago, la rivière et les forêts de Borden prenaient des airs de paradis.

— Il paraît que vos parents habitent maintenant la Floride ?

— Oui. Ils me prêtent leur maison sur le campus en attendant de décider s'ils s'installeront définitivement là-bas.

Elle parlait beaucoup plus vite que de coutume, espérant que ce flot de paroles soulagerait sa tension. Sentir le regard de Dutch s'attarder sur elle avec insistance la troublait.

Une assiette de beignets, qui circulait de main en main, passa dans le voisinage.

— Vous ne voulez rien ? demanda son compagnon.

— Surtout pas de gâteaux ! Très mauvais pour mon tour de taille !

Dutch considéra la silhouette de la jeune femme avec une moue.

— Le danger ne menace pas encore.

Il engloutit un dernier morceau de beignet avant d'en saisir un second par-dessus l'épaule de son voisin. Dolorès se souvenait de sa voracité qui semblait être intacte, et de son goût prononcé pour les pâtisseries. Lors de leurs expéditions à la Taverne du Fauconnier, tandis qu'elle se contentait de grignoter un morceau de brioche, Dutch dévorait

162

des sandwiches puis, sans transition, passait aux gâteaux et concluait par de la crème glacée. Le tout sans jamais s'alourdir d'un gramme. Dolorès n'en revenait pas. Absorber de pareilles quantités de sucre et de beurre sans en être affecté le moins du monde tenait du prodige !

— Je vois que vous avez toujours le même solide appétit, ne put-elle s'empêcher de remarquer.

— Pas déjeuné : entraînement, expliqua-t-il la bouche pleine. Et vous ? Qu'avez-vous fabriqué pendant tout ce temps ?

Bien que Dutch appartînt à présent au corps universitaire, il n'en gardait pas moins la même façon de s'exprimer, expéditive et fruste, un langage façonné sur les terrains de sport.

— J'enseignais à Chicago. J'ai aussi effectué deux longs séjours en Europe, à Milan et à Paris.

— Vous n'êtes pas fiancée, mariée ou amoureuse ?

— Pas le moins du monde.

En quoi cela le regardait-il ? Elle lui retourna mentalement la question. Et lui ? Instinctivement son regard accrocha la main de Dutch. Aucune trace d'alliance. Ça ne voulait pas dire grand-chose. Tout au plus un indice, pas une preuve. Il n'empêche qu'elle en éprouva une sorte de soulagement.

— Toujours pareille à vous-même, Dol.

— A vrai dire, j'ai hésité à me transformer en Raquel Welch mais, en fin de compte, j'ai préféré rester moi-même.

Sa répartie lui insuffla un peu de courage. Pour achever de se donner une contenance, elle alluma la cigarette qu'Al lui avait offerte et qu'elle tripotait nerveusement depuis cinq minutes.

— Depuis quand fumez-vous ?

Pour un sportif tel que Dutch le tabac représentait le mal absolu. A sa grimace, elle s'en souvint, un peu tard.

— Depuis toujours.

— Autrefois, je ne vous ai jamais vue avec une cigarette.

C'était vrai. Elle ne pouvait prétendre le contraire. Pourtant, jusqu'à présent, elle lui avait caché les vraies raisons qui avaient motivé son comportement à l'époque.

— Sachant que vous désapprouviez cette manie, j'évitais de m'y adonner en votre présence.

— C'est très mauvais pour la santé.

— Pas plus que d'avaler toutes ces sucreries, rétorqua-t-elle en désignant d'un doigt accusateur le beignet recouvert d'une carapace de sucre glacé rose pâle qu'il s'apprêtait à ingurgiter.

— A cette différence près que je n'empoisonne que moi, alors que vous, vous m'obligez à respirer votre fumée.

— Désolée de vous importuner.

Dolorès tourna les talons et le planta là. Il n'y avait rien de prémédité dans cette brusquerie. Elle ne cherchait aucunement à le fuir. Simplement, la conversation avait dérapé comme cela se produit quelquefois. On file à bonne allure sur une route droite, survient une plaque de verglas et vlan ! on se retrouve dans le fossé avant de comprendre ce qui se passe.

Elle chercha du regard Al Lexington. Lui seul pouvait la sortir de ce mauvais pas. Pourvu qu'elle parvienne à le retrouver. Sous prétexte de prendre un autre café, elle se dirigea vers le buffet. De là elle scruta la salle. Al avait bel et bien disparu. En revanche, elle ne put éviter le regard de Dutch. Il la rejoignit au buffet.

— Toujours le même fichu caractère, lui lança-t-il en guise d'entrée en matière.

Dolorès sourit. Elle ne lui en voulait pas vraiment.

— Gardez-le : c'est la marque d'une personnalité

affirmée, mais de grâce, ajouta-t-il en lui ôtant sa cigarette à demi consumée des doigts, perdez vos mauvaises habitudes !

Cet accès d'autorité exaspéra Dolorès. Pour qui se prenait-il ?

— Ne vous gênez surtout pas ! Je suppose que si j'en rallume une, vous allez siffler un penalty !

Dutch demeura imperturbable. Du moment que le bon droit se trouvait de son côté, rien ne l'ébranlait. Il avait une âme de justicier, de redresseur de torts. Autrefois, du temps de leurs études, dès qu'une bagarre se déclenchait, il s'interposait entre les combattants. La plupart du temps, après un coup d'œil à sa carrure et à sa haute taille, les adversaires, penauds, acceptaient son offre de médiation. Souvent aussi, il allait au-devant des nouveaux, des étrangers, et les aidait à se sentir chez eux sur le campus.

— Quelle est la suite du programme ?

Dolorès cherchait à renouer le fil déjà rompu à deux reprises.

— Rien d'important avant demain matin. Les organisateurs ont prévu une visite de l'université pour les nouveaux venus. Sans intérêt pour vous.

— Pas certain. Nombre de choses ont changé depuis mon époque. Je crois que je devrais y prendre part.

Dutch esquissa un petit sourire moqueur.

— Irréprochable...

— Qu'entendez-vous par là ?

— Jamais la moindre défaillance. Je connaissais la parfaite étudiante. Je retrouve l'enseignante modèle.

Le compliment était à double tranchant. Sous couvert de flatteries, il la classait dans la catégorie de ceux auxquels les règlements tiennent lieu d'imagination.

— Vous êtes trop aimable, enchaîna Dolorès sur le même ton.

— Bon. Eh bien, ravi de vous avoir revue, conclut Dutch.

Visiblement, il cherchait une porte de sortie. Il n'avait jamais été très habile à ce genre d'exercices. L'espace d'un instant, elle attendit, espérant que contre toute attente il allait lui proposer de dîner avec lui ou l'inviter à prendre un verre, histoire de retourner à la Taverne du Fauconnier. Mais non. Il se contenta de la regarder avec, dans les yeux, une lueur indéfinissable.

Déçue mais bien décidée à ne pas le montrer, elle lui sourit et s'en fut après lui avoir adressé un petit geste désinvolte de la main.

En fin de compte, Dolorès n'assista pas à la visite guidée du campus le lendemain. Elle préféra consacrer la matinée à l'aménagement de son bureau. Il ne payait pas de mine. Dix mètres carrés de plancher recouvert de linoléum verdâtre, une table, trois chaises et des rayonnages où traînaient encore de vieux magazines abandonnés par son prédécesseur. Ses livres à elle s'entassaient encore dans des cartons devant la fenêtre.

Tout en les déballant, son esprit se mit à vagabonder. Elle essaya de comparer les mérites respectifs des deux hommes rencontrés depuis son retour à Borden. La comparaison tourna à l'avantage d'Al Lexington qui, sans conteste, correspondait davantage à son idéal masculin. Lui et elle avaient les mêmes aspirations, les mêmes goûts pour les plaisirs intellectuels...

Chapitre deux

Tous les ans, en septembre, les professeurs se lancent dans une grande aventure. Ils partent à la découverte des élèves que le sort leur a attribués. Ceux-ci éprouvent le même frisson d'appréhension. L'enjeu est de taille. Neuf mois durant, ils devront se supporter. Les atouts se répartissent équitablement. Chaque partie en présence est en mesure d'empoisonner l'existence de l'autre ou, au contraire, de la rendre agréable.

Le premier cours est déterminant ; aussi se déroule-t-il en général dans une atmosphère lourde de suspense. Pour Dolorès, tout se passa pour le mieux. Les quarante étudiants dont elle héritait l'accueillirent chaleureusement. Plus tard l'un d'eux lui avoua que son apparition avait vite dissipé leurs craintes : ils redoutaient de se trouver coincés avec une vieille barbe comme l'année précédente.

Afin de juger un peu du niveau de ses élèves, Dolorès leur demanda de rédiger un court compte rendu de leur dernière lecture. Les différents choix ne l'étonnèrent pas. Elle retrouva les auteurs déjà grands favoris sur le campus à son époque. Certaines analyses s'avérèrent d'une pénétration étonnante. La grande majorité tournait autour d'une honnête moyenne. Si les idées ne brillaient pas par leur originalité, du moins leurs auteurs les avaient-ils exprimées dans une langue irréprochable.

Quelques cas cependant paraissaient désespérés, comme celui d'un certain Moose ou Morse — elle ne parvenait pas à déchiffrer son nom tellement il écrivait mal. Heureusement, son devoir ne traînait pas en longueur ! Sa lecture préférée ne lui avait guère inspiré qu'une page et demie de hiéroglyphes. Il s'agissait de *Un corps à apprivoiser*, roman obscur d'un auteur inconnu du nom de Camille Darembert. L'appréciation de son lecteur était formulée de façon fort succincte et primaire : « J'ai beaucoup aimé parce que c'est une histoire qui me plaît où il y a beaucoup d'action et de sexe. C'est vraiment très bien. »

Bref, de quoi désespérer une institutrice de maternelle. De toute évidence l'individu en question constituait un cas flagrant d'erreur d'aiguillage. Sa place ne se trouvait certainement pas dans une université.

Intriguée malgré tout par tant de nullité, Dolorès consulta les dossiers de ses étudiants empilés sur sa table de travail. Impossible de découvrir un nom qui ressemblât de près ou de loin à celui du cancre en question. Elle sépara sa copie des autres. Dès le lendemain, elle la montrerait au doyen pour obtenir des explications. On frappa à la porte.

— Entrez ! cria-t-elle.

Dutch Kampen apparut, un large sourire aux lèvres. Ses cheveux noirs, en désordre comme toujours, lui balayaient le front, mais sa tenue était plus soignée que la veille. Il portait une chemise, une veste et même une cravate, desserrée il est vrai sur un col ouvert. Quoi qu'il en soit, à sa façon désinvolte et merveilleusement naturelle, il était suprêmement élégant.

— Salut Dol ! J'aimerais vous parler une minute.

Le cœur de Dolorès se mit à battre plus vite.

— Bien sûr. Entrez.

Avant de connaître la raison de sa venue, elle devinait qu'il y accordait de l'importance. Ce n'était pas le hasard ou le caprice d'un moment qui avaient dirigé ses pas jusque chez elle... Les installations sportives où travaillait Dutch se trouvaient à l'autre bout du campus.

— Alors ? Qu'est-ce qui vous amène en territoire étranger ?

— Vous. J'ai quelque chose d'important à vous dire.

Comme le soir où il l'avait demandée en mariage ? La jeune femme s'appliqua de toutes ses forces à chasser ce souvenir.

— Voilà. C'est au sujet d'un de mes équipiers. Il assiste à votre cours, commença-t-il en s'asseyant sur un coin du bureau.

— Comment s'appelle-t-il et quel est son problème ?

— Morrison. Mike Morrison. C'est un nouveau. Il aurait dû entrer en troisième année mais il n'a pu entrer qu'en première année à cause de son anglais.

— Ne me dites pas que cette lacune vous empêche de dormir.

— Ce type est notre avant centre. Sans lui mon équipe n'existe plus.

— En règle générale, je ne surcharge pas mes étudiants de travail. Votre vedette ne manquera pas l'entraînement à cause de moi.

Dutch se pencha vers Dolorès en arborant son sourire le plus irrésistible.

— Vous connaissez au moins de nom Morrison & Cie, la plus importante affaire de transports du pays ? Elle appartient à son père, ancien étudiant à Borden lui aussi.

Que lui importait de savoir cela ? La jeune femme se demanda où Dutch voulait en venir.

— Et alors ?

— Notre doyen, ce cher Peterson, espère beaucoup que Morrison père fera une importante donation à l'université. De l'ordre d'un demi-million de dollars. Intéressant, non ? conclut Dutch sur un ton plein de sous-entendus.

— Palpitant.

— Un seul problème : Morrison fils est beaucoup plus doué pour le foot que pour l'anglais. S'il rate ses examens, le règlement lui interdit de jouer dans l'équipe universitaire. Comme Morrison père est un fana de football, il le prendrait très mal et adieu les dollars. Autrement dit, la construction du nouvel auditorium repose désormais sur vos épaules.

Dutch, visiblement soulagé d'avoir ainsi vidé son sac, entreprit de faire tenir une règle en équilibre sur un coin du bureau.

— Ses difficultés en anglais sont de quel ordre ?

Les universités privées telles que Borden ne recevaient aucun subside de l'Etat. Leur financement dépendait uniquement des frais de scolarité et des donations. Dolorès connaissait suffisamment l'acuité de ce problème pour ne pas désirer jouer les trouble-fête.

— Mineures, s'empressa de répondre Dutch. Il obtient d'excellentes notes dans les disciplines scientifiques, ce qui prouve qu'il n'est pas idiot.

Dolorès parcourut la pile de copies remises par ses élèves.

— Curieux, je ne trouve pas de devoir au nom de Morrison. Sans doute n'a-t-il pas assisté au premier cours ?

— Si, je l'ai rencontré il y a quelques minutes. Il m'a dit avoir rédigé un devoir sur son livre préféré : quelque chose avec « apprivoiser ».

Cette effroyable révélation consterna Dolorès.

— Moose !

— Oui, c'est son surnom.

— Dutch, votre protégé sait tout juste écrire !
Jamais il ne réussira son examen.

D'un mouvement de tête, Dutch minimisa l'objection.

— Bon, d'accord. Il faudra qu'il donne un coup de
collier. Mais montrez un peu de compréhension.

— A moins de passer l'examen à sa place, je ne
vois pas comment lui sauver la mise. On n'obtient
pas un diplôme universitaire en courant derrière un
ballon.

Cette caricature exaspéra Dutch. Il se leva d'un
bond, tout sourire effacé.

— Sa réussite à cet examen vaut un demi-million
de dollars. Je vous conseille d'y réfléchir à deux fois
quand vous le noterez.

La menace ne se voilait d'aucune précaution
oratoire. Sa brutalité désarçonna Dolorès. Puis, le
choc encaissé, elle se rebella.

— Dois-je comprendre qu'un refus de ma part
remettrait en cause ma situation à Borden ?

Face à sa détermination, Dutch battit en retraite.

— Tout de suite les grands mots ! Qui parle de
vous renvoyer ?

Sa voix changea imperceptiblement.

— Pas moi en tout cas. Je vous demande juste de
coopérer un peu.

— Ce genre de coopération n'est pas dans mes
habitudes.

Dutch hésita un instant sur le parti à prendre.
Allait-il choisir de se laisser aller à la colère ou
parviendrait-il à se maîtriser ? Face à tout autre il
aurait haussé le ton et tapé du poing sur la table. En
l'occurrence, il sentait confusément que cela ne
mènerait à rien. Ses intérêts étant en jeu, il préféra
louvoyer.

— Morrison se passionne surtout pour la physique. Il a obtenu une très bonne note au dernier
contrôle.

Ce disant, Dutch triturait une gomme ramassée au hasard. Sa nervosité démentait le ton calme de ses paroles.

— Et la physique est une matière autrement plus difficile que l'anglais ! ne put-il pas s'empêcher d'ajouter.

— Si j'en juge par vos maigres connaissances, vous me semblez mal placé pour en discuter !

Là, elle exagérait. Dutch bondit sous l'insulte.

— Oh ! vous, la grande lettrée, ça suffit ! cria-t-il. Sans être Shakespeare, je parviens à manier notre langue de façon tout à fait satisfaisante. Personne n'a de mal à me comprendre sauf vous, paraît-il.

S'il continuait sur ce ton, tout l'étage allait être au courant de leur affrontement. Mieux valait tâcher de le calmer.

— Rassurez-vous, Dutch, j'essaierai de l'aider dans la mesure du possible. Je m'en voudrais de priver l'université d'un demi-million de dollars.

Cette promesse parut l'apaiser.

— Je vous demande simplement de lui accorder une chance de rattraper son retard, conclut-il.

Dolorès parcourut la copie de Moose Morrison étalée devant elle. A moins qu'il ne se métamorphose en avion à réaction, ça se présentait mal !

— Vous verrez, c'est un gentil garçon, l'encouragea Dutch. Il travaillera comme un forcené pour vous impressionner. Comme moi autrefois, ajouta-t-il en la regardant droit dans les yeux.

Elle ne releva pas l'allusion et se dépêcha de changer de sujet.

— Pourquoi avez-vous abandonné votre carrière de footballeur professionnel ?

— Une épaule cassée. D'ailleurs, ça vaut peut-être mieux. Je ne parviens pas à considérer le foot autrement que comme un jeu. Ça vous étonnera sans doute mais mon entraîneur prétendait qu'il me manquait la hargne nécessaire au bon professionnel. On m'a offert d'autres situations dans des firmes d'équipements sportifs, etc., mais j'ai préféré revenir m'installer ici.

Ces mots la firent sursauter et elle lui posa la question qui lui brûlait les lèvres depuis le premier instant de leurs retrouvailles.

— Installer ? Vous êtes marié ?

— Non. Je vis seul.

Dolorès se détendit. A l'imprécise angoisse qui l'étreignait succéda un sentiment de profonde lassitude. Ce début de confidences la troublait infiniment plus que l'affrontement précédent. Chaque mot de Dutch, chacun de ses mouvements, chacune des intonations de sa voix lui rappelait des souvenirs, lui faisait revivre ces fins d'après-midi à la Taverne du Fauconnier. Il n'avait pas changé.

— Sur votre porte vous avez inscrit : Mlle Parker. Vous non plus, vous n'êtes pas mariée ?

— Vos déductions sont justes. Je ne suis pas mariée.

— Pas toujours très gai le célibat. On se sent parfois un peu seul.

Comme il avait fait volte-face et se dirigeait vers la sortie en prononçant ces mots, Dolorès ne saisit que la fin de sa phrase.

Dutch ferma la porte et revint sur ses pas.

— La vie en solitaire me convient parfaitement, précisa-t-elle un peu trop vite.

— Les femmes le supportent mieux. Elles se contentent de la compagnie d'un chien ou d'un chat.

— Je n'ai ni l'un ni l'autre.

Dutch contourna le bureau. Il la prit aux épaules, l'obligeant à se lever. Etrangement cela ne la surprit pas outre mesure. Elle s'y attendait, l'espérait presque.

Des deux mains, elle tenta malgré tout de le repousser. Peine perdue. Autant chercher à immobiliser un rouleau compresseur. Dutch la serrait contre lui, inconscient de sa force. Il lui faisait presque mal mais cela n'avait rien de désagréable. Blottie contre lui, dominée d'une bonne tête, elle pouvait distinguer les petites écorchures qu'avait laissées le rasoir sur le menton énergique de son compagnon.

Il inclina la tête jusqu'à ce que leurs lèvres se rencontrent. Ce n'était pas un baiser avide, passionné, plutôt une caresse amicale, une manifestation de tendresse. Sa douceur endormit la prudence de Dolorès. Elle ferma les yeux afin de mieux la savourer. Ce fut une erreur. La réalité du monde environnant disparut. Elle ne fut plus consciente que de ces bras qui l'entouraient, la pressaient, que de ce corps viril contre le sien. Il ne lui rappelait rien et, pourtant, elle reconnaissait chacun des muscles qui s'imprimaient dans sa chair sous la violence de l'étreinte. Combien de fois ne l'avait-elle pas appelé de ses vœux secrets dans ses rêves ?

D'ailleurs n'était-ce pas ce qui lui arrivait en ce moment ? N'était-elle pas en train de rêver ? Elle éprouvait la même sensation caractéristique d'abandon où l'on accepte sans inquiétude tout ce qui peut survenir. Dolorès noua ses bras autour du cou de Dutch. Elle n'existait plus que par cette bouche qui écrasait ses lèvres. Le sol se dérobait sous elle mais cela n'avait pas d'importance. Il ne permettrait pas qu'elle tombe. Il la recueillerait contre lui pour la porter elle ne savait où. Vers autre chose qu'elle devinait confusément. Un long chemin les attendait qu'ils parcourraient ainsi, unis l'un à l'autre.

On frappa à la porte.

Dolorès tituba et dut se rattraper au dossier de la chaise pour ne pas s'effondrer.

La vie réelle reprenait ses droits. Sur le seuil du bureau une femme s'adressait à Dutch. Il l'écoutait sans la voir, le regard perdu au loin.

— Monsieur Kampen, on vous attend pour commencer la réunion.

— J'arrive tout de suite.

— Tout le monde est déjà là, insista l'intruse.

— Ça va, j'ai compris.

Elle se le tint pour dit et battit en retraite.

— Mon ancienne secrétaire, Mlle Huston, expliqua-t-il. Vous comprenez pourquoi elle ne l'est plus.

— Je la trouve plutôt jolie.

— Dans le genre beau militaire, en avant marche !

— Juste retour des choses : vous faites courir les autres, elle vous met au pas.

Le regard de Dutch s'appesantit sur elle.

— Je suis heureux de vous retrouver.

Chapitre trois

La correction de quarante copies mérite récompense, estima Dolorès en posant son crayon avec un soupir de lassitude. Il n'y avait pas grand monde dans la cafétéria des professeurs et Al Lexington la repéra dès son entrée.

— Dolorès ! Quelle bonne surprise !

Il se leva pour l'accueillir à sa table.

— Alors comment se passent vos débuts ?

— Bien, dans l'ensemble, quoique avec quelques petits problèmes comme tout le monde.

Al lui tapota affectueusement la main.

— Racontez-moi vos malheurs. Je vous promets de vous épargner les miens.

Pour toute explication, elle sortit le paquet de copies qu'elle trimbalait dans sa serviette et mit celle de Mike Morrison sur la table. Al la parcourut en diagonale. Son expression hésitait entre la stupéfaction et l'hilarité.

— Evidemment..., conclut-il en la reposant. Ça ne vaut rien.

— Si, un demi-million de dollars !

En deux mots, elle lui expliqua la situation en omettant toutefois de mentionner le rôle exact tenu par Dutch dans cette affaire.

— De toute façon, commenta Al, mieux vaut ne pas être la personne qui recale la vedette de l'équipe de football. Je ne veux pas vous donner de faux espoirs, mais je vais essayer de vous aider.

— Comment ? La seule solution consisterait à l'intégrer à un cours de rattrapage.

— Dutch n'acceptera jamais que son poulain fasse des heures supplémentaires prises sur son entraînement.

Dolorès remit les copies dans sa serviette.

— C'est un cas désespéré. Tous mes efforts ne serviront à rien.

— Du moment qu'on ne vise pas la mention très bien, on peut espérer un résultat. D'ailleurs, l'indulgence est de mise envers les stars du sport.

Cette plate constatation arracha à Dolorès une grimace de dégoût.

— C'est d'une injustice révoltante !

La naïveté de cette condamnation amusa son interlocuteur.

— La vie est ainsi faite.

La conversation bifurqua sur les activités d'Al. Dans son cours d'art dramatique, il étudiait le théâtre à travers les âges, des auteurs de l'Antiquité aux contemporains.

— Pour ne pas nous cantonner dans de la théorie pure, nous montons deux pièces par an. En ce moment nous préparons *Œdipe roi* et *Le Bourgeois gentilhomme.*

— Vos étudiants sont-ils doués pour la comédie ?

— Très doués. Certains d'entre eux deviendront probablement des acteurs professionnels en quittant l'université. Ils ont déjà reçu des offres de directeurs de troupes venus assister au cours.

— Félicitations. Grâce à vous Borden va devenir une pépinière de stars.

Al lui raconta qu'avant de se consacrer à l'enseignement, il avait connu un assez brillant début de carrière sur les planches.

— Cela m'incite à rendre mes cours plus pratiques en y intégrant la direction d'acteurs, la mise en scène.

— C'est passionnant. Beaucoup plus que ce que je fais. Si jamais vous avez besoin d'une assistante, prévenez-moi.

— Votre patron n'apprécierait sûrement pas cette initiative. Il ne m'aime pas beaucoup. Mais venez donc à l'une de nos répétitions, proposa-t-il en se levant pour prendre congé.

— Avec joie, acquiesça-t-elle.

Dolorès ne demeura pas longtemps seule. Une jeune femme brune la rejoignit bientôt.

— Bonjour. Je m'appelle Loïs Seaton et je suis bibliothécaire. A ce que je vois, le bel Al n'a pas perdu de temps pour tendre ses filets autour de vous.

L'idée amusa Dolorès.

— Le bel Al! Mérite-t-il un surnom aussi flatteur?

— Et comment! Il les tombe toutes!

Ainsi amorcée, la conversation se poursuivit, légère et animée. Dolorès commanda un autre café avant de regagner son bureau pour préparer le cours du lendemain.

Une fois chez elle en fin de journée, la jeune femme se prépara un dîner froid composé d'une salade de maïs et d'une tranche de jambon fumé qu'elle avala en passant en revue les événements du jour. La perspective de donner des leçons particulières à Moose Morrison l'ennuyait. Comme si elle n'avait pas suffisamment de travail comme ça! La meilleure solution serait évidemment qu'il s'inscrive au cours de rattrapage.

Dans cette petite maison où elle avait vécu toute son enfance, elle se sentait protégée, comme dans un cocon. A chaque instant, elle s'attendait à entendre résonner la voix de ses parents au bout d'un couloir. La bibliothèque était encore tout imprégnée de la présence de son père, de l'odeur de sa pipe. Il s'y enfermait des heures durant, interdisant qu'on le dérange. Pourtant, lorsque sa fille osait enfreindre la consigne, il l'accueillait invariablement avec un sourire aux lèvres. Ses livres garnissaient encore les rayonnages qui couraient sur les murs. Un escabeau de bois permettait d'atteindre les étagères les plus élevées. Ses chers bouquins devaient lui manquer en Floride. Dolorès choisit deux recueils de poèmes et les emporta au salon. S'installer dans le fauteuil de son père, au centre de son repaire, lui aurait paru le comble de l'indiscrétion. Pelotonnée sur un canapé, elle feuilleta les ouvrages, se laissant bercer par la musique tour à tour enlevée ou mélancolique des vers.

Soudain elle eut envie d'entendre la voix de ses parents. Elle se dirigea vers le téléphone et composait leur numéro lorsque retentit la sonnette de l'entrée. Probablement un voisin qui, prévenu de son retour, venait la saluer.

La porte s'ouvrit sur deux silhouettes massives qu'elle distinguait mal dans l'ombre. Elle eut un mouvement de recul. Se retrouver seule, en pleine nuit, face à deux inconnus n'avait rien de rassurant.

— Qu'est-ce que c'est ? demanda-t-elle, prête à claquer la porte à la première alerte.

— C'est moi, mademoiselle Parker.

La voix de Dutch la rassura.

— Vous m'avez fait une peur bleue, monsieur Kampen, répondit-elle en singeant la façon dont il venait de s'adresser à elle.

Malgré ses efforts, Dolorès ne parvenait pas à mettre de nom sur la seconde silhouette.

— Vous nous permettez d'entrer ?

Dolorès s'effaça pour céder le passage à ses visiteurs qui amenèrent avec eux un peu de la fraîcheur de la nuit.

A la lumière du vestibule, elle devina immédiatement que le compagnon de Dutch était un footballeur. Tous deux se tenaient de la même façon : les épaules rejetées en arrière, le cou très droit, ce qui leur conférait une attitude curieusement guindée. L'inconnu ressemblait à une caricature, le rejeton invraisemblable d'une lutteuse de fête foraine et de King Kong. S'il mesurait quelques centimètres de moins que Dutch, il rattrapait en carrure ce qui lui manquait en taille. Il avait le visage large, inexpressif, avec des petits yeux sombres enfoncés sous des arcades sourcilières proéminentes et un front bas enseveli sous une masse broussailleuse de cheveux. Des bras étonnamment longs accentuaient encore son apparence simiesque. Tout à fait le genre d'individu que l'on regardait de haut à midi et qui, à minuit, au coin d'une rue déserte, vous flanquait une peur bleue.

— Moose, dis bonsoir à mademoiselle Parker.

Dutch le sermonnait comme un enfant oublieux de ses bonnes manières.

— B'soir, m'ame, crut-elle entendre tandis qu'un gigantesque battoir écrasait sa pauvre main.

Moose promenait son regard morne autour du salon, le passant en revue dans les moindres détails sans pour autant accorder plus d'importance à une chose qu'à une autre. Il regardait tout sans rien voir en particulier, un peu à la manière d'une caméra de surveillance.

— Asseyez-vous. Qu'est-ce qui me vaut l'honneur de cette visite tardive ?

Dolorès essayait de cacher sous une amabilité de commande le désagrément que lui causait cette intrusion.

— J'aimerais que nous réglions cette histoire de leçons particulières pour Moose.

— Le mieux serait, je crois, que Moose s'inscrive aux cours de rattrapage du lundi soir, suggéra-t-elle sèchement.

Par expérience, Dolorès reconnaissait les cas désespérés dès le premier abord. Incontestablement Moose se rangeait dans cette catégorie.

— Lundi soir, on répète la tactique, constata Dutch.

— La tactique ?

— Oui, celle des matchs à venir. Très important.

Vautré sur le canapé, Moose écoutait la conversation d'un air distrait. Cette discussion qui le concernait au premier chef semblait l'ennuyer à mourir.

— Je ne doute pas de l'utilité des cours de tactique, concéda Dolorès, mais, dans le cas de Moose, les cours d'anglais sont indispensables.

— Moose et moi mettons au point la tactique et, le lundi, nous l'expliquons au reste de l'équipe.

Que Moose pût expliquer quoi que ce soit à qui que ce soit paraissait impossible. Jusqu'à présent, exception faite pour son salut inintelligible, il n'avait pas ouvert la bouche.

— Reportez la tactique au mardi, suggéra-t-elle.

— Le mardi nous l'expérimentons sur le terrain, expliqua Dutch. Et l'ennui c'est que le mercredi...

— Laissez tomber, Dutch, l'interrompit-elle, agacée. Je suis très occupée mais, si certaines de mes heures de liberté coïncident avec celles de Moose, je les lui consacrerai.

Elle se tourna en direction de ce dernier.

— Montrez-moi votre emploi du temps.

De la poche arrière de son jean, Moose tira une feuille pliée en quatre, incurvée comme si elle avait été moulée sur son postérieur, et la tendit.

— Disons mardi matin de onze heures à midi et jeudi après-midi de deux à trois, annonça-t-elle après une rapide consultation.

Moose extirpa un crayon d'une autre poche et entreprit laborieusement de noter cet horaire, puis il se leva.

— Merci, madame Parker. C'est vraiment sympa à vous.

Il se tenait là, les bras ballants le long du corps. La présence d'un ballon lui donnait peut-être des ailes mais, pour l'instant, il ressemblait plutôt à une oie sauvage émigrant à pied par l'autoroute.

— Tu viens, Dutch ? demanda-t-il, inquiet.

— Non. Je te verrai demain.

— O.K.

Moose se mit en marche. Droit devant, sans refermer aucune des portes qu'il ouvrait. Dutch se précipita pour remédier à cet oubli.

— Un gentil garçon, non ? demanda-t-il en revenant s'asseoir dans le salon.

— Un véritable séducteur !

— En tout cas très poli, ajouta Dutch un peu refroidi par l'ironie de Dolorès.

— A peu près correct.

— Les professeurs l'intimident. Surtout les profs d'anglais.

— Tant mieux.

— Mais pour les filles, c'est un tombeur de première. Il trimbale un véritable harem à ses trousses.

L'idée qu'une de ses congénères puisse éprouver du plaisir à sortir avec cette brute épaisse la consternait.

— Je me demande bien ce qu'elles lui trouvent !

— Tous les goûts sont dans la nature, même si les vôtres ne vous portent pas vers les sportifs.

— Je ne tiens pas à transformer ma chambre en terrain de compétition. Compter les points ne m'amuse pas particulièrement.

— Ils ne sont pas tous demeurés.

— Vous me présenterez l'exception dès son arrivée. En attendant, je vous sers un café ?

— Avec plaisir.

Dolorès le laissa seul le temps de préparer un

plateau à la cuisine. Malgré l'heure, toute envie de dormir l'avait quittée.

— Je vous suis vraiment reconnaissant de bien vouloir aider Moose, lui dit Dutch à son retour tandis qu'elle déposait son fardeau sur la table basse devant le canapé.

— Ce n'est pas Moose que j'aide mais l'université de Borden, le reprit Dolorès en s'asseyant sur une chaise.

Dutch désigna les coussins du canapé à ses côtés.

— Il reste encore de la place près de moi.

La manière dont il la regardait ne laissait aucun doute sur ses intentions. Sous l'invitation perçait la provocation. Déjà la présence de Dutch, à une pareille heure, dans ce qu'elle considérait comme son refuge, la troublait infiniment.

— Non, non. Installez-vous confortablement. Ne vous préoccupez pas de moi. A quoi emploiera-t-on les largesses du père de Morrison ? demanda Dolorès cherchant à maintenir la conversation sur un sujet neutre.

— C'est lui qui décidera. Je lui ai fortement suggéré de l'employer à la construction d'un nouveau gymnase. L'actuel tombe en ruines.

— La bibliothèque nécessite, elle aussi, des travaux de réfection.

— On peut partager.

— Quelle générosité !

— Je n'arrête pas de vous faire des concessions, Dol, beaucoup plus que vous ne m'en accordez.

— Vous ne manquez pas de toupet ! Vous croyez que ça m'amuse de prendre en charge votre primate deux heures par semaine ?

Dutch se pencha en avant. Un instant elle imagina qu'il allait poser la main sur son genou.

— Je sais l'effort que ça représente pour vous et je vous en remercie mais rappelez-vous la dernière fois que nous sortîmes ensemble : vous m'avez donné un bon coup de pied dans les tibias parce que j'essayais simplement de vous embrasser. Vous vous en souvenez ?

Evidemment qu'elle s'en souvenait !

— Selon ma version, vous essayiez tout à fait autre chose.

La précision provoqua un petit rire chez Dutch.

— Vous visez toujours les tibias ?

— Non. J'ai amélioré mes connaissances en anatomie. Je vise plus haut.

— Tout à fait votre genre. Perfectionniste en tout.

Dolorès se mit à bâiller. Le message était clair et son destinataire le comprit tout de suite.

— Vous voulez que je me tire ?

— Sans recourir à une expression aussi imagée, je vous avouerai que la journée fut longue et qu'une autre toute semblable se prépare pour demain.

Dutch avala ce qui restait de café au fond de sa tasse.

— Le lit nous attend, annonça-t-il d'un ton déterminé.

— Erreur grammaticale : les lits nous attendent. Deux personnes, deux lits. Tout au pluriel.

— Très futé. Merci du renseignement. Heureusement qu'il vous reste la grammaire, la syntaxe et tout le tremblement auquel vous raccrocher.

— Ça vaut bien un ballon ovale.

Sur cet échange acerbe, ils parvinrent dans le vestibule. Dolorès ouvrit la porte.

— Dans certaines situations, il ne suffit pas de savoir parler. Il faut agir.

— Je demanderai des conseils de tactique à Moose Morrison. Maintenant laissez-moi dormir.

— A bientôt, Dol.

Il n'essaya même pas de l'embrasser avant de disparaître dans la nuit.

Chapitre quatre

Le véritable savoir ne s'enseignait pas mais se découvrait, aimait à répéter Dolorès. Pour sa part elle n'éprouvait aucune vocation à inculquer des leçons, à bourrer des crânes réticents. Ses cours cherchaient avant tout à éveiller la curiosité puis à la guider vers la voie choisie. Il fallait de longues heures de travail pour bien les préparer et faire en sorte qu'ils apportent aux étudiants cette nourriture de l'esprit dont ils étaient avides.

Voilà précisément ce à quoi elle s'occupait ce matin-là lorsque la tête ébouriffée de Moose Morrison apparut dans l'entrebâillement de la porte.

— B'jour, mademoiselle Parker. Il est onze heures.

— Entrez, monsieur Morrison.

A tous ses autres étudiants, elle s'adressait par leur prénom. Avec celui-ci, c'était différent. Elle ne pouvait s'empêcher d'éprouver envers lui une certaine méfiance et leur manque total d'affinités ne la poussait guère à se montrer amicale.

Il avança une chaise et s'assit de l'autre côté du bureau. Comme l'autre soir, chez elle, Moose n'avait pas fermé la porte. Elle en fut soulagée.

— Revoyons ensemble votre compte rendu de lecture, suggéra-t-elle.

Un coup de crayon rouge soulignait chaque faute

d'orthographe. Le devoir paraissait avoir été rédigé en morse. Certaines erreurs dépassaient l'entendement, dignes d'un enfant de douze ans pas très doué. Les lois de la phonétique plus que de l'orthographe régissaient l'écriture de Moose qui écrivait les mots comme il les prononçait. Les sourcils froncés, il écoutait Dolorès lui rappeler des règles grammaticales de base, avec autant de concentration que s'il s'efforçait de comprendre la théorie de la relativité. Au bout de trois quarts d'heure, tous deux succombèrent au même épuisement dû à une incompréhension presque totale.

— Je voulais vous demander une chose, dit Morrison en se levant pour partir. Dans le poème que nous avons étudié hier soir, le mot écuyer revenait sans cesse. Qu'est-ce que ça signifie ?

— Ce terme désigne une personne particulièrement versée dans l'art de l'équitation.

— Equitation ?

Un mélange de prudence et d'amour-propre le retint de poser plus explicitement la question.

— Quelqu'un qui monte bien à cheval.

Dolorès s'exprimait avec calme, essayant tant bien que mal de cacher son exaspération.

Un large sourire éclaira le faciès de Moose Morrison.

— Ah ! Un cow-boy !

Effondrée, Dolorès se tassa dans son fauteuil.

— En quelque sorte...

Elle sortit de son abattement au moment où Morrison franchissait la porte, et l'interpella :

— Posséderiez-vous par hasard un dictionnaire ?

— Un dico ? Ben non.

— Débrouillez-vous pour en acheter un et apportez-le à notre prochaine leçon, monsieur Morrison.

Cherchant sans doute à se rattraper — Dolorès avait du mal à dissimuler son irritation —, il lui adressa un timide sourire.

— Ici tout le monde m'appelle Moose.

— Je ne suis pas tout le monde.

Dolorès regretta immédiatement l'arrogance de ses paroles. A croire que la bêtise était contagieuse.

— Mon vrai nom est Mike.

— Alors je vous appellerai Mike.

— Comme vous voudrez, mademoiselle Parker.

La seconde leçon particulière tint les promesses de la première. A son arrivée Moose, pour seul bagage, arborait un bloc-notes tout écorné.

— Et votre dictionnaire ? demanda Dolorès.

— Le voici.

Moose extirpa, non sans difficultés, de la poche de son jean, un minuscule dictionnaire de la taille d'un paquet de cigarettes, imprimé sur papier bible, qui disparaissait quasiment entre ses énormes mains.

— Qu'est-ce que c'est que cette plaisanterie ? s'exclama Dolorès.

— C'est un dico très complet, s'indigna Moose. Y'a même « écuyer » dedans.

— Probablement défini comme une espèce de cow-boy en voie de disparition ! Faites-moi le plaisir d'acheter quelque chose de plus consistant.

Un peu échaudé par cette entrée en matière, il s'efforça de rassembler les bribes éparses de son attention pendant l'heure qui suivit. La leçon ne se déroula pas trop mal. Chaque lueur de compréhension prenait des allures de victoire. Au bout du compte, ils se séparèrent totalement éreintés.

Pour se remettre, Dolorès s'octroya une pause cafétéria. La première personne qu'elle y rencontra fut Al Lexington, en grande conversation avec une ravissante chargée de cours du département de psychologie.

— Hello, Dolorès ! Venez donc vous asseoir. J'ai une bonne nouvelle pour vous.

L'autre jeune femme ramassa ses documents et lui céda la place.

— Ce soir, huit heures, Al ?

Il lui adressa un petit sourire prometteur.

— Vous pouvez compter sur moi.

Aujourd'hui, il ne portait pas de cravate et son pantalon de velours côtelé tirebouchonnait sur ses chaussures. De toute évidence ses succès féminins ne devaient rien à son élégance vestimentaire.

— Alors, cette bonne nouvelle ?

— Elle concerne Moose Morrison. J'ai obtenu son transfert de votre classe à la mienne. En principe ces changements en cours de trimestre sont interdits mais un athlète aussi exceptionnel mérite un traitement d'exception.

Assez content de son petit effet, il attendit les témoignages de gratitude auquel il estimait avoir droit.

— C'est très gentil à vous Al mais je me demande s'il ne vaudrait pas mieux qu'il demeure où il se trouve. Cela me gêne de me décharger d'un tel poids sur vos épaules.

— Pensez-vous ! J'en fais mon affaire !

— Dans ce cas...

Dolorès n'alla pas plus avant dans ses explications. L'initiative d'Al relevait de l'inconscience. Mieux valait éviter de lui mettre les points sur les i !

— Quand vous déciderez-vous à venir assister à un de mes cours ? Je crois que cela vous intéresserait.

Son intention était claire : il tenait à lui faire comprendre que de nombreuses affinités les rapprochaient, contrairement à d'autres !

— Dès que possible. Vous montez *Œdipe roi* ce trimestre ?

— Oui. Répétitions lundi et jeudi soir de sept à neuf. Quelques-uns des rôles restent à attribuer.

— Dans ce cas, j'attendrai encore un peu, dit Dolorès en s'apprêtant à regagner son bureau.

Al usait de la cafétéria comme du sien. Il y

préparait ses cours, corrigeait ses copies, lisait les journaux.

— Je ne comprends pas comment vous parvenez à vous concentrer dans un bruit pareil, constata la jeune femme.

A présent que la plupart des tables étaient occupées, des bribes de conversations, des éclats de rires et des chocs de verre, fusaient de toute part.

— Question de volonté. Je m'isole mentalement.

Il ne manquait pas de charme, c'était indéniable, et il savait s'en servir de manière plus feutrée, plus subtile que le commun des séducteurs.

Comme Dolorès partait, deux ravissantes jeunes femmes se précipitèrent sur Al qui les accueillit avec enthousiasme. Il allait lui falloir un phénoménal pouvoir de concentration pour continuer à travailler avec ces deux beautés à côté de lui !

Ses voisins, les Simmons, l'ayant invitée à dîner, Dolorès ne rentra chez elle que vers dix heures du soir. Une de ses pièces de théâtre favorite passait à la télévision. Durant tout le dîner, elle n'avait cessé de consulter sa montre à la dérobée de crainte de manquer le début. A présent, confortablement installée dans un profond fauteuil, elle savourait la poésie, la drôlerie de certaines répliques, le climat désinvolte de cette comédie.

Un coup de sonnette la tira de sa délectation. Furieuse contre l'importun qui venait la déranger, Dolorès ouvrit la porte prête à l'envoyer paître sans ménagements.

— Salut, Dol !

Dutch Kampen entra sans attendre son invitation.

— Cessez de m'appeler Dol. Personne, à part vous, n'utilise ce diminutif stupide.

— Très juste. Lucrèce Borgia ou Mata-Hari vous conviendraient mieux, ironisa-t-il avec sa voix des mauvais jours.

— Qu'est-ce que ça signifie ?

Il parlait entre ses dents, comme pour retenir des expressions trop cinglantes.

— Comme si vous ne le saviez pas ! Quelle manière élégante de se débarrasser de Moose ! Pas d'explications pénibles. Une lettre du rectorat se charge du sale boulot. Si vous manquiez de courage pour l'affronter directement, vous auriez au moins pu me prévenir. Je me serais débrouillé pour lui trouver un autre tuteur.

Voilà donc la raison ! Al ne perdait pas de temps !

— J'ignorais que tout fût déjà réglé. Al vient seulement de m'en parler. Je vous assure qu'il était dans mes intentions de prévenir Moose personnellement.

— Jolie combine. Le bel Al vous a embobinée en moins de deux.

— Personne ne m'a embobinée, comme vous dites ! Il se trouve simplement qu'Al accepte de le prendre dans son cours. Moose aura ainsi plus de chances de réussir l'examen de fin d'année.

— Evidemment ! Tout le monde décroche de bonnes notes à son cours bidon ! Ce Lexington n'en fiche pas une rame. Sous prétexte de conférences, il se débrouille pour que ce soit les autres professeurs qui fassent ses cours. Du moment que ses étudiants apprennent bien le rôle qu'il leur attribue dans ses pièces à la noix, il les fait tous passer dans la classe supérieure.

Une mauvaise foi aussi évidente indigna Dolorès.

— Ce n'est pas vrai. Et même si ça l'était, Mike aurait moins de mal à apprendre un petit rôle que les rudiments de la littérature anglaise.

— Il s'agit du capitaine de l'équipe de football, Dolorès ! s'exclama Dutch, aussi scandalisé que si elle eut proféré le pire des blasphèmes. Vous imaginez un peu la rigolade s'il apparaît sur scène en toge ! A sa prochaine sortie sur le terrain, tous ses coéquipiers lui crieront d'aller renfiler sa robe. Je les entends déjà !

Dutch se prit la tête dans les mains, catastrophé par ses propres prévisions. Dolorès dut reconnaître que l'apparition de Morrison en sénateur romain ou en pâtre grec risquait de surprendre.

— Lexington cherche simplement à mettre la main sur l'argent du père en se rapprochant du fils, pas à vous rendre service, continua Dutch. Ce bruit m'énerve...

Avec autant de désinvolture que s'il se fut trouvé chez lui, Dutch éteignit la télévision. Ce sans-gêne exaspéra la jeune femme.

— Je veux regarder cette pièce.

Elle se leva pour rallumer le récepteur. Il se le tint pour dit et n'insista pas.

— En tout cas, dès demain, il faut que vous voyiez le doyen pour demander le report de cette décision.

Ce genre d'ultimatum était d'autant plus intolérable qu'au fond d'elle-même elle se sentait un peu coupable d'avoir laissé à Al toute liberté pour organiser ce transfert. La décision se justifiait mais les modalités d'application laissaient à désirer.

— Rien que ça ? J'ai aussi mon mot à dire dans cette affaire. A qui revient la corvée des heures de leçons particulières ? Le football, je m'en fiche. Morrison, c'est votre problème, pas le mien.

Elle se croisa les bras d'un geste résolu.

— Ni le mien ni le vôtre. Celui de Borden tout entier. Et vous seule êtes en mesure de le résoudre. Moose ne tarit pas d'éloges à votre égard. Il prétend que grâce à vous il rattrapera son retard avant le troisième trimestre.

Même de la part d'un incapable, un compliment garde toute sa saveur. Dutch s'aperçut tout de suite que son interlocutrice n'y était pas insensible. Il profita de ce fléchissement pour ajouter :

— Et si nous gagnons le championnat, ce sera en partie grâce à vous. Vous n'aurez pas perdu votre temps. J'ai essayé de vous téléphoner avant de venir. Personne ne répondait. Où étiez-vous ?

— J'ai dîné dehors et maintenant j'aimerais beaucoup finir de regarder cette pièce...

— Al Lexington vous a-t-il emmenée dans un bon restaurant ?

— Je ne dînais pas avec lui.

— Qui donc était l'heureux élu ?

— En quoi cela vous concerne-t-il ?

— En rien, je suppose.

Il comprit qu'il faisait fausse route et changea de sujet.

— Alors, pour Moose ?

— Je parlerai au doyen.

Le visage de Dutch s'éclaira d'un large sourire. Il prit les mains de Dolorès dans les siennes.

— Je savais que vous ne me laisseriez pas tomber.

La jeune femme avait l'impression de s'être fait rouler. Malgré cela, le sourire de Dutch, son étreinte la rendaient heureuse. Face à cet homme elle se découvrait des faiblesses insoupçonnées.

— Maintenant, me permettrez-vous de retourner voir ma pièce ? demanda-t-elle en se dégageant.

— Allons plutôt prendre un verre dehors pour célébrer notre réconciliation.

— Non.

Il n'insista pas. Pendant quelques instants, il donna l'impression de s'intéresser à ce qui se déroulait sur l'écran, mais cela ne dura pas.

— Jamais entendu pareil charabia, commenta-t-il en se levant.

— Je ne vous retiens pas, répondit Dolorès sans prendre la peine de se retourner.

Il était écrit cependant qu'elle ne verrait pas cette

pièce tranquillement. La sonnette de l'entrée retentit à nouveau et, cette fois-ci, ce fut Al Lexington qu'elle découvrit sur le pas de la porte.

— Bonsoir. J'espère que je ne vous dérange pas. En rentrant chez moi, j'ai vu de la lumière, alors je me suis permis de débarquer à l'improviste.

Contrairement à son prédécesseur, il demeurait poliment dehors à attendre qu'on l'invite à entrer. Et lui au moins était convenablement habillé, pas avec un pantalon de survêtement et un anorak comme Dutch.

— J'ignorais, reprit Al, que vous fussiez la fille du Pr Parker. Je conserve un merveilleux souvenir de ses cours.

— Entrez donc.

Elle le précéda dans le salon. La présence du capitaine de l'équipe de football le surprit.

— ... Bonsoir, Dutch.

Pour toute réponse, il obtint un regard sans aménité.

— Dutch s'apprêtait justement à partir. La pièce que je regarde l'ennuie. Je suis certaine qu'elle vous plaira, Al. Tenez-moi donc compagnie.

— A un de ces jours, marmonna Dutch en quittant la pièce.

On entendit claquer la porte d'entrée.

Al se révéla être d'excellente compagnie. Il n'interrompait pas la pièce à tout propos par des commentaires absurdes selon l'habitude de tant de gens. Par contre, quand elle fut terminée, il en fit une analyse perspicace. Son aisance à manier les idées était étonnante. Il passait de l'une à l'autre avec agilité sans pour autant devenir ennuyeux ou sombrer dans le monologue. Au contraire il suscita des réactions de la part de son interlocutrice, l'obligeant à sortir de ses retranchements.

Dolorès finit par aborder le problème Morrison.

Il se rangea sans difficulté à ses arguments.

— J'aurais dû y penser. Ces vedettes tiennent beaucoup à leur image. Evidemment un footballeur en tunique avec éventuellement une fausse barbe...

Elle jugea inutile de lui reprocher la précipitation avec laquelle il était intervenu auprès de la hiérarchie. Après tout, il cherchait simplement à l'aider.

A aucun moment de la soirée le comportement d'Al ne prêta à équivoque. Il prit congé sur une dernière plaisanterie sans même proposer qu'ils se revoient.

Une fois seule, Dolorès se dit qu'elle n'aurait pas refusé une invitation à dîner.

Chapitre cinq

Le trimestre suivait son cours habituel, presque une routine maintenant. Au fil des semaines, Dolorès apprenait à mieux connaître chacun de ses étudiants. Il y avait ceux qui en faisaient un minimum, juste de quoi avoir la moyenne, ceux qui se passionnaient pour un sujet et l'étudiaient, avec brio, ceux qui travaillaient d'arrache-pied, poussés par l'ambition et la soif de réussir.

Tout en haut de la pyramide trônaient les cracks, les hyperdoués, ceux qui raisonnaient toujours avec plusieurs longueurs d'avance. Malgré quelques piques sur leur obsession de savoir, leurs camarades les admiraient. Parmi eux se trouvaient ceux qui plus tard tireraient les marrons du feu dans la compétition de l'existence.

Dans l'ensemble, la jeune femme était plutôt satisfaite de sa classe et de la façon dont progressait son cours. Une chose pourtant, un détail, la tracassait. Elle ne parvenait pas à chasser Dutch Kampen de son esprit.

Depuis sa dernière et tardive apparition chez elle, il n'avait plus donné signe de vie. Pas un seul coup de téléphone ni la moindre visite. Il ne prenait même pas la peine de s'informer des progrès de Moose. Elle s'en voulait d'être affectée par cette indifférence, mais c'était plus fort qu'elle, elle ne pouvait s'en empêcher.

Elle voyait souvent Al Lexington, pratiquement à chaque fois qu'elle se rendait à la cafétéria. Il y passait sa vie et ne manquait jamais de lui conter avec verve et humour les derniers potins du campus.

Dolorès assista un soir à une répétition d'*Œdipe roi*. Ils terminèrent la soirée ensemble devant un verre.

— Pour la représentation, les acteurs porteront des tenues d'époque, expliqua Al.

— Quelle époque ? Le thème d'Œdipe participe d'une légende qui traverse toute l'Antiquité.

— Grâce à mes recherches intensives, je suis en mesure de dater la pièce : 496 à 406 avant Jésus-Christ.

— D'accord, mais en l'écrivant Sophocle racontait une histoire beaucoup plus ancienne.

— De toute façon, il faut faire un choix, rétorqua Al un peu sèchement. Les personnages masculins porteront des chlamydes et les femmes des peplums. Le décor, très austère, mettra les costumes clairs en valeur.

— En fait, les personnages importants de la société au temps de Sophocle portaient des vêtements sombres, précisa Dolorès.

— Non. On ne connaissait pas encore la teinture, la reprit Al avec autorité.

Son ton péremptoire agaça la jeune femme. D'autant plus qu'il énonçait une contrevérité.

— Dans un de ses livres, Hérodote mentionne très précisément les teintes adoptées par chaque classe sociale, insista Dolorès.

La précision de la contradiction le désarçonna quelque peu.

— Oui... Hérodote bien sûr... Enfin cela se discute...

Toute sa belle assurance l'avait quitté. Autant pour ses recherches intensives! Il racontait n'importe quoi pour briller aux yeux de son interlocuteur. Al Lexington n'était qu'un imposteur. Charmant et amusant certes, mais un imposteur tout de même.

Il opéra une rapide diversion de crainte de s'enfoncer davantage.

— Comment ça se passe avec Moose Morrison? demanda-t-il.

— Pas trop mal. Je ne désespère pas de lui apprendre bientôt à bâtir une phrase de plus de cinq mots sans faute de syntaxe.

— Cette génération ne lit plus, comment saurait-elle écrire? commenta-t-il sentencieusement.

Le reste de la soirée se passa à discuter travail. Rien de bien passionnant. Dolorès rentra chez elle un peu déçue. Sur le pas de sa porte, il lui demanda le nom de l'éditeur chez lequel Hérodote avait publié son livre sur les costumes... Elle se retint de répondre Aristote et Cie!

A compter de ce jour-là, leurs rapports se modifièrent. Le charme d'Al n'opéra plus. Il n'en demeurait pas moins un assez divertissant compagnon qui égayait ses incursions à la cafétéria.

Incontestablement, Moose mettait les bouchées doubles pour rattraper son retard. A force de passer des heures en tête à tête, leurs rapports s'assouplirent et Dolorès un jour se crut obligée de revenir sur l'épisode de son transfert dans le cours de théâtre d'Al. Jamais elle ne l'avait évoqué avec lui.

— Je tenais absolument à vous prévenir personnellement mais, à la suite d'un malentendu, M. Lexington...

— Ne vous tracassez pas pour ça. Je sais parfaitement que je vous casse les pieds.

Il s'exprimait à mi-voix, les yeux baissés sur ses

livres, dans l'attitude contrite d'un enfant avouant sa faute. Son embarras la toucha.

— Pas le moins du monde, le corrigea-t-elle maternellement. Je suis contente de vous aider.

Une lueur s'alluma dans les petits yeux inexpressifs de Moose.

Pour travailler plus commodément, ils se plaçaient côte à côte derrière le bureau. Immanquablement, leurs corps se touchaient. Leurs jambes s'effleuraient, leurs épaules se frôlaient. Chacun feignait de n'y accorder aucune importance et s'excusait brièvement. Pour s'isoler des bruits du corridor, Dolorès se décida enfin à fermer la porte.

Un jour, assaillie par les effluves parfumés qui émanaient de son élève, la jeune femme ne put s'empêcher de remarquer :

— Tiens, tiens, auriez-vous par hasard rendez-vous avec une demoiselle après la leçon ? Vous embaumez le parfum.

Il rougit mais demeura silencieux.

— N'oubliez pas de rendre votre mémoire demain, l'avertit-elle à la fin de la leçon. Sur quoi porte-t-il déjà ?

Les étudiants avaient à choisir parmi plusieurs sujets proposés.

— Le romantisme.

Il annonça son choix avec quelque embarras.

— Tiens ! Comme c'est curieux. Je ne m'y attendais pas de votre part.

— Moi, le romantisme, ça me branche...

— Je vous imaginais plutôt sur une autre longueur d'ondes en matière de branchement. Cela dit, tant mieux. Les footballeurs romantiques sont certainement plus rares que les footballeurs professionnels.

Dolorès rangea quelques papiers dans sa serviette. La leçon se terminait.

198

— Je vous accompagne jusqu'à votre voiture, proposa Moose.

— Avec plaisir.

Ce soudain accès de galanterie la surprenait agréablement. Le primate s'affinait.

— De toute façon, nous allons dans la même direction, crut-il bon d'ajouter comme pour minimiser son offre.

— Ah bon ! Vous me rassurez. Je ne vous reconnaissais plus.

Sa serviette sous le bras, elle attendit qu'il ouvrît la porte. Il n'en fit rien. Au contraire, il s'y adossa, barrant le passage. Dolorès le dévisagea avec surprise. Que manigançait-il ? Ce fut l'éclair étrange qui brilla dans le regard du garçon qui éveilla ses premières craintes. Les petits yeux sombres ne la quittaient pas, vides, inexpressifs, inquiétants. Contre la porte s'appuyait une masse, une montagne. Mais douée de mouvement et susceptible à tout moment de se mettre en branle et de tout écraser sur son passage.

— Allons-y, Mike. Ouvrez cette porte.

Les mots étaient ses seules armes et elle ne croyait pas beaucoup à leur efficacité. La force ne répond qu'à la force. Une mise en garde bien sentie ou une plaisanterie auraient pu désamorcer le danger, mais son esprit fonctionnait au ralenti. La peur la gagnait peu à peu, paralysante.

— Détendez-vous, marmonna Moose. Je ne vous veux aucun mal.

— De quoi parlez-vous ?

Malgré tous ses efforts, elle n'arrivait pas à maîtriser le tremblement de sa voix.

— Otez-vous de cette porte et laissez-moi passer.

Il ne bougea pas d'un pouce.

— Je tiens à vous remercier de tout le mal que vous vous donnez pour moi.

Il avait des difficultés à s'exprimer, trébuchant sur certains mots, s'emballant sur d'autres.

— Personne ne m'a jamais autant aidé.

L'appréhension de Dolorès fit place au soulagement. Le pauvre garçon était tellement gauche, tellement emprunté, qu'elle avait pris pour une menace ce qui n'était que l'expression d'une attendrissante gratitude.

— Vos remerciements me touchent beaucoup, Mike, mais, soyez gentil, je suis très pressée. Il faut vraiment que je me sauve à présent.

Elle avança d'un pas, pensant ainsi le contraindre à s'effacer. Au lieu de cela, avant même qu'elle ait eu le temps de reculer ou de protester, les bras de Moose se refermèrent sur elle, la plaquant contre son torse puissant. Elle leva la tête. La fixité du regard du footballeur l'affola. Pas un instant, il ne chercha à adoucir ses actes par des paroles. Il se contenta de l'écraser contre lui et de s'acharner à lui arracher un baiser.

Dans la lutte, Dolorès laissa tomber sa serviette dont le contenu s'éparpilla sur le parquet. Enserrée dans cet étau de chair et de muscles, le souffle commençait à lui manquer. Les mâchoires crispées, les lèvres serrées, elle tournait la tête à droite, à gauche, révulsée à l'idée qu'il pût forcer sa bouche. Le haut du corps immobilisé, elle se défendait contre son agresseur en lui envoyant des coups de pied dans les tibias... sans effet apparent. Cet homme était fort comme un Turc, dur comme un roc. Malgré tout son courage et sa volonté de ne pas céder, ses forces diminuaient de seconde en seconde.

Soudain, la porte du bureau s'ouvrit, déséquilibrant Moose. Il lâcha instantanément sa proie.

Dutch Kampen passa la tête par l'entrebâillement.

— Je ne vous dérange pas, j'espère ?

Moose demeura silencieux, comme hébété. Le

danger disparu, par contrecoup, Dolorès fondit en larmes.

Le regard du capitaine de l'équipe de football allait de l'un à l'autre sans rien comprendre.

— Que se passe-t-il ?

Il eut un soupçon.

— Moose ! Est-ce que tu importunais Mlle Parker ?

D'une bourrade, il repoussa l'étudiant et recueillit entre ses bras la pauvre Dolorès, toute secouée de sanglots. Elle se réfugia contre lui, tremblante comme une feuille.

— Que vous a-t-il fait ? demanda Dutch.

— Rien, intervint Moose. J'essayais juste de l'embrasser.

Le son de sa voix ranima la jeune femme.

— Sortez-le d'ici immédiatement.

— Dégage, Moose. Je te verrai à l'entraînement.

Plus qu'un conseil, c'était un ordre, sec et claquant comme un coup de fouet. Un ordre auquel on obéit sans discussion.

Moose ne se le fit pas redire deux fois. Il fila sans demander son reste, trop content de s'en tirer à si bon compte.

Dolorès retrouvait peu à peu son calme. Ses sanglots s'apaisèrent. Elle renifla bruyamment.

— Je suis désolée, Dol. Ne lui en veuillez pas trop. Il a un côté jeune chien fou.

La jeune femme se dégagea brusquement.

— Jeune chien fou ! Une bête féroce, oui ! Il essayait de me...

Elle n'osa pas achever sa phrase de peur que les mots ne ravivent l'épreuve endurée.

— Mais non. Cet idiot a perdu la tête. Il est incapable de s'exprimer autrement que par des actes. Tout cela est ma faute.

Elle ne lui sut aucun gré de son remords.

— Exactement. Et la mienne aussi pour avoir avalé vos sornettes à propos de cette brute. A présent, c'est bien fini. Plus question de leçons particulières.

— Je comprends votre réaction.

— Encore heureux !

— Allons, ne nous énervons pas. Que diriez-vous d'une tasse de café pour vous remettre de vos émotions ?

Que Dutch essaie de racheter par son attitude conciliante celle, inqualifiable, de son poulain, était la moindre des choses. Mais le prix de son pardon dépassait largement la simple invitation à aller boire une tasse de café.

— Non. Je rentre à la maison. Si je parviens à conduire dans l'état où je suis.

Elle tremblait des pieds à la tête.

— Je vous ramène.

— Je me débrouillerai toute seule.

Dutch ramassa la serviette tombée à terre, prit d'autorité le bras de Dolorès et l'entraîna jusqu'à sa voiture.

Durant le trajet, il ne tenta pas de reprendre la discussion. Chacun récupérait en silence, fourbissant d'éventuels arguments. Si la jeune femme avait pleuré, ce n'était ni de souffrance, ni de peur, mais d'humiliation. Ce qu'elle respectait le plus en elle-même — son intelligence, les connaissances amassées au cours de longues années de travail, sa générosité, sa compréhension d'autrui — avait été balayé par la seule force aveugle de cet abruti. En la traitant de la sorte il l'avait ravalée au rang d'une prostituée de bas étage dont on use sans son consentement... et Dutch l'avait surprise ainsi.

Lorsqu'ils furent arrivés à destination, il continua à l'entourer de toutes sortes de prévenances, ce qui finit par l'agacer.

— Je ne suis pas une invalide, lança-t-elle quand il insista pour qu'elle s'allonge sur le canapé du salon.

202

Il lui servit un whisky bien tassé et le lui tendit. Tandis qu'elle le buvait à petites gorgées, il en avala une bonne rasade directement au goulot de la bouteille. Du revers de la main, il s'essuya les lèvres avant de s'installer sur une chaise face à Dolorès.

— Maintenant, parlons calmement.

A cet instant seulement, Dolorès comprit le parti qu'elle pouvait tirer de ce retournement de situation. Les atouts étaient dans son jeu à présent. Qu'elle décide de révéler l'incident et c'en était fini de la carrière de Mike Morrison à l'université de Borden. Son expulsion interviendrait dans les quarante-huit heures, dollars ou pas. Quant à Dutch... personne ne le tiendrait pour responsable. N'empêche que tout le monde lui en voudrait.

— Dans l'intérêt de tous, commença Dolorès en fixant un Dutch tendu à l'extrême, ramassé sur le bord de sa chaise, je tairai cet incident. Votre charmant petit protégé ne passera pas en conseil de discipline.

— Merci. Très sincèrement, merci. Je ne peux vous dire à quel point je suis désolé de cette affaire.

— Pas autant que moi ! Désormais, il va vous falloir chercher un autre fou inconscient qui accepte le risque de dégrossir ce sauvage. A votre place, je choisirais plutôt un homme cette fois !

— Je me débrouillerai.

Il s'interrompit, tenant à bien marquer par son silence que la décision d'étouffer l'affaire était prise et entérinée même si, par la suite, il lui demandait de plus amples explications.

— Que s'est-il passé exactement ? reprit-il.

— A la fin du cours, il a bloqué la porte et s'est jeté sur moi.

— Vous a-t-il brutalisée ?

— Je suis probablement couverte de bleus. On aurait dit un gorille en rut.

— Il a juste essayé de vous embrasser.

Elle manqua lui lancer son verre de whisky à la figure.

— Vous regrettez sans doute qu'il ne m'ait pas arraché ma robe et prise sur un coin du bureau !

Aveuglée par la colère, elle ne vit pas l'expression de soulagement qui se peignit sur les traits de Dutch. Il avait craint bien pire.

— Dol, je vous répète que je me considère comme responsable de cet incident. Ne m'accablez pas davantage.

Elle avala une gorgée d'alcool et faillit s'étrangler tant le liquide était fort.

— L'idée de le retrouver demain, en cours, m'horripile. Lui n'éprouvera sans doute pas la moindre gêne.

— Dans quelques jours, vous remettrez toute cette affaire à sa juste place. Une farce grotesque. Vous n'êtes pas la première à qui ce genre d'aventure survient.

Dutch parvint à l'égayer un peu avec le récit de son propre engouement, à l'époque où il était encore étudiant, pour une ravissante chargée de cours du nom de Miss Hackwell. Un soir, il l'avait raccompagnée jusque chez elle, et tenté, lui aussi, de l'embrasser. Son initiative avait provoqué un drame avec cris, pleurs et menaces pour s'achever par une réconciliation en bonne et due forme.

— Vous avez probablement raison, soupira Dolorès. Je suis encore sous le choc et incapable d'envisager les choses de façon impartiale. Et votre entraînement, Dutch ? Vous n'allez pas être en retard ?

Il ne consulta pas sa montre. Il savait parfaitement qu'il était en retard.

— Je suppose que si.

Du fond de son canapé, Dolorès sourit.

Chapitre six

Dutch mit longtemps à se décider. Elle attendait son invitation depuis le premier jour, ou presque. Il venait souvent lui rendre visite chez elle, ou à son bureau. A l'occasion, ils prenaient un verre ensemble à la cafétéria, bien qu'aucun d'eux ne raffolât de l'endroit. D'autres de ses collègues agissaient de même à son égard. Ils l'emmenaient également dîner au restaurant. Dutch jamais.

Jusqu'à ce soir tout du moins. Sans que rien ne l'eût laissé prévoir, à brûle-pourpoint, au hasard d'une rencontre sur le campus, il s'était lancé à l'eau :

— Hello, Dol ! Si vous êtes libre vendredi, dînons ensemble. Huit heures chez vous, d'accord ?

— D'accord ! A vendredi !

Rien de plus et pourtant Dolorès en avait été bouleversée. Son cœur s'était mis à battre à coups redoublés. Il avait repris le même rythme affolé que lorsque le beau capitaine de l'équipe de football venait chercher la jeune étudiante qu'elle était quelques années plus tôt. Elle s'interrogea fébrilement : comment s'habiller ? Elle opta pour une jupe de faille rouge et un chemisier de soie écossais dans les mêmes tons.

Contrairement à ce qui se passait pour Al Lexington, aucune rumeur ne courait sur la vie sentimentale de Dutch Kampen. On ne lui connaissait pas d'attachement féminin. Quelques années auparavant, il avait été la coqueluche de ces dames et toutes jalousaient sa compagne d'un soir. Aujourd'hui, Dutch avait renoncé à son rôle de vedette et à la gloire pour s'occuper dans l'ombre de celle des autres. Il pouvait donc aller et venir sans attirer l'attention et Dolorès en était soulagée. Elle avait toujours détesté jouer les favorites du sultan.

Dutch apparut à l'heure dite.

— Pour ne pas me mettre en retard, je ne suis pas passé chez moi après l'entraînement. J'espère que vous me pardonnerez ma tenue.

Dolorès ne le crut qu'à moitié. Il portait un pantalon de flanelle blanche impeccablement repassé et un blazer bleu marine en lieu et place de ses habituels jean et sweat-shirt. A la vérité, il cherchait une excuse à son absence de cravate. Il détestait en mettre.

Il détailla la jeune femme avec admiration.

— Vous paraissez en pleine forme. Plus la moindre trace de cette sauvage agression, j'espère ?

— Je me remets.

— Je finirai par croire qu'elle a donné un coup d'éclat à votre beauté.

Elle fit mine de lui jeter un cendrier à la tête. Dutch leva les bras pour se protéger.

Le geste lui ressemblait peu. Il semblait n'avoir jamais eu peur de rien. De toute sa personne se dégageait une telle force, une telle solidité ! La même énergie qui, autrefois, sur le terrain de football, l'arrachait aux féroces mêlées, pour le faire voler vers la victoire porté par les hourras du public, se retrouvait aujourd'hui, maîtrisée, dans chacun de ses gestes. On ne concevait pas qu'il pût hésiter, se reprendre, commettre des erreurs. Il allait à son rythme, droit devant lui, sur le chemin qu'il avait choisi. Son assurance ressemblait à celle d'un chef d'expédition qui ouvre la route dans une région hostile, à larges coups de machette. Il avait dépassé les emportements imprudents de la jeunesse et mesurait à présent à leur juste valeur les gens et les choses.

— Asseyez-vous.

Bien qu'elle n'occupât, à dessein, qu'une extrémité du canapé, il choisit de s'installer sur une chaise qui grinça sous son poids.

— J'ai passé un sérieux savon à Moose Morrison. Croyez-moi, il n'en mène pas large. Il me charge de vous transmettre ses plus plates excuses.

— En général, on s'acquitte de cette tâche personnellement.

Les propos apaisants de Dutch ne la convainquaient qu'à moitié. Qu'il soit, lui, désolé de l'incident, elle n'en doutait pas une minute. Quant à l'autre, probablement ne mesurait-il pas vraiment la portée de son geste ? Le rôle de victime expiatoire tenu par Dutch ne suffisait pas. Trop facile pour tous les deux. Ils se répartissaient les tâches. A l'un les bêtises, à l'autre les réparations.

— Tant que Morrison ne me présentera pas de vive voix ses regrets, l'incident, pour moi, ne sera pas clos.

Dutch s'agita inconfortablement sur sa chaise, arrachant un son plaintif au dossier. La menace à peine voilée de Dolorès ne lui échappait pas.

— Bien sûr. Seulement, vous comprenez, il n'ose pas encore vous affronter. Vous lui faites peur !

L'argument ne manquait pas de sel. Elle éclata de rire.

— Pauvre petit Moose ! Traumatisé de s'être jeté sur moi comme une brute !

— Il n'a pas l'habitude de ce genre de situation.

— Moi non plus.

— Je ne cherche pas à l'excuser mais à expliquer son comportement. D'habitude les rôles sont inver-

sés. Toutes les filles de l'université sont pendues à
ses basques.

— Sauf quelques-unes, les plus intéressantes,
commenta acidement Dolorès.

Dutch sourit à cette allusion à un passé qui ne les
quittait pas.

— Probablement... Toujours est-il qu'à ses yeux
un baiser n'a guère plus d'importance qu'une poignée de mains. Pas une minute il ne prévoyait votre
réaction. Vous l'impressionnez tellement que
jamais il n'aurait osé entreprendre une action susceptible de vous offenser. Malheureusement son
jugement en la matière laisse à désirer.

Le plaidoyer de Dutch sonnait juste. Des trois
personnes concernées par cette affaire, il était certainement le plus ennuyé.

— Je vous conseille vivement de prendre également en main son éducation, sa connaissance des
usages de la vie en société sous peine de le voir se
fourrer dans des situations inextricables. Qu'aime-
riez-vous boire ?

— Qu'avez-vous à me proposer ?

Dolorès passa en revue les bouteilles alignées sur
le petit bar dans la bibliothèque.

— Whisky, jus de pamplemousse, porto... J'ai
aussi mis du vin blanc à refroidir dans le réfrigérateur.

— Un peu de vin, bonne idée.

Il l'accompagna à la cuisine et se chargea de
l'opération tire-bouchon. Ces instruments la déso-
rientaient. Le temps de remplir un seau à glace qui
maintiendrait la bouteille au frais et ils revinrent
s'installer au salon.

Cette fois, il abandonna la chaise pour le canapé
mais s'assit le plus loin possible de son hôtesse.

— Qu'avez-vous décidé pour Moose ? s'enquit
Dolorès.

Il la regarda.

— Cela dépend de vous.

— Je suis prête à vous aider à trouver un nouveau répétiteur, si c'est ce que vous voulez dire.

Elle se doutait bien que ce n'était pas ce qu'il voulait dire. Il attendait d'elle beaucoup plus.

— Il ne vous arrivera pas à la cheville ! Moose prétend que grâce à vous il rattrape son retard. L'autre jour, je l'ai surpris en train de se promener avec les œuvres complètes de Shakespeare sous le bras !

— Après cet incident, rien ne sera plus comme avant. Comment aider quelqu'un en qui l'on n'a plus confiance ?

— Il m'a promis d'être irréprochable.

Un frisson la parcourut.

— Impossible.

Dutch se pencha vers elle presque à la toucher.

— Vous exagérez l'importance de cette histoire, Dol. Croyez-vous vraiment que je prendrais à nouveau le risque de vous exposer aux baisers d'un jeune homme ?

Il dit cela d'un ton mi-sérieux, mi-rieur.

— En tout cas, je n'y vois rien de drôle.

— Moi oui...

Il posa son verre sur la table basse et se cala à nouveau confortablement dans les coussins.

— ... Imaginez un peu que l'histoire se sache. Une ravissante jeune enseignante donne des leçons particulières au capitaine de l'équipe de football... Tout le monde ne connaît pas comme moi votre mépris pour les athlètes. Immanquablement ils échafauderont quantité d'hypothèses.

— Quelle absurdité !

— D'accord. Il n'empêche que j'en connais beaucoup qui aimeraient se trouver à votre place. Venez assister au match, demain. Vous comprendrez mieux l'enthousiasme que suscite votre agresseur auprès de ses fans.

209

— Je n'assistais déjà pas aux matchs de votre temps. Pourquoi le ferais-je à présent ?

C'était la vérité, mais quel besoin avait-elle de l'avouer ? Regrettait-elle son attitude passée, la désinvolture qu'elle affichait à l'époque à l'égard du sport qu'il affectionnait ?

— Ne le considérez pas comme une partie de plaisir. Venez, à titre de documentation, vous informer sur ce que le commun des mortels apprécie à ses moments de loisir.

— Inutile. J'ai déjà assisté à des matchs de football, de hockey, de base-ball. Tous m'ennuient profondément. Passer des heures à regarder des bonshommes courir après un ballon ou taper dedans — surtout si l'un d'eux se nomme Moose Morrison — est au-dessus de mes forces.

Sa réponse catégorique ne suffit pas à décourager son interlocuteur. Sans doute s'estimait-il directement concerné par son refus.

— Vous caricaturez le sport de manière injuste. Sur un terrain de foot, par exemple, il se déploie autant d'intelligence, de courage, d'habileté que dans la vie. Ce n'est pas à vous que j'apprendrai la place que tenait le sport dans l'Antiquité. Pourquoi ? Parce que les Anciens avaient compris qu'il est indispensable au bon épanouissement de l'être humain dans son ensemble. Vous, par exemple, eh bien ! vous possédez certainement l'étoffe d'une grande sportive.

— Dès la retraite, je me mettrai à la pétanque, c'est promis ! En attendant, quelle décision allez-vous prendre en ce qui concerne Moose ?

— Vous pourriez peut-être continuer à lui donner des leçons, non plus dans votre bureau mais dans un coin tranquille de la cafétéria, en dehors des heures d'affluence. Qu'en pensez-vous ?

Pas grand-chose. Une telle proposition la prenait de court.

— Vous ne manquez pas de toupet !

Dutch eut une moue critique.

— Voilà que vous vous emportez maintenant. Je finirai par croire que nous sommes faits de la même étoffe.

Elle se radoucit aussitôt.

— Je vous répète très calmement que je refuse de continuer à m'occuper de Moose.

Dutch laissa retomber ses mains sur ses genoux en un geste de fatalisme désabusé.

— Si vous l'abandonnez, Moose ratera ses examens. Il devra quitter l'équipe qui, sans lui, ne vaut plus un clou. Papa Morrison rempochera son demi-million de dollars et, immanquablement, comme dans toutes les catastrophes, on cherchera des coupables. Votre image de marque risque d'en prendre un coup.

Elle le fusilla du regard.

— Vous rendez-vous compte de ce que vous dites ? C'est du chantage !

— Tout de suite les grands mots !

— Je n'en connais pas d'autres. Qu'y a-t-il d'étonnant à cela ? Ne suis-je pas une « intellectuelle » ?

— Précisément. Votre intelligence devrait vous permettre de surmonter l'antipathie instinctive que vous éprouvez pour ce pauvre garçon et d'envisager toutes les données du problème. Si vous vous obstinez à lui en vouloir, nous y perdons tous. Allez Dol, un effort !

Sa voix se faisait plus grave, plus chaleureuse. Elle tressaillit, troublée jusqu'au fond du cœur.

— C'est bon. Vous avez gagné ! Mais je vous préviens qu'à la moindre incartade Moose Morrison prendra la porte et, cette fois, définitivement.

Le visage de Dutch s'éclaira progressivement jusqu'à devenir radieux.

— Je n'en attendais pas moins de vous, Dol. Vous avez toujours été une fille formidable.

— Merci du compliment.

Je ne le mérite pas une minute, songea Dolorès. Le choix ne m'appartenait plus. Ma raison, ma volonté, ma colère me dictaient le contraire. Si j'ai accepté, c'est malgré moi. Quelle est donc cette faiblesse qui m'envahit dès que je pressens qu'un de mes actes, une de mes paroles me vaudra un sourire de cet homme ?

— Comment vous remercier ?

Il prit sa main dans les siennes, grandes, fortes, rassurantes.

— Gagnez le championnat ou le tournoi, et obtenez ce demi-million de dollars pour Borden.

— D'accord, mais je pensais à quelque chose de plus personnel. Quelque chose qui vous ferait plaisir, un cadeau.

— Tout à fait inutile. Vous ne me devez rien.

Dutch se leva avec cette rapidité toujours si surprenante de la part d'un aussi grand corps.

— Si, un dîner. En route.

Il patienta le temps qu'elle se donne un coup de peigne dans sa chambre et l'aida avec galanterie à enfiler son imperméable.

La voiture de Dutch attendait, rangée le long du trottoir. Ce n'était plus la Volkswagen cabossée d'autrefois mais une longue Buick décapotable aux coussins de cuir rouge.

— Une vraie voiture de vedette des stades, remarqua-t-elle ironique, mais assez admirative tout de même.

— Les vedettes, nous les fabriquons, nous, entraîneurs. Normal que nous ayons droit à une part du gâteau.

Les appointements de Dutch en tant que responsable de l'équipe de football constituaient une des revendications épisodiques du corps professoral de Borden. Par Dieu seul sait quelle indiscrétion, le montant en avait été divulgué. Il s'élevait bien au-dessus de ceux des autres professeurs pour s'aligner sur les salaires pratiqués dans le sport professionnel. Ce qui suscitait de nombreuses jalousies.

Ils empruntèrent la route qui menait au centre-ville. Déjà la lumière blanche des phares venant en sens inverse trouait l'obscurité. Dolorès en profita pour observer Dutch à la dérobée. Son profil se détachait sur la nuit avec la netteté d'une ciselure de médaille. Les divers éléments — le front, le nez, le menton — composaient un ensemble plein de noblesse. La pratique d'un sport, parfois violent, n'y avait pas apposé le moindre stigmate.

Jusqu'au bout, il la laissa dans l'ignorance de l'endroit où il la conduisait. Elle aurait, bien sûr, pu demander d'un ton innocent où ils allaient dîner, mais elle n'en eut pas le courage. Elle préférait l'incertitude à une déception immédiate. Sans oser se l'avouer, elle espérait secrètement qu'il l'emmènerait à la Taverne du Fauconnier. Mais, probablement, ne se souvenait-il même pas des heures passées à refaire le monde dans la petite auberge, assis à leur table habituelle à l'écart de la foule ? Dutch n'avait rien d'un romantique et l'idée d'un pèlerinage aux sources ne l'effleurait sans doute même pas.

— J'espère que vous aimez la cuisine italienne ?

La Buick s'immobilisa, moteur coupé.

— Surtout l'osso buco, répondit Dolorès d'une voix rauque en reprenant contact avec la réalité.

Le début du repas se déroula dans une ambiance tendue et guindée. Les sujets de conversation ne manquaient pas, mais ni l'un ni l'autre ne voulait s'embarquer dans une discussion qui risquait de les entraîner trop loin et qu'ils regretteraient par la suite. L'arrivée d'une bouteille de chianti contribua à tout arranger. Ils terminèrent la soirée de si bonne humeur qu'ils bavardèrent durant tout le trajet du retour. Passionné par son sujet, Dutch en oublia même de s'arrêter devant chez Dolorès. Il fit machine arrière, gara la voiture et aida la jeune femme à gravir les marches du perron.

— Est-ce que je vous vois au match demain ? demanda-t-il tandis qu'elle cherchait ses clefs perdues au fond de son sac.

— Franchement, je ne crois pas.

— J'ai une idée. Traditionnellement les professeurs se retrouvent au Jake Hart's Bar après les matchs. Venez me rejoindre au stade dix minutes avant la fin de la partie et je vous y emmène. Qu'en dites-vous ?

— Je verrai.

La réponse manquait d'enthousiasme.

— Je vous attendrai devant l'entrée réservée aux joueurs.

— Si vous ne me voyez pas à l'heure convenue, ne vous préoccupez pas de moi.

Dolorès refusait de s'engager dans un sens ou dans un autre. Ils venaient de dîner ensemble, demain ils se reverraient après le match... Où tout cela mènerait-il ?

Ces faux-fuyants agacèrent Dutch.

— J'apprécierais une réponse plus précise. Figurez-vous que, le soir d'un match aussi important, toutes sortes de festivités sont prévues. Ou bien vous m'y accompagnez ou bien je trouve quelqu'un d'autre. Je n'ai pas l'intention d'errer toute la nuit à la recherche d'une âme sœur !

Elle fut rassurée d'apprendre qu'ils ne resteraient pas en tête à tête et que la soirée promettait d'être animée. Elle pouvait, en toute tranquillité, accepter son invitation. Cela n'avait rien de compromettant.

— Je serai au rendez-vous, promis.

Pas un mot, pas un sourire, rien qui indiquât que sa décision lui faisait plaisir.

— Voulez-vous entrer prendre un verre ? se crut-elle obligée de proposer.

214

— Non merci. Il me reste encore à faire la tournée des boîtes de nuit pour m'assurer qu'aucun de mes joueurs n'y épuise l'énergie dont il aura besoin demain.

Il était debout devant elle, embarrassé, indécis. Dolorès devina qu'il hésitait à l'embrasser. Elle ne bougea pas, n'esquissa pas un geste pour l'encourager.

— Bonsoir, Dol, finit-il par articuler.

Il ne l'embrassa pas.

Les mains enfoncées dans les poches de son pantalon, il regagna sa voiture à grandes enjambées.

— Bonsoir, Dutch. Et bonne chance pour demain !

Chapitre sept

Le temps changea brusquement. Après une semaine chaude et ensoleillée, le samedi s'annonça gris et brumeux. Une de ces journées où sortir de son lit relève de l'héroïsme. Dolorès se précipita en frissonnant vers son placard. Elle y prit un gros pull-over qu'elle enfila par-dessus son pyjama. Il faisait si sombre dehors qu'elle dut allumer l'électricité. Rien de plus déprimant, songea la jeune femme en prenant son petit déjeuner.

De nombreux étudiants séchèrent le cours ce matin-là. Manifestement, ils n'avaient pas attendu le match pour donner le coup d'envoi aux réjouissances. Durant toute la matinée, le professeur et ses élèves surveillèrent la pendule avec la même impatience. A l'heure dite, chacun se dépêcha de plier bagages et de s'en aller.

Dolorès regagnait son domicile lorsque la pluie se mit à tomber. C'est bien ma veine, pensa-t-elle. Juste le jour où je décide de laisser ma voiture au garage par peur des encombrements !

Lorsqu'elle arriva chez elle, elle était trempée jusqu'aux os. Elle courut jusqu'à la salle de bains où elle se déshabilla à la hâte, pressée d'enfiler un peignoir chaud et confortable. De toute façon, pluie ou pas, elle comptait bien se changer. Un tailleur et une blouse de soie n'étaient pas la tenue idéale pour assister à un match de foot ! Que mettre ? Elle passa en revue sa garde-robe et finit par opter pour un pantalon en velours côtelé noir, un tricot de cachemire vert foncé à col roulé et une grosse veste en laine chinée noir et blanc, ramenée d'un voyage au Chili. D'ailleurs, personne ne prêterait attention à sa toilette au milieu de la foule en délire.

Dieu merci ! Elle trouva une place libre sur le parking réservé aux joueurs. Dutch n'était pas au rendez-vous à l'entrée du stade comme prévu. On ne la laisserait jamais entrer seule. Elle allait repartir, à la fois soulagée d'échapper au match et aux dangers d'une soirée en compagnie du séduisant entraîneur, et furieuse de tant de désinvolture lorsqu'on la héla.

— Mademoiselle Parker !

Un homme d'une cinquantaine d'années, au visage rougeaud, probablement un garde de sécurité à en juger par son uniforme bleu marine, arrivait à toutes jambes. Il ouvrit la petite porte métallique qui donnait accès aux installations sportives.

— Oui ?

— Je vous guettais par la fenêtre. M. Dutch Kampen m'a prévenu de votre venue.

— Où se trouve-t-il ? Il était supposé m'attendre ici.

Le gardien leva les bras au ciel devant tant d'exigence.

— Ah ! ma pauvre demoiselle ! Si seulement vous saviez ce qui se passe là-dedans ! Entrez vite !

Dolorès s'interrogea sur le sens exact de ces exclamations. Exprimaient-elles le ravissement ou la consternation ? Impossible de le savoir.

Le gardien l'entraîna le long d'un passage obscur qui courait sous les gradins. Il y faisait très sombre. Seules de faibles ampoules fixées au plafond dans des cages grillagées l'éclairaient. A mesure qu'ils progressaient la rumeur du stade s'amplifiait. Lorsqu'ils débouchèrent enfin à l'air libre, le vacarme était assourdissant. Quinze à vingt mille personnes hurlaient de conserve, anxieuses de manifester leur présence, d'encourager leur équipe favorite.

Sur le terrain, des hommes casqués, aux épaules rembourrées, véritables hercules, couraient en tous sens quand ils ne s'enchevêtraient pas dans des mêlées confuses. Les maillots rouges jouaient pour l'université de Borden. C'était là tout ce que Dolorès comprenait.

Le passage emprunté par le gardien menant des vestiaires au terrain, la jeune femme se retrouvait donc aux premières loges : le nez sur le haut grillage qui bordait l'aire de jeu. Le gardien demanda à l'un des spectateurs de se pousser pour permettre à la nouvelle venue de s'asseoir, puis il disparut.

Dolorès regarda autour d'elle avec curiosité. Ses voisins criaient, gesticulaient comme si leur vie en dépendait. Heureusement, tous soutenaient la même équipe. Elle refusa d'imaginer ce qu'il adviendrait d'un supporter de l'équipe adverse égaré par ici.

Le match et son ambiance correspondaient exactement à ce qu'elle prévoyait. Cette promiscuité — l'inconnu assis à ses côtés n'arrêtait pas de lui donner des coups de coude dans les côtes —, ce bruit, l'humidité glacée, tout l'incitait à fuir. Elle ne comprenait pas comment ce genre de manifestation pouvait être considéré comme une distraction.

Combien de temps durerait cette corvée ? Auprès de qui se renseigner ? Non loin d'elle, un petit vieux, curieusement chapeauté d'un panama dégoulinant de pluie, se tenait à peu près tranquille. Il se gavait de pop-corn avec une régularité de métronome, ce qui l'empêchait de crier ou de gesticuler.

— Il y en a encore pour longtemps ?

— La fin de la deuxième mi-temps, plus les prolongations, répondit-il, sans même la regarder.

— Ça fait combien de temps, dix minutes, vingt minutes ?

La question lui parut tellement incongrue qu'il en demeura bouche bée.

Du doigt, il désigna un grand tableau lumineux à l'une des extrémités du stade. Une pendule à affichage digital indiquait qu'il restait encore treize minutes et vingt-huit secondes à jouer, ce qui garantissait une victoire quasi certaine à l'équipe de Borden.

Allons, tant mieux. Même si cette nouvelle ôtait tout suspense à la fin du match, elle augurait plutôt bien de la soirée à venir. Quoi de pire en effet que de dîner avec un entraîneur le jour de la défaite de son équipe ?

Un signal, genre sirène de bateau, marqua la fin de la partie. Le stade entier se leva. Dolorès demeura assise. Les applaudissements cadencés se mêlèrent aux vivats. Le bruit devenait véritablement insoutenable. Toutes sortes d'objets volèrent par-dessus le grillage, des canettes vides, des coussins et même plusieurs chaussures. Repartir nu-pieds par un temps pareil, dans le seul but de manifester son enthousiasme, parut à Dolorès proprement insensé.

Après les embrassades et les tours d'honneur d'usage, les deux équipes quittèrent le terrain. De sa place, Dolorès s'efforça de repérer Moose Morrison. Avec leurs casques, les joueurs étaient difficilement reconnaissables. Seuls les énormes numéros qui s'étalaient sur leurs maillots permettaient de les identifier. Le numéro dix-huit fermait la marche, légèrement en retrait par rapport aux autres. A son passage, les applaudissements redoublaient.

— Bravo Moose ! hurla un spectateur.

Il se tourna vers Dolorès pour ajouter :

— Fabuleux, hein, ce Morrison ! Il attire le ballon comme un aimant la ferraille.

— Tant pis pour la ferraille.

L'inconnu la regarda, prêt à se fâcher puis, renonçant à comprendre, il haussa les épaules.

Pour sortir, fini les passe-droits. Elle dut piétiner pendant près d'un quart d'heure dans la foule compacte avant de rejoindre les issues. Une fois dehors, elle contourna tout le stade et vint se planter devant la porte de tout à l'heure, lieu convenu de son rendez-vous avec Dutch. L'endroit était à présent noir de monde. Plusieurs centaines de fanatiques attendaient la venue de leurs idoles. Un cordon de policiers contenait leur ardeur. Dolorès s'approcha de leur chef.

— Pourriez-vous me laisser passer ? J'ai rendez-vous avec un des entraîneurs.

Le policier ne broncha pas.

— Ça ne marche plus, ma jolie. Faudra trouver mieux que ça.

— Mais je vous assure, reprit Dolorès avec insistance.

Une lueur égrillarde s'alluma dans l'œil de son interlocuteur.

— Alors, c'est lequel qui vous intéresse ? On veut aller faire un petit bisou au beau Moose Morrison, je parie !

Il maniait la parole avec autant de légèreté que sa matraque. La pauvre Dolorès en vit trente-six chandelles.

La pluie continuait à tomber, fine, régulière. L'eau des flaques, dans lesquelles la poussait la cohue, imbibait la semelle de cuir de ses bottes. Elle attendait depuis près d'une demi-heure à présent. De temps à autre, la petite porte métallique livrait passage à des joueurs. Selon leur degré de notoriété, la foule s'agitait ou demeurait de marbre. Dolorès commençait sérieusement à s'impatienter. Dutch exagérait ! Pour qui se prenait-il ? Jamais personne ne l'avait traitée avec autant de désinvolture. S'il croyait qu'elle était du genre à se laisser marcher sur les pieds sans réagir, il se trompait ! Tremblante de rage et de déception, transie, trempée, elle regagna sa voiture.

Une fois chez elle, elle courut se faire couler un bain bouillant dans lequel elle versa quelques gouttes d'huile parfumée. La baignoire débordait presque lorsqu'elle ferma enfin les robinets et se plongea avec délices dans l'eau mousseuse. Peu à peu la fatigue, les tensions s'évanouissaient pour céder la place à une merveilleuse sensation de bien-être. Son esprit vagabondait, refusant de se fixer sur une idée plutôt que sur une autre : sa nouvelle vie de professeur, ses cours, les étudiants, Moose Morrison... Soudain elle sursauta. Elle avait oublié le score qu'avait fait l'équipe de Borden ! Dutch ne la croirait jamais lorsqu'elle lui dirait qu'elle avait assisté à la fin du match !

La sonnerie du téléphone l'obligea à sortir de son bain. La voix d'Al Lexington résonna à son oreille. Pourquoi n'était-elle pas, comme tous les autres professeurs, au Jake Hart's Bar pour célébrer la victoire ?

— Vous en êtes l'un de ses artisans. Sans vous Moose ne ferait plus partie de l'équipe. Il a joué comme un dieu.

— Oui, bien sûr. Est-ce que Dutch est avec vous ?

— Pas encore. Il viendra sûrement plus tard. Non, attendez ! Il arrive à l'instant.

— Eh bien ! félicitez-le de ma part. Merci d'avoir appelé, Al, mais je suis fatiguée. Ne comptez pas sur moi.

— Tant pis. A lundi.

Dolorès raccrocha rageusement. Malgré le contrôle qu'elle exerçait habituellement sur elle-même et ses émotions, elle ne parvenait pas à

221

maîtriser sa colère. Il ne manquait vraiment pas d'aplomb ce Dutch Kampen ! Rien ne justifiait une pareille conduite. Si un cas de force majeure l'avait retenu — ce qui était tout à fait possible avec l'ambiance de folie qui régnait sur le campus — il aurait pu trouver le temps de lui téléphoner au lieu d'aller arroser sa victoire dans un bar !

Plus elle tournait et retournait dans sa tête les griefs qu'elle avait contre Dutch, plus elle les amplifiait. Des soupçons vinrent. Comment n'y avait-elle pas pensé plus tôt ? C'était l'évidence même ! Une autre avait pris sa place ! Avec toutes ces vierges folles qui guettaient la sortie des joueurs, il lui suffisait d'un sourire, d'un regard un peu appuyé pour entraîner à sa suite une jolie fille.

La sonnerie du téléphone la tira de ses tristes pensées.

— Allô, Dol ! C'est Dutch !

Sa voix paraissait particulièrement enjouée. Pas la moindre trace d'embarras. Dolorès demeura silencieuse, attendant qu'il fasse les premiers pas. Mieux valait lui laisser prendre l'initiative. Les seuls mots qui lui montaient aux lèvres, agressifs, amers, elle les aurait aussitôt regrettés.

— Alors ! Vous vous êtes dégonflée ? C'est vraiment dommage. Une partie fantastique ! On leur a flanqué une raclée ! La pluie vous a découragée ?

Il s'exprimait avec une jubilation telle qu'elle n'y comprit plus rien. Personne ne pouvait pousser la dissimulation et l'hypocrisie à ce degré de perfection à moins d'être le plus grand comédien du monde !

— Pas du tout. Je suis rentrée trempée à la maison.

— Comment ? Que dites-vous ?

— J'ai pataugé dans les flaques en vous attendant, pendant trente bonnes minutes.

— Mais pourquoi n'êtes-vous pas entrée ? Je vous attendais à l'intérieur.

Elle lui raconta le barrage de police.

— Quelle bande d'imbéciles ! Je suis vraiment désolé de ce malentendu.

Dolorès faillit crier de joie tant son soulagement était grand ! Sa colère, son ressentiment avaient disparu comme par enchantement. Elle pourrait continuer à voir Dutch, à lui parler. Ces quelques instants volés au hasard d'une rencontre sur le campus ne représentaient pas grand-chose et, pourtant, elle y tenait. Elle aurait été désolée de devoir lui battre froid.

— Et Morrison, reprit Dutch, vous l'avez vu ? Génial de bout en bout, n'est-ce pas ?

Dolorès ne voulut pas, dans de telles circonstances, jouer les rabat-joie.

— On aurait dit un aimant, approuva-t-elle sobrement, se souvenant à point nommé du commentaire de son voisin.

— Un amant ? Pourquoi un amant ? Il a encore essayé d'embrasser quelqu'un ?

— Pas un amant. Un aimant ! cria Dolorès dans l'écouteur. Il attirait la balle comme un aimant la ferraille.

Dans sa bouche, la comparaison lui parut encore plus stupide.

— Ah oui, tout à fait ! Vous voyez, ce garçon a du génie quand il veut. Vous venez me rejoindre ou je passe vous prendre ?

La perspective de replonger dans l'atmosphère bruyante et enfumée du Jake Hart's Bar, où l'on commenterait interminablement les différentes phases du match, ne l'enthousiasmait guère. Pourquoi ne resteraient-ils pas seuls tous les deux ? Elle lui préparerait à dîner ici, au coin du feu, et ils parleraient d'eux, de leurs projets, de l'avenir. Pour une fois, on oublierait le football et la littérature anglaise...

Dolorès n'osa pas formuler sa proposition de crainte qu'il ne refuse ou qu'il ne se croie obligé d'accepter. Après tout, la soirée de son triomphe lui appartenait. Qu'elle se déroule selon ses désirs ! Déjà, il offrait de la partager avec elle et avec personne d'autre. Elle n'avait pas le droit d'en exiger davantage.

— Il faut que je m'habille. Si vous veniez vers huit heures, ce serait parfait.

— O.K. Dans soixante minutes. Et cette fois, pas d'erreur possible. Jamais plus, je ne vous fixerai un rendez-vous en dehors de chez vous.

Dolorès tressaillit. Il y aurait donc d'autres fois... Soudain elle se sentit toute légère, inexplicablement heureuse. Elle eut envie de se faire très belle pour se racheter d'avoir si mal jugé Dutch et se promit de chasser pour toujours ses idées préconçues. A commencer par la supposition qu'il l'avait laissée tomber pour terminer la soirée en compagnie d'une autre fille. Autrefois, il était coutumier du fait et le campus bourdonnait de l'écho de ses fredaines. Personnellement, Dolorès n'avait jamais eu à s'en plaindre. Plusieurs années s'étaient écoulées depuis cette époque et le fougueux capitaine de l'équipe de football d'alors s'était assagi. Il avait collectionné les aventures amoureuses et peut-être cherchait-il aujourd'hui à jeter l'ancre au lieu de continuer à se disperser ? Mais, comme tous ceux à qui de nombreuses ruptures ont appris la fragilité des sentiments, il était devenu particulièrement méfiant.

Leur tentative d'autrefois avait été condamnée à l'échec à cause de leur trop grande jeunesse. A dix-sept, à vingt-trois ans, on s'emballe, on se braque, on se comprend rarement. On n'est pas vraiment maître de ses décisions. Avec le recul de l'âge et de l'expérience, on trouve plus sage de prendre son temps. Mieux valait se découvrir peu à peu, réapprendre à se connaître. Dutch avait mûri. Il ne la demanderait sûrement pas en mariage après seulement trois soirées passées ensemble. Leurs retrouvailles dataient de plusieurs mois déjà et jamais il n'avait manifesté la moindre intention de raviver cet aspect de leur passé.

Ses cheveux d'or brossés en tous sens par une main énergique semblaient animés d'une vie propre. Ils retombèrent sur ses épaules en une masse lisse et brillante. Elle les emprisonna dans une barrette d'écaille fixée bas sur la nuque. Ils se séparaient sur son front en un mouvement ondoyant qui accentuait la douceur de son visage.

L'euphorie qui l'habitait, depuis que d'une phrase Dutch avait balayé ses tourments, la poussa à choisir une véritable tenue de fête. Un vêtement qui lui permettrait d'envisager les actes les plus fous, qui lui donnerait envie de les commettre tous ! Elle jeta son dévolu sur un tailleur du soir en satin noir que rehaussaient des boutons de strass. La jupe-portefeuille s'ouvrait parfois un peu indiscrètement sur les jambes. Qu'importe puisqu'elles étaient bien faites ! Ce soir, elle se sentait d'humeur à séduire la terre entière !

Cela ne lui arrivait pas souvent. D'autres, bien moins jolies, usaient et abusaient de leurs atouts. Ce n'était pas son genre. Sa beauté n'éblouissait pas. Ses traits manquaient de régularité mais de son sourire et de toute sa personne émanaient un charme et une féminité peu communs.

A l'heure pile, la sonnette de la porte d'entrée annonça l'arrivée de Dutch. Elle l'attendait en buvant un verre de vin blanc dans le salon. Il y apparut en vainqueur, impeccablement habillé d'un blazer bleu marine et d'un pantalon de flanelle gris. Exceptionnellement, il avait noué une cravate autour de son cou. Tout en lui dénotait la satisfaction de la victoire.

— Vous êtes superbe, Dol. Et tellement grande ! ajouta-t-il comiquement. Je croyais que vous ne mettiez jamais de chaussures à talons hauts.

— J'espère que ma taille vous impressionne.

— Beaucoup. Mais pas seulement votre taille !

Par la porte entrouverte, il aperçut la bouteille de vin dans son rafraîchissoir sur la table du salon.

— Vous ne vous laissez pas abattre à ce que je vois !

— On part tout de suite ?

— Pas la peine de se presser. La fête ne battra son plein que vers dix heures.

Ils s'installèrent sur le canapé, un verre à la main. Pour la première fois depuis longtemps, la conversation s'engageait sans aucun embarras.

— La soirée s'annonce chargée, prévint Dutch. Plusieurs professeurs donnent des dîners.

— Nous n'allons quand même pas passer la nuit à table !

— Non. Mais nous pourrons difficilement ne pas faire acte de présence un peu partout.

Dolorès reposa son verre vide et se leva.

— Par où commence-t-on ? demanda-t-elle avec entrain.

— Les Peplar. Ils habitent juste à côté. C'est lui qui tient la chaire de physique nucléaire.

Dutch l'aida à enfiler son manteau de fourrure. De nombreuses voitures encombraient les abords de la maison des Peplar, garées dans tous les coins possibles jusque sur les trottoirs. Ils durent abandonner la leur relativement loin. L'air froid de la nuit la fit frissonner. Dutch s'en aperçut et, galamment, passa un bras autour de ses épaules. Il ne la lâcha que pour appuyer sur le bouton de la sonnette.

— Je connais les Peplar, dit Dolorès en attendant

qu'on leur ouvre. Ce sont des amis de mes parents. Je me demande s'ils se souviendront de moi.

Mme Peplar poussa un cri en les découvrant sur le seuil.

— La petite Parker ! Quelle bonne surprise !

Son hôtesse l'assaillit de questions sur ses parents, ses projets. La vie des autres constituait depuis toujours le principal centre d'intérêt de Mme Peplar.

Les invités étaient principalement des enseignants de disciplines scientifiques. Dolorès se rappelait leurs visages pour les avoir vus à la cafétéria ou dans les bureaux de l'administration. A part une ou deux exceptions, elle ignorait leurs noms. Dutch se chargea de la présenter. Il les connaissait tous et tous le saluaient en ami. Ses goûts semblaient le porter davantage vers les sciences que vers la littérature.

Le temps d'échanger quelques mots avec chacun et il leur fallut repartir.

— A vous de choisir la prochaine étape, annonça Dutch, une fois qu'ils furent installés dans la voiture.

— J'ai promis d'aller chez le Pr Fuller. On ne s'y éternisera pas, je vous le promets.

— Allons-y. J'espère que mon ignorance des grands débats littéraires ne vous couvrira pas de honte.

— A mon avis, les seules colles que l'on vous posera concerneront le football.

Quand ils arrivèrent, le Pr Jaggar tenait son auditoire en haleine et jouait les vedettes de la soirée. La récente publication de son livre sur Dante avait été accueillie très favorablement par toute la presse. On le donnait grand favori dans la course aux prix littéraires les plus importants. A l'apparition de Dutch, il abandonna son cercle d'admirateurs et se précipita au-devant de lui.

— Ah ! Quel match ! Quel match !

Devant l'admiration manifeste que lui portait le Pr Jaggar, ne voulant pas demeurer en reste, l'assistance toute entière se mit à l'encenser. On ne parla plus que de dribbles, de lignes d'avant, d'essais, de buts. Abstraction faite des âges et parfois du sexe, on se serait cru dans un vestiaire de stade.

— Et votre livre, quand verra-t-il le jour ? demanda un professeur de philosophie grecque à Dutch.

Dolorès crut avoir mal entendu. Dutch, un livre !

— Sa sortie coïncidera avec le coup d'envoi de la prochaine saison, l'époque la plus favorable selon l'éditeur.

Al Lexington, qui était invité lui aussi, accapara Dolorès et lui raconta ses activités par le détail. A plusieurs reprises, elle tenta de lui échapper, en vain. Une haie d'admirateurs se dressait entre Dutch et elle. Seul lui parvenait, de temps à autre, le son de sa voix.

Dès qu'une jolie femme passait à proximité, Al la harponnait au passage sans pour autant libérer sa victime. A la longue, exaspérée par son manège, Dolorès saisit l'une de ces occasions pour simuler la contrariété.

— Vous avez certainement beaucoup de choses à vous dire, Al. Je vous laisse roucouler.

On la soupçonnerait de jalousie, mais la jeune femme n'en avait cure. La liberté valait bien quelques sacrifices.

Malgré la foule qui se pressait dans les salons, Dolorès finit par rejoindre Dutch. Ils réussirent à s'isoler dans l'embrasure d'une fenêtre.

— Partons dîner dans un endroit tranquille, suggéra son compagnon.

— Vous ne voulez plus parler de football ?

— Nous ne nous sommes presque rien dit depuis le début de la soirée.

Ils filèrent à l'anglaise de peur qu'on ne les retienne. Tandis qu'il la conduisait vers leur prochaine étape, Dolorès demanda :

— Comment trouvez-vous le temps d'écrire ?

— Une heure par-ci, une heure par-là. Le soir surtout. Quand je suis seul chez moi.

— Je vous admire. Mes livres à moi ne dépassent jamais le stade de projets. L'un chasse l'autre et ma bibliothèque reste vide.

— Je crains que l'ouvrage que j'ai écrit ne vous intéresse pas beaucoup. Il s'agit d'une série d'anecdotes et de quelques réflexions sur la manière de mener le jeu. Je n'y aurais jamais songé si l'éditeur n'avait autant insisté. Il prétend que cela se vendra.

— Je l'achèterai certainement.

— Je vous l'offrirai.

Dutch auteur ! Combien d'autres aspects du personnage ignorait-elle encore ? Elle aurait souhaité l'interroger, lui demander de l'éclairer sur la part d'inconnu qu'elle pressentait encore en lui. Mais elle n'osa pas le faire. Elle ne voulait pas le brusquer. Peu à peu, si elle se montrait suffisamment attentive, il se confierait à elle. A elle de rester disponible, à elle de l'écouter.

La voiture traversait à présent les quartiers de la périphérie. Les bâtiments se dressaient, énormes masses sombres séparées par des entrepôts. Des lampes éclairaient la rue en nappes de lumière blanche, abandonnant les alentours aux ténèbres.

— La ville a beaucoup changé n'est-ce pas depuis votre départ ?

— Je reconnais à peine certains quartiers. Les vieux immeubles ont disparu.

— Rasés pour laisser place aux nouvelles constructions. Le progrès se paie à ce prix, je suppose. La Taverne du Fauconnier n'existe plus.

Il mentionna le lieu de leurs anciens rendez-vous sans aucune intonation particulière, comme s'il s'agissait de l'ancienne gare routière ou du cinéma devenu supermarché.

La nouvelle toucha peu Dolorès. Jamais rien ni personne ne pourrait effacer de sa mémoire le souvenir ému qu'elle gardait de la Taverne du Fauconnier. Pour toujours ce passé resterait gravé en elle.

— Où m'emmenez-vous ?

— Dans un des seuls endroits que je connaisse où l'on puisse à la fois manger, danser et parler.

Le Morocco correspondait assez bien à cette description. La grande bâtisse blanche de style mauresque se situait un peu à l'écart de la grand-route. Des ferronneries protégeaient les fenêtres. La porte de bois massif taillé en pointes de diamant s'ouvrit à leur approche. Le propriétaire, un homme d'une cinquantaine d'années aux traits empâtés, la bouche encombrée d'un énorme cigare, vint à leur rencontre.

— Voilà le meilleur ! s'exclama-t-il en serrant énergiquement la main de Dutch. Avec la plus jolie !

Il plaqua deux baisers sonores sur les joues de Dolorès, un peu stupéfaite.

— Je suis venu. J'ai vu. Tu as vaincu, ajouta-t-il en s'esclaffant sur ce qu'il considérait sans doute comme un irrésistible trait d'esprit.

Il s'intercala entre eux, les prenant chacun sous le bras pour les entraîner à l'intérieur. De l'entrée, où ils abandonnèrent leurs manteaux, on accédait directement à la salle à manger, éclairée de la seule lumière dorée des bougies disposées sur chaque table. Les échos assourdis d'une musique sud-américaine en provenance de la boîte de nuit située au sous-sol emplissaient la pièce. Un peu plus loin, un bar en acajou occupait toute la longueur d'une salle où fauteuils et canapés, séparés par des rideaux de plantes vertes, permettaient de s'isoler.

Une table, la meilleure, précisa le patron, les

attendait. Un accueil aussi chaleureux n'était pas uniquement dû au succès remporté par Dutch durant l'après-midi. De toute évidence, le Morocco constituait l'un des repaires favoris de l'entraîneur et pas simplement pour boire un verre : on ne vient pas dans ce genre d'endroit seul.

— Vous avez droit au traitement de faveur des habitués, remarqua-t-elle.

— C'est un de mes restaurants préférés quand je décide de sortir.

Qui amenait-il ici d'habitude ? Elle se posait la question, soulagée toutefois de ne pouvoir y répondre. Mieux valait rester dans l'ignorance.

— Les étudiants y sont peu nombreux.

Les prix de la carte que leur confia le maître d'hôtel suffirent à l'éclairer sur ce point.

— Comprendrez-vous à la fin que j'ai mûri, que l'étudiant a cédé la place à un homme responsable. Le Dutch d'autrefois a disparu tout comme la Taverne du Fauconnier.

Il dit cela d'une manière qui tenait à la fois du reproche et du plaidoyer.

— L'un comme l'autre avaient du charme.

Il sut garder son sang-froid et ne pas lui montrer à quel point cette réplique le touchait.

— Vous oubliez qu'à l'époque vous m'avez taxé d'inconscience !

C'était le terme exact qu'elle lui avait envoyé en pleine figure, le soir où il lui avait demandé de l'épouser. Dolorès commença à comprendre ce qu'il avait dû ressentir.

— Vous aviez bu lorsque vous m'avez fait cette incroyable proposition.

— Pas du tout. N'essayez pas de minimiser mon courage. J'avais juste avalé quelques bières pour m'aider à trouver l'inspiration. Je savais parfaitement ce que je faisais. Ou, du moins, je le pensais jusqu'à ce que vous me plantiez là en me reprochant de vous insulter. Ça m'a servi de leçon. Depuis, je me suis bien gardé de réitérer ce genre de proposition, comme vous dites !

Sa réponse commencée d'un ton ironique s'acheva sur un accent d'amertume. Avec quelques années de retard, Dolorès tenta de recoller les morceaux.

— Ce que je trouvais insultant, ce n'était pas votre proposition mais le fait que, la veille du jour où vous m'avez demandée en mariage, vous vous promeniez bras dessus bras dessous avec Rosalie.

Il eut un petit sourire.

— Difficile d'échapper à Rosalie quand elle avait jeté sur vous son dévolu. D'ailleurs vous ne m'y encouragiez pas tellement.

— Mais pourquoi ce revirement si soudain ? Nous ne nous connaissions pratiquement pas.

— Je partais pour le Wisconsin et je craignais de ne plus vous retrouver à mon retour. La solitude m'effrayait.

— Eh bien ! vous voyez, personne ne s'est montré aussi téméraire que vous. Je suis toujours là.

Dolorès n'en dit pas plus. Il serait toujours temps d'approfondir sa pensée plus tard, si le destin en décidait ainsi.

— Allons danser, proposa Dutch.

Il lui prit la main pour la guider jusqu'à la piste de danse. Ils durent jouer des coudes pour s'immiscer dans la foule compacte des couples enlacés. Bousculés de tous côtés, pressés de toutes parts, ils durent se serrer l'un contre l'autre. Au début, chacun s'efforça de maintenir ses distances. En vain. Irrémédiablement, leurs corps se rapprochaient. Dolorès redécouvrit avec plaisir celui de Dutch. Dur, musclé, solide comme un roc. Un rempart capable de la protéger contre l'adversité. Il dansait bien. Il suffisait de se laisser emporter.

Des possibilités encore jamais envisagées s'échaffaudaient dans l'esprit de Dolorès. Blottie dans les bras de son cavalier, en sécurité, la jeune femme se laissa aller à rêver. Son existence se déroulait sans à-coups, sans problèmes, sans grandes surprises non plus. De temps en temps, malgré tout, elle se posait des questions, le soir quand elle rentrait chez elle après les cours ou pendant les week-ends consacrés à la correction des copies. Sa vie lui paraissait alors bien terne, bien monotone, bien vide, bien solitaire. Si solitaire que, sans qu'elle le sache, cela faisait jaser. Ses collègues émettaient différentes hypothèses : elle se consolait d'une grave déception sentimentale, cachait une passion secrète... La vérité, dans sa simplicité, ne les effleurait même pas.

Dolorès attendait. L'amour ne l'avait pas encore touchée. Un homme, un jour, prononcerait les mots qui trouveraient le chemin de son cœur. Il s'approcherait d'elle non pour lui arracher un moment de plaisir mais pour lui offrir tendresse et protection.

— On se croirait revenu quelques années en arrière...

Dutch s'écarta un peu pour observer l'effet produit par ses paroles. Dolorès ne sut que répondre. Leurs regards se rencontrèrent et, dans ses yeux, il lut qu'elle y avait pensé elle aussi. Pendant un instant, ils vibrèrent de la même émotion presque palpable.

Dutch était-il l'homme qu'elle attendait depuis toujours ? se demanda Dolorès. Celui qu'elle avait rejeté autrefois saurait-il changer le cours de sa vie ? Elle savait, bien sûr, que l'histoire ne se répète pas mais que pouvait-on contre les caprices du destin ?

Elle ne regrettait pas d'avoir refusé sa demande en mariage. Les raisons qui avaient motivé sa décision étaient alors bien réelles. Si le choix se reposait dans les mêmes termes aujourd'hui, elle lui opposerait le même refus. Hypothèse absurde, dit-elle aussitôt. Ce soir, je danse avec un autre Dutch

Kampen. Le temps a modelé le jeune étudiant en un homme mûr, extrêmement séduisant qui, s'il me demandait... Quelle incorrigible rêveuse elle faisait ! Cette éventualité était invraisemblable.

L'orchestre s'arrêta de jouer. Une bande de musique enregistrée, un peu trop bruyante au goût de Dolorès, le remplaça.

— Si nous allions prendre un verre au bar ? proposa Dutch, devançant ses désirs.

Ils s'installèrent confortablement dans une sorte de renfoncement, à l'abri des regards indiscrets. Le barman leur apporta deux punchs aux couleurs phosphorescentes. La musique leur parvenait assourdie. L'endroit se prêtait aux confidences.

— Où habitez-vous maintenant, Dutch ?

— Je loue un appartement, rue de l'Université, pas loin du stade. Tous les week-ends je retourne à la ferme de mes parents que je considère comme ma vraie maison. J'ai une vocation rentrée de fermier. Pourquoi ne m'accompagneriez-vous pas là-bas un vendredi soir ?

— Bonne idée ! Cela me changerait un peu.

L'invitation la troublait. On ne convie pas n'importe quelle femme à rencontrer ses parents.

— Que diriez-vous de la semaine prochaine ?

Dolorès sourit devant une telle hâte.

— Impossible. Tous les professeurs de littérature anglaise se réunissent samedi matin chez le doyen. Nous n'en sortirons sûrement pas avant une heure de l'après-midi.

— Dans quinze jours alors ?

— Promis.

Il parut se détendre, s'appuyant au dossier de son siège, étendit ses longues jambes devant lui.

Peu à peu les clients s'éclipsaient. Le garçon ramassa les cendriers sur toutes les tables sauf la leur, la seule qui fût encore occupée, et les empila sur le bar. Puis il reprit la pose derrière sa barrière d'acajou. Stoïque, à demi endormi, mais debout.

— Rentrons, sinon il finira par nous détester, suggéra Dutch en désignant le malheureux d'une inclinaison de la tête.

La pendule lumineuse du centre commercial indiquait une heure du matin. Le lendemain, Dolorès se lèverait à sept heures. Quelle importance ! Pour rien au monde elle ne voulait écourter sous de futiles prétextes une soirée aussi mémorable.

Lorsqu'elle était étudiante, il lui arrivait de sortir tard et de rentrer vers une ou deux heures du matin. A chaque fois le même scénario se répétait. Sur le chemin du retour, la conversation devenait embarrassée, tendue. Les platanes qui jalonnaient la route se faisaient menaçants...

Son compagnon regardait fixement devant lui, évaluant ses chances de succès dans l'entreprise qui allait suivre : allait-il oui ou non oser embrasser la fille de son professeur sur le pas de sa porte ? Invariablement, les malheureux se posaient la même question, dansaient d'un pied sur l'autre, s'embrouillaient, se ridiculisaient.

Dutch, lui, n'hésita pas.

Il glissa un bras autour de sa taille, sous son manteau, lui enserra les épaules de l'autre et s'empara de sa bouche en un baiser irrésistible. A aucun moment Dolorès ne chercha à se défendre. Elle s'abandonnait comme si elle n'avait attendu que cela pendant toute la soirée. Mieux : timidement d'abord, puis plus hardiment, ses mains se faufilèrent sous la veste de Dutch. Elle lui caressa le dos à travers sa chemise, émue de sentir ses muscles rouler sous ses doigts, électrisée par ce contact. Elle ferma les yeux et toutes les sensations éprouvées autrefois réapparurent d'un coup. Elle retrouvait le goût de ses lèvres, l'odeur vaguement épicée de sa peau, le trouble provoqué en elle par leur premier baiser.

Il délaissa un instant sa bouche pour l'embrasser dans le cou. Cette chaude caresse, inattendue, intime la fit frissonner longuement. Ses lèvres s'entrouvrirent, toutes gonflées de sensualité retenue. Par ce geste, elle se livrait à lui corps et âme.

Dolorès tituba. Ses jambes ne la portaient plus. Elle se serra davantage contre lui, s'accrocha à ses épaules. Déjà il la tenait en sa possession. Elle était à bout de résistance. Ses dernières forces lui échappaient inexorablement tant ses baisers la grisaient.

Dans un dernier sursaut de lucidité, elle s'arracha à son étreinte.

Il ne tenta pas de la retenir. Elle lui en sut gré.

— Il n'y a vraiment pas moyen d'éviter cette réunion, samedi prochain ?

Dolorès secoua la tête.

— Non. Vraiment pas. Mais je vous promets de me libérer le vendredi suivant.

— La patience n'est pas ma qualité principale, pourtant j'attendrai.

La clé tourna dans la serrure. La porte s'ouvrit.

— Merci pour cette très bonne soirée, Dutch.

Dutch lui caressa furtivement la joue.

— Merci d'être revenue à Borden.

Elle demeura appuyée contre la porte refermée à écouter ses pas décroître sur les graviers de l'allée. Il y eut le claquement d'une portière, le ronflement d'un moteur, puis plus rien. Quand le silence de la nuit fut revenu, elle monta se coucher légère et souriante, heureuse comme elle ne l'avait pas été depuis longtemps.

Chapitre huit

Chaque mardi, en fin de soirée, Dolorès assistait à la séance du ciné-club. Depuis quelques semaines, les films d'Ingmar Bergman tenaient l'affiche. Ce soir, la jeune femme avait décidé de s'y rendre directement sans passer chez elle.

Dutch frappa à la porte du bureau et entra sans attendre sa réponse.

— Bonjour, Dol. Ça va ?

— On se voit plus tard au ciné-club ?

Dutch fit la grimace.

— Merci bien ! Bergman me déprime. Pourquoi ne suggérez-vous pas à votre ami Al Lexington de choisir des programmes un peu moins sinistres ?

Il la dévisagea avec attention.

— Vous saviez que c'était lui qui s'occupait du ciné-club ?

— Bien sûr.

Il n'insista pas davantage.

— Ça tient toujours pour samedi ?

— Oui, mais tard dans la soirée, précisa Dutch. Ce jour-là nous disputons un match à l'extérieur du campus.

Durant les jours qui suivirent, Dutch fit des apparitions impromptues, prétextant qu'il passait dans le coin et qu'il en profitait pour venir lui dire un petit bonjour. Compte tenu de l'isolement du bâtiment dans lequel elle travaillait, Dolorès n'accordait aucun crédit à ses excuses. Elle en déduisait simplement qu'il éprouvait le désir de la voir, qu'elle ne lui était pas indifférente.

La veille du week-end, il fit irruption alors qu'elle s'apprêtait à rentrer chez elle.

— Souhaitez-moi bonne chance pour demain, plaisanta-t-il.

— Je le fais volontiers.

— Merci. A propos, comment ça se passe avec Moose ? Plus de problèmes ?

— Non. Sa nouvelle petite amie est une de mes meilleures étudiantes. Je soupçonne ses leçons particulières d'être beaucoup plus efficaces que les miennes.

— Tiens ! Vous m'étonnez ! Il ne me parle jamais de cette fille. Ses bonnes notes mises à part, comment est-elle ?

— Plus charmante que vraiment jolie. Je ne la classerais pas parmi les grandes beautés. Pas tellement le genre de fille que Moose voit d'habitude.

Dutch donnait des signes d'énervement.

— Evidemment ! La première écervelée venue suffit à un footballeur ! Qu'il sache apprécier une femme intelligente vous dépasse. On ne vous a jamais expliqué que les contraires s'attirent ?

Il prit un ton sarcastique pour ajouter :

— Sinon comment expliqueriez-vous ma présence dans ce bureau ?

Dolorès choisit de considérer sa remarque comme une plaisanterie et enchaîna sur le même registre.

— Oh ! Et moi qui mettais tous mes espoirs dans le galbe de ma silhouette ! Allons, tant pis, ou plutôt tant mieux ! Je réattaque les choux à la crème dès ce soir !

Le temps, incertain pendant toute la semaine, se leva, radieux, le samedi matin. Un timide soleil, presqu'un soleil d'hiver, brillait dans le ciel parfaitement bleu, diffusant une lumière translucide. Les branches effeuillées des majestueux érables du campus se profilaient avec la netteté d'un dessin à l'encre de Chine sur cette toile de fond limpide.

Devant tant de beauté, Dolorès se reprocha sa paresse. D'habitude, elle profitait de ce genre de journée pour s'atteler à des tâches rébarbatives, comme d'aller faire ses courses au supermarché, par exemple. En contrepartie, elle réservait ses occupations préférées aux journées grises et pluvieuses. De la sorte, elle contrebalançait les injustices du climat et adoucissait les corvées de l'existence.

Dutch passa la chercher en milieu d'après-midi. Tous deux étaient vêtus de façon identique d'un jean de velours côtelé, d'un gros pull-over à col roulé et d'un blouson de cuir.

— Félicitations pour votre victoire.

Exceptionnellement, elle avait allumé son poste de télévision et avait regardé les informations de la chaîne régionale.

De Borden à la ferme des parents de Dutch, il y avait près d'une heure de trajet. La voiture filait à bonne allure parmi les prairies parsemées de boqueteaux d'un paysage doucement vallonné. Les habitations se regroupaient en villages un peu à l'écart de la grand-route. Elles se serraient autour d'une église construite comme elles de bois peint en blanc.

— Je connais des gens qui trouvent la campagne triste à cette époque de l'année, remarqua Dutch. Ils la fuient et n'y retournent que lorsqu'elle est ensevelie sous une épaisse couche de neige. Le côté sports d'hiver les rassure.

— Goûts de citadins. Ils confondent la campagne avec le jardinet qu'ils entretiennent avec amour derrière leur pavillon. Dès qu'il faut rentrer les transats, elle ne les intéresse plus.

Dutch ralentit, le temps de traverser un pont.

Sous eux la rivière cascadait de rocher en rocher. Le courant entraînait les branches basses des saules dangereusement penchées sur les berges.

— Tous mes souvenirs d'enfance se situent à la campagne, dit Dutch en accélérant de nouveau. Bien que, par la suite, les circonstances m'aient contraint à résider en ville, je me considère encore comme un rural, un paysan.

Autrefois, songea-t-elle, il n'évoquait jamais la ferme. A vingt ans, le passé n'intéresse pas.

— Cultiver la terre vous plairait ?

— En rentrant de classe, j'aidais mon père à soigner les bêtes. Cela m'amusait plus que de faire mes devoirs. Je suppose que votre père corrigeait les vôtres. Voilà toute la différence entre nous.

— Oui, mais il m'emmenait pêcher la truite tous les week-ends. Il connaissait les plantes, leur nom, leur usage aussi bien que la littérature grecque ou latine.

— Bientôt, il nous faudra prendre une décision quant à l'avenir de l'exploitation. Mon père et moi en parlons souvent ensemble.

Elle l'aida à préciser sa pensée.

— Pourquoi ne vous en occuperiez-vous pas ?

— J'y songe de plus en plus. Le sport m'a beaucoup apporté dans le passé. A présent les satisfactions que j'en tire sont différentes, moins permanentes. Je souhaiterais m'établir à la campagne, fonder une famille...

Leurs songes les occupèrent pendant le reste du trajet.

Une allée rectiligne, bordée de noyers menait à la ferme. Au premier coup d'œil, Dolorès fut séduite. Les bâtiments étaient disposés en carré autour d'une cour plantée d'un tilleul séculaire. Un banc de bois, vieilli par les ans, enserrait son large tronc. A gauche de la bâtisse centrale qui servait d'habitation se tenaient les étables ; à sa droite, les hangars.

Dès le printemps, les plates-bandes qui couraient autour de la maison proprement dite, tout en bois, se paraient sans doute d'une floraison multicolore. Des rideaux de dentelle blanche égayaient les fenêtres. De l'ensemble se dégageait une impression de paix et de tranquille prospérité. La ferme tenait à la fois de la maison de campagne et de l'exploitation agricole.

Un dalmatien sortit en trombe pour les accueillir. En reconnaissant Dutch, il se mit à aboyer frénétiquement en signe de bienvenue. Il renifla Dolorès avant de se décider à l'adopter. Pour le lui prouver, il se mit à sauter comme un fou autour d'elle et, dans sa joie, manqua la renverser.

M. et Mme Kampen les attendaient au salon. En les voyant entrer, le maître des lieux posa son journal, enleva ses lunettes et vint au-devant d'eux.

— Papa, je te présente Dolorès Parker.

Grand, fort bel homme encore, âgé d'une soixantaine d'années environ, il portait avec fierté une épaisse chevelure d'un blanc neigeux qui accentuait son hâle d'homme habitué à vivre au grand air. Pour l'occasion, il avait revêtu un costume en velours côtelé marron. La venue de son fils en compagnie d'une jeune femme, dont il disait le plus grand bien, méritait un effort.

— Très heureux de faire votre connaissance.

Sa grande main serra avec beaucoup d'enthousiasme et juste un peu trop d'énergie celle de son invitée.

L'accueil de son épouse, une petite femme à l'apparence frêle et délicate, se révéla moins chaleureux. Elle se laissa embrasser par son fils et se contenta de demander à Dolorès s'ils avaient fait bonne route.

— Depuis le temps que Dutch nous parle de vous ! enchaîna M. Kampen.

Dolorès lui adressa son sourire le plus charmeur.

— Voilà qui m'inquiète. Dieu seul sait ce qu'il raconte à mon sujet !

— Tu aurais pu me dire que Mlle Parker était ravissante, remarqua M. Kampen avec une bourrade dans les côtes de son fils.

Il prit Dolorès à témoin.

— C'est vrai ! Cela fait des années qu'il nous chante vos louanges et nous ne savions même pas si vous étiez brune ou blonde !

Des années... Dolorès se tourna vers Dutch, cherchant dans son regard une confirmation à ce que venait de lui révéler son père. Il baissa les yeux d'un air embarrassé.

Mme Kampen proposa d'aller préparer du thé. En son absence, ils parlèrent de choses et d'autres de la façon la plus détendue. Lorsqu'elle revint, les bras chargés d'un grand plateau en argent supportant la théière, des tasses de porcelaine et un appétissant cake aux fruits, chacun reprit son air guindé. Elle ne se montrait pas désagréable mais franchement réservée. Les efforts que Dolorès faisait pour lui plaire se heurtaient à un mur d'indifférence polie. De toute évidence, la présence d'une intruse sous son toit ne l'enchantait guère. En revanche, dès que Dutch ouvrait la bouche, l'expression de sa mère s'adoucissait. Dolorès percevait désagréablement son statut d'étrangère.

Elle ne le cacha pas à Dutch quand, un peu plus tard, il l'emmena visiter l'exploitation.

— Ne vous fiez pas trop à cette première impression, la rassura-t-il. Ma mère est d'un abord difficile, très froid. Mais dès qu'on la connaît un peu mieux, on découvre alors ses merveilleuses qualités de cœur.

— Pourquoi ? Elle est timide ?

— Elle manque d'assurance surtout. Elle s'est mariée à dix-huit ans. Depuis, son univers tourne autour de la famille, de la maison. Le moindre changement dans ses habitudes la bouleverse. Se retrouver en face d'un professeur de littérature à l'université la trouble plus que tout. Elle craint de ne pas se montrer à la hauteur.

— Eh bien, nous voilà exactement au même point ! Je tremble à l'idée de commettre une bourde. Elle me terrifie !

Ils éclatèrent de rire. Le chien les rejoignit en gambadant, heureux de l'aubaine inattendue que constituait cette promenade.

Un peu à l'écart se dressait l'imposante masse ronde du silo à grains. Sa forme inhabituelle l'apparentait quelque peu à ces sculptures modernes aux formes incompréhensibles qui ornent les places des grandes villes.

— Il ne sert plus à grand-chose à présent que mon père a abandonné l'élevage, expliqua Dutch. On le conserve cependant en état de fonctionnement pour le cas où...

Dutch ne précisa pas davantage sa pensée. Il songeait vraisemblablement à l'éventualité où, dans un avenir plus ou moins proche, il reprendrait l'exploitation à son compte.

Les champs retournés par les labours d'automne s'étendaient à des kilomètres à la ronde. Aucun animal ne paissait dans les prairies dont la végétation se développait librement. Quelques chardons pointaient de-ci de-là.

— Personne n'aide votre père dans son travail ?

— Si. Pendant la belle saison il engage un ouvrier agricole. Il faut moissonner rapidement tant que le temps le permet sous peine de perdre la récolte. Malheureusement, cela coïncide avec l'époque des tournois. Sinon je m'arrangerais pour venir donner un coup de main.

— Cela doit le fatiguer à son âge d'assumer seul toutes ces tâches.

— Il se préoccupe davantage de l'avenir de la

propriété. Durant toute mon enfance et mon adolescence, il m'a élevé, formé, pour qu'un jour je prenne sa succession. Cette perspective me plaisait. Et puis, j'ai décroché une bourse pour l'université, uniquement due à mes talents sportifs, je le reconnais. S'il n'y avait eu le football, je mènerais aujourd'hui une vie d'agriculteur.

Dutch s'exprimait d'un ton neutre qui ne laissait rien deviner de ses convictions profondes.

— La regrettez-vous ?

Dolorès se rendait bien compte de l'indiscrétion de sa question. Pourtant, quelque chose lui disait que Dutch l'attendait. Certains souvenirs ne remontent à la surface qu'appelés du dehors. Dutch semblait éprouver le besoin de parler de ce passé, mais sa fierté l'empêchait de s'épancher.

— Oui et non. Ces dix dernières années m'ont permis d'acquérir une expérience que je n'aurais jamais eu en restant à la campagne. Je souhaite seulement pouvoir en tirer profit un jour.

— Vous ne m'aviez jamais parlé de vos origines campagnardes. Lorsque vous déambuliez fièrement à travers le campus sous les regards admiratifs de mes petites camarades, vous ressembliez à un richissime fils de famille plutôt qu'à un fils de paysan.

Dutch rit à l'idée qu'on avait pu le prendre pour un héritier fortuné.

— En fait, je détenais la palme de l'étudiant le plus fauché de l'université. Si je vous emmenais dans des restaurants aussi minables, c'est que mes finances m'interdisaient les autres.

— J'aimais beaucoup la Taverne du Fauconnier.

Et pourtant, Dieu sait si ses hamburgers étaient caoutchouteux, son café insipide, se remémorat-elle avec attendrissement. Que n'eût-elle pas donné pour les retrouver...

— Moi aussi.

Le sourire de Dutch la ramena de plusieurs années en arrière, juste avant qu'ils ne se séparent, alors que s'était établie entre eux une sorte de compréhension à demi-mot. Le temps se télescopait. Le passé rejoignait le présent, achevant de la désorienter face à un avenir incertain.

Ils avançaient d'un pas lent dans un petit chemin, enfoncé entre deux talus couronnés de haies vives. Dolorès avait du mal à se repérer. Son sens de l'orientation était tout à fait approximatif. A son avis, ils avaient laissé la maison sur leur gauche mais elle n'en aurait pas juré. Heureusement que Dutch était près d'elle et qu'il connaissait la propriété comme sa poche. Il suffisait de le suivre. Le chien, ou plutôt la chienne, répondant au nom de Lady, les précédait. De temps à autre elle filait comme une flèche en aboyant à pleine gueule. Le lapin disparaissait dans son terrier, le perdreau s'envolait à tire d'aile et Lady revenait auprès de son maître, la langue pendante, satisfaite de sa démonstration de supériorité.

— J'imagine qu'une enfance dans un endroit aussi beau ne peut être qu'heureuse.

— Heureuse, certainement. Rude aussi. Après l'école et les devoirs, le travail ne manquait pas. Et le matin avant d'attraper le car venaient les soins des bêtes.

Il prit la main de Dolorès pour l'aider à escalader une barrière et, l'obstacle franchi, ne la lâcha pas.

— Pourtant, je n'en souhaiterais pas d'autre pour mes enfants. Elle leur apprendra comme à moi la valeur de l'endurance. Mais avant de les éduquer il faudra que je trouve quelqu'un qui accepte de me donner des héritiers !

Il resserra son étreinte et Dolorès sentit les battements de son cœur s'accélérer.

— Il existe sûrement une femme qui ne demandera pas mieux que de vivre dans un cadre pareil. Tout est si paisible, si beau.

— Vous croyez vraiment ?

— J'en suis certaine.

Leurs doigts s'entrelacèrent.

— Venez. Je veux vous montrer mon endroit préféré.

Au détour du chemin, le faîte du toit de la ferme apparut. Gagné ! Pour une fois son sens de l'observation ne l'avait pas trompée. Ils avaient bien laissé la maison sur leur gauche en partant se promener. Derrière les bâtiments s'étendait un verger planté de pommiers et de pruniers. Les arbres s'alignaient en files régulières sur une prairie soigneusement fauchée. Seules, quelques herbes folles subsistaient au pied de chaque arbre, là où le bras de la machine renonçait à les débusquer de crainte de mordre sur l'écorce.

— Les pommes les plus savoureuses de l'Etat ! annonça fièrement Dutch.

Dolorès en ramassa une, énorme, jaune et rouge, tombée à terre.

— Pas celle-là.

Il la prit, la renifla et la jeta au loin.

— Déjà trop mûre. Attendez que je vous en choisisse une bien à point. Celle-ci par exemple.

Il en désignait une, accrochée à la cime d'un arbre.

— Il faudra revenir avec une échelle, constata Dolorès. Ne vous donnez pas tout ce mal pour moi.

— Pas besoin d'échelle : je grimpais aux arbres avant de marcher.

D'un bond il attrapa une branche basse et effectua un rétablissement. De là, il progressa vers le sommet. Des craquements sinistres déchirèrent le silence.

— Faites attention ! cria Dolorès qui, la tête renversée en arrière, le suivait du regard.

— Je vous la rapporte, mais on partagera.

Il tendit le bras vers le fruit convoité. Sa posture relevait de l'acrobatie, un véritable défi aux lois de la pesanteur. Celle-ci se vengea. Un bruit sec claqua dans l'air. La branche à laquelle il se tenait se brisa. Dans un fracas de bois cassé, il dégringola de son perchoir.

— Dutch !

In extremis il parvint à se rattraper d'une main. Le corps ballant, il demeura suspendu en l'air pendant quelques secondes avant de se laisser choir. Il atterrit dans un roulé-boulé pour amortir le choc. Dolorès se précipita.

— Vous ne vous êtes pas fait mal au moins ?

Il se releva promptement, ôtant les brindilles et les feuilles mortes accrochées à ses vêtements.

— Goûtez-moi ça.

Il exhiba fièrement sa récolte qu'il astiqua d'un coup de manche. Ils s'assirent par terre, s'appuyant au tronc de l'arbre. La pomme brillait, belle, rouge, parfaite, un vrai fruit de paradis terrestre. Après l'avoir longuement admirée, Dolorès y mordit à belles dents. La chair se détacha ferme, savoureuse. Un suc délicieux se répandit sur sa langue.

— Une merveille, concéda-t-elle.

— A mon tour maintenant.

Dolorès lui tendit le fruit. Il n'esquissa pas le moindre mouvement pour s'en emparer, l'obligeant à laisser son geste en suspens.

Instantanément, la jeune femme comprit à quoi il jouait. Elle lui jeta la pomme à la figure.

— Hé ! protesta Dutch, ça ne se passe pas comme ça dans l'histoire !

— Je trouve insultant que vous hésitiez !

— Je succombe à la tentation !

Il entoura les épaules de Dolorès et la fit basculer contre lui. Serrés l'un contre l'autre, ils s'allongèrent dans l'herbe. Il suffisait que Dutch la presse contre lui pour qu'une vague de bonheur la submerge. Tout naturellement, leurs bouches se joignirent. Ils s'embrassèrent à perdre haleine, étonnés et ravis de découvrir chez l'autre la même soif de tendresse, la même passion. Le feu dévorant qui les habitait s'exprimait dans ce baiser qui n'en finissait pas. La vie n'était plus qu'amour, un amour qui se nourrissait du souffle recueilli sur les lèvres de l'être aimé.

Les yeux fermés, toute à la volupté de savourer ce bonheur inouï qu'elle n'attendait pas, Dolorès rêvait déjà d'une nouvelle existence, une existence à deux, gaie, complice, confiante. Ils ne se quitteraient jamais, riraient ensemble, dormiraient unis. Quand elle en aurait envie, elle se blottirait contre Dutch comme un oiseau se réfugie dans son nid. Les convenances, les barrières, les difficultés n'existeraient plus.

Dutch caressait ses joues, ses tempes, ses cheveux, puis les couvrait de baisers. Ses mains dures de sportif se firent légères pour effleurer son cou délicat. Il lui mordilla le lobe de l'oreille, parcourut fièvreusement de ses lèvres brûlantes la naissance de sa gorge. Elle s'abandonnait, ivre de plaisir, frissonnante. Conscient du trouble qu'il éveillait en elle, Dutch redoubla d'ardeur et de raffinement dans ses caresses, arrachant à sa compagne des gémissements de plaisir.

Dolorès ne se contrôlait plus. Ravagée par un désir irrésistible, enivrée par le parfum primitif et sauvage de la terre meuble qui cédait sous son poids, comme pour l'accueillir, elle s'offrait sans plus de retenue à l'homme qu'elle aimait. Ailleurs, dans une chambre close, sa raison l'eût probablement freinée. Ici la nature participait à l'éveil de sa sensualité.

La main chaude de Dutch caressait son ventre, à même la peau, sous le gros pull-over. Elle se mordit la lèvre, se raccrochant à la douleur pour que le plaisir ne l'emporte pas.

Ses seins se durcissaient, leurs petites pointes roses se dressaient sous l'habile frôlement des doigts, des lèvres de son compagnon. L'air qu'elle respirait, haletante, ne lui suffisait plus. Il lui semblait étouffer. Son front, ses joues, brûlaient de fièvre. Un poids intolérable pesait en elle. De tout son être elle appelait à la délivrance. Combien de temps cela pourrait-il durer avant qu'elle ne se désintègre ?

Elle sentait chaque détail du corps dur et musclé de Dutch. Les muscles de son dos se nouaient et se dénouaient sous ses paumes au gré de leurs étreintes. Il la désirait lui aussi avec une violence qui la bouleversait.

Soudain, ses gestes se firent plus précis, plus exigeants. Il n'arrivait plus à endiguer le flot de sa passion.

— Arrêtez ! cria Dolorès.

La fermeté de sa voix la surprit. Le souffle lui manquait et, pourtant, elle s'entendait parler haut et clair.

Dutch suspendit ses caresses. Il s'écarta pour découvrir dans ses yeux l'explication de son refus.

— Pourquoi ? Que se passe-t-il ?

Sa main reposait immobile, pesante, sur le ventre de Dolorès, là où naissaient tous les dangers.

— Pas comme cela. Pas maintenant.

— Je perds la tête à vous tenir contre moi.

— Moi aussi. Je ne veux pas que nous regrettions un moment de folie. L'instant où nous nous appartiendrons doit rester le plus beau de notre vie.

La main se retira lentement. C'était comme si, en partant, elle emportait avec elle une poignée de vie palpitante. Une affreuse sensation de déchirement la traversa. Dolorès s'empara de la main qu'elle porta à ses lèvres.

Ils chancelèrent pareillement en se remettant debout. Titubants, ils s'appuyèrent un instant contre le tronc du pommier le temps de comprendre d'où ils revenaient. Puis, enlacés, ils regagnèrent la ferme.

Le repas les attendait. Pour l'occasion l'argenterie familiale parait la table. Dolorès proposa d'aider la maîtresse de maison mais celle-ci déclina poliment son offre, toujours aussi froide et glacée. Les compliments de son invitée, le plaisir manifeste qu'elle prit à savourer les différents plats, contribuèrent à dégeler l'atmosphère. Comment ne pas trouver moelleux le gigot d'agneau, succulente la bavaroise aux poires nappée d'une onctueuse sauce au chocolat?

En quittant la table, les hommes s'installèrent au salon avec leurs tasses de café tandis que Dolorès aidait à débarrasser. De là, tout naturellement, elle passa dans la cuisine. Les bras chargés d'assiettes, Dolorès demanda à son hôtesse où les poser.

— Ne dites pas « madame » Kampen. Mon nom est Martha. De mon côté, je vous appellerai Dolorès. Depuis le temps que je vous connais, « mademoiselle » semble incongru!

Dolorès la regarda, perplexe. Comment devait-elle interpréter cette assertion? Erreur de langage? Exagération? Amabilité maladroite due à un excès de timidité? Elle opta pour cette ultime explication.

— Oui, moi aussi j'ai l'impression que nous sommes de vieilles connaissances.

Sous sa rude carapace, Martha ne manquait pas de finesse. Elle comprit que la jeune femme était désarçonnée par sa remarque abrupte et gentiment lui expliqua:

— Cela fait près de dix ans maintenant que j'ai pour la première fois entendu parler de vous. Lorsque Dutch était étudiant, il rentrait tous les week-ends à la maison et n'arrêtait pas de nous parler de Dolorès Parker. Il répétait sans cesse qu'il allait l'inviter à dîner, qu'il l'amènerait ici pour que nous la rencontrions et, à chaque fois, il trouvait une excuse pour remettre son projet à plus tard. En réalité, vous l'impressionniez terriblement.

— Je crois surtout qu'il était très occupé par une autre fille.

— Oh! Rosalie! Ne me parlez pas d'elle! Elle ne le lâchait pas d'une semelle et venait le relancer jusqu'ici. C'était le mariage qu'elle voulait. Remarquez que c'était également ce que Dutch recherchait, mais pas avec elle.

Dolorès entassait machinalement la vaisselle dans le placard au-dessus de l'évier.

Ainsi durant toutes ces années, Dutch l'avait aimée en secret et elle n'avait rien compris. Elle revoyait les longues heures passées à la Taverne du Fauconnier, revivait sa demande en mariage à une heure du matin sur le pas de sa porte, se rappelait ses silences, ses débuts d'aveux bredouillés, contredits... Bien sûr qu'il avait bu le soir où il lui avait proposé de l'épouser! Il était ivre mort! Mais elle aurait dû se douter que c'était parce qu'il voulait se donner du courage, le courage de lui avouer son amour.

Chapitre neuf

Quoi de plus beau, de plus merveilleux que la vie ?
Elle vous apporte tant de satisfactions, de petites
joies, de grands bonheurs, que l'on ne sait plus
comment les retenir. Jusqu'aux contrariétés qui
surgissent occasionnellement et qui vous permet-
tent par la suite, lorsque vous les avez surmontées,
d'apprécier davantage encore la joie de vivre.

Depuis cette merveilleuse journée passée à la
campagne, Dolorès était d'une humeur d'ange. Elle
nageait dans l'euphorie.

Moose Morrison, lui-même, profitait de son optimisme inébranlable. Le pénible épisode du baiser
appartenait à un passé de plus en plus lointain qui
s'effaçait pour céder la place à une confiance réci-
proque.

Les cours qu'enseignait la jeune femme subis-
saient eux aussi l'influence bénéfique de cet état de
grâce. Les étudiants y assistaient, fascinés.

Malgré l'hiver qui s'installait avec son cortège de
tempêtes, de froid, de neige, Borden prenait des
allures de paradis.

Surtout les soirs où la Buick rouge de Dutch
s'arrêtait devant chez elle. Ensemble, deux ou trois
fois par semaine, ils allaient au cinéma, au concert
ou dîner chez les amis de l'un ou de l'autre. Une fois
encore, Dutch l'étonna. Certains de ses amis,

contrairement à toute attente, ne connaissaient rien au football. Et, en leur compagnie, l'entraîneur dissertait de bien d'autres sujets que de ce sport, tout passionnant qu'il fût! A plusieurs reprises, ils retournèrent passer le week-end à la ferme. Martha l'accueillait à présent avec chaleur et lui parlait pendant des heures de son fils chéri et les deux jeunes gens devaient recourir à de savants stratagèmes pour parvenir à s'isoler.

Dolorès ne doutait plus de son amour pour Dutch. Parfois elle se demandait depuis quand elle l'aimait. Depuis leur première rencontre au lycée, leurs années d'université ou seulement depuis leurs récentes retrouvailles? Peu importait après tout. L'essentiel n'était-il pas de sentir grandir en elle la certitude qu'aucun autre homme ne saurait lui apporter le bonheur. Pourquoi attendre? Chaque baiser sur le pas de sa porte, lorsqu'il la raccompagnait, la bouleversait davantage. Une force magique la poussait à nouer ses bras autour de la taille de Dutch tandis que leurs lèvres se joignaient, et c'était lui et non elle qui trouvait le courage de rompre cet envoûtement.

La seconde demande en mariage s'ébauchait dans chaque geste, chaque caresse, chaque sourire échangés.

Ils avaient allumé la télévision mais la regardaient distraitement, beaucoup plus intéressés par les mille petits détails qui constituaient leur vie de tous les jours. Les restes d'un dîner froid parsemaient la table basse. Dans la bouteille il ne restait qu'un fond de vin que Dolorès versa dans le verre de Dutch.

— Où en est la donation de Morrison père? demanda Dolorès.

— On ne sait pas encore qui en bénéficiera. Comme vous vous en doutez sûrement, j'essaie d'influencer sa décision en faveur d'un nouveau gymnase. Le doyen Fuller de son côté intrigue à mort pour que la donation soit attribuée à la faculté de lettres. Vous devez applaudir des deux mains à cette initiative, j'imagine.

— Puisque c'est le football qui nous vaut cette manne, j'estime normal que le département des sports en profite.

Il leva son verre comme pour saluer sa grandeur d'âme.

— Le sport remercie la littérature.

— La littérature se réjouit de satisfaire le sport.

— Dans ce cas...

Dutch la prit par les épaules et l'attira contre lui. Elle nicha sa tête contre son épaule.

— Vous ne saurez jamais depuis quand je vous aime, murmura Dutch, depuis quand je souhaite vous tenir ainsi tout contre moi, consentante, heureuse.

— Depuis très longtemps, si j'en crois votre mère.

Il se pencha vers Dolorès. Dans son regard se lisait une violente passion tempérée de tendresse. Tel un fauve apprivoisé, il se soumettait à l'irrésistible force du sentiment qu'elle éveillait dans son cœur.

Oui, cet homme l'aimait. Chacun de ses baisers, chacune de ses caresses en témoignait. Comment avait-elle pu en douter ? Et dire qu'autrefois il l'effrayait ! Lui qui n'aspirait qu'à la protéger, la soutenir.

Dolorès posa la main sur sa nuque, enfouit les doigts dans ses boucles brunes. En réponse à cette invite, Dutch s'empara de sa bouche entrouverte.

La même passion les saisit tous les deux, les unissant dans un baiser où l'un comme l'autre mettait toute son âme, tout son cœur. Le monde alentour n'existait plus. Insensiblement, ils chavirèrent dans les profondeurs du canapé. Ils roulèrent l'un sur l'autre, s'étreignant, se caressant, se grisant

254

de leur parfum, du contact de leurs deux corps. Dolorès répondait à la moindre de ses sollicitations. Ils s'appartenaient. Elle n'en pouvait plus, n'avait plus envie de lui résister. Elle souhaitait se donner, voulait qu'il la prenne... Elle se livrait sans fausse pudeur aux caresses de plus en plus précises de Dutch.

Ils basculèrent sur le côté, se séparèrent l'espace d'un instant pour mieux se contempler, puis se pressèrent à nouveau l'un contre l'autre. Dutch la dominait à présent. Il s'appuyait sur le coude pour ne pas l'écraser. Pourtant elle appelait ce fardeau de tous ses sens. Elle souhaitait qu'il s'appesantisse sur elle : elle voulait sentir son corps lourd sur ses seins gonflés, sur son ventre...

Leurs souffles se mêlaient, brûlants. D'une main, Dutch déboutonna sa chemise tandis qu'elle le dénudait. L'enivrante sensation de sa peau douce contre celle, plus rude, de Dutch, son odeur légèrement épicée, reconnaissable entre toutes, achevèrent de lui faire perdre la raison. Quelque part au fond d'elle-même naquit une onde de plaisir qui déferla sur elle, balayant tout sur son passage. Dans un ultime sursaut de lucidité, Dolorès s'arracha à l'étreinte de Dutch.

— Non ! Non ! Lâchez-moi. Je ne sais plus ce que je fais.

— Quelque chose d'irréparable, de définitif, du moins je l'espérais.

— D'inévitable aussi. Mieux vaut attendre encore un peu.

Leurs regards se rencontrèrent, confirmant les promesses contenues dans ces paroles.

— Viendrez-vous au match de demain ? demanda Dutch en se levant.

— J'ai beaucoup de travail en retard. Si, comme prévu, nous allons passer le week-end chez vos parents, je n'en viendrai jamais à bout. Il faut que je m'y attelle demain toute la journée.

— Bon, je n'insiste pas pour le match mais soyez prête à sept heures. Je passerai vous prendre. Et mettez-vous sur votre trente et un. Ce sera une soirée à marquer d'une pierre blanche.

— Ah bon ! En quel honneur ?

Il esquissa un sourire énigmatique.

— Vous verrez bien.

Il allait la demander en mariage une seconde fois, elle en était sûre. Un pressentiment l'en avertissait.

Après son départ, elle retourna au salon. Un long moment, elle demeura assise face à la télévision allumée, sans voir ce qui se déroulait sur l'écran, ni l'entendre. Une seule pensée l'obsédait : demain, elle serait fiancée à Dutch Kampen. Elle étreignit le coussin qu'elle tenait dans ses bras et des larmes de bonheur lui emplirent les yeux.

Dolorès passa la matinée du samedi à courir de magasin en magasin pour faire les courses indispensables. Heureusement, la pluie ne commença à tomber qu'à l'instant où elle garait la voiture devant chez elle. Sa première pensée alla vers Dutch : fichu temps pour son match ! Pourvu que l'eau n'ôte rien au pouvoir magnétique de Moose Morrison sur les ballons !

Une pile de copies à corriger l'attendait sur un coin du bureau. Après s'être préparé quelques sandwiches au poulet et avoir empli un thermos de thé destiné à la soutenir durant plusieurs heures, elle attaqua le premier devoir avec une attention toute particulière. Il s'agissait d'une composition et non d'une classique dissertation. Cette épreuve vaudrait aux étudiants leur note et leur classement du trimestre. Ils disposaient de plusieurs semaines pour la rédiger et avaient le choix entre la rédaction

256

d'un poème, d'un essai de critique littéraire ou d'une nouvelle. La plupart optaient pour celle-ci.

Dolorès fut heureusement surprise par certaines et notamment par celle de Debbie Reynolds, la nouvelle petite amie de Moose Morrison. Sans hésiter, la jeune femme la gratifia d'une mention très bien. Elle reconnut tout de suite l'écriture de la copie suivante pour appartenir à Moose en personne. Il était un des seuls à avoir choisi de composer un poème.

Point ne fut besoin de dépasser la lecture de la première ligne pour mesurer l'ampleur du désastre. Il n'avait rien trouvé de mieux que de recopier mot pour mot un des sonnets les plus célèbres de la grande poétesse romantique Elizabeth Browning.

La tricherie flagrante autant que sa bêtise la consternaient. C'était absurde et les conséquences de cette bêtise menaient droit à la catastrophe. Impossible d'attribuer une autre note que zéro et Moose n'était pas assez brillant dans les autres matières pour compenser cet échec. Sa carrière de capitaine de l'équipe de football s'arrêtait ici. Celle de l'équipe aussi. Sans Moose, elle ne gagnerait pas le tournoi universitaire. Quant à la donation, autant mettre une croix dessus tout de suite. Tout cela provoquerait un retentissant scandale qu'il lui incombait de déclencher. Elle se serait volontiers passée de ce triste privilège !

Une heure durant, elle tourna et retourna le dilemme dans tous les sens, cherchant une solution qui préservât à la fois la justice et les intérêts en jeu. Elle n'en trouva pas. Incapable de poursuivre ses corrections, elle décida d'aller rejoindre Dutch au stade. Peut-être aurait-il une idée ?

Cette fois-ci, elle n'eut aucun mal à entrer dans le Saint des Saints. Elle attendit à côté des vestiaires que le match se termine. L'équipe de Borden triomphait. Le visage de Dutch s'illumina en l'apercevant.

— Quelle bonne surprise! J'exige immédiatement la récompense du vainqueur.

Leurs lèvres se frôlèrent en un tendre baiser.

— Je vous ramène, Dutch. Il faut que je vous parle.

Elle attendit qu'ils soient de retour à la maison pour répondre aux questions dont il la pressait.

— Il s'agit de Moose...

Dutch parut soulagé.

— Vous venez de perdre le capitaine de votre équipe.

— Vous plaisantez ou quoi?

Elle lui tendit la copie de Moose.

— Voici son devoir de fin de trimestre. Copié mot à mot. Une tricherie inacceptable.

Dutch parcourut la feuille d'un air distrait.

— N'exagérons rien. On reconnaît certes une inspiration qui rappelle celle de certains poètes romantiques...

— Inspiration! explosa Dolorès exaspérée par ce refus d'admettre la réalité. Mot à mot, oui! Seul le cerveau racorni d'un footballeur inculte est capable de produire une idée aussi idiote.

Dutch jeta la copie sur le bureau.

— Merci pour le compliment.

— Je ne parlais pas de vous mais de Moose.

— Laissez-moi tirer cette affaire au clair avec lui.

Il ne paraissait pas du tout se rendre compte de la gravité de la situation. Son calme contrastait avec l'agitation de Dolorès.

— Mais, Dutch, la cause est entendue. Il n'existe pas de sortie de secours. Lundi matin je remets les notes au doyen.

— Cela nous laisse deux jours. J'espère que vous n'avez parlé de ceci à personne.

Ce qu'il impliquait ainsi à demi-mot la révolta.

— Peu importe qui le sait et combien de temps il reste. Je ne donnerai pas une seconde chance à Moose. Si lui triche, pas moi.

Une telle résolution l'animait que Dutch comprit que rien ne la ferait fléchir.

Cela ressemble si peu à Moose de tricher. Il n'est peut-être pas une lumière, mais je le crois incapable de malhonnêteté.

— Allons donc ! En vérité vous cherchez une excuse qui lui permettrait de rester dans votre équipe.

Il ne tenta pas vraiment de la contredire.

— Figurez-vous que ce point-là revêt beaucoup d'importance pour pas mal de gens à Borden, excepté pour vous bien sûr !

Leur discussion prenait une vilaine tournure. L'attitude de Dutch la décevait. Dans une situation délicate, elle ne trouvait pas auprès de lui l'appui auquel elle s'attendait. Il ne se préoccupait que de lui et de son intérêt dans cette affaire, oublieux des difficultés dans lesquelles elle se débattait.

— D'abord, reprit Dutch, vous condamnez ce garçon sans preuves formelles. Je ne nie pas que les faits l'accusent. Reste encore à les confirmer.

Dolorès brandit la copie litigieuse sous son nez.

— Que vous faut-il de plus ! Sa tricherie s'inscrit là, dans chaque ligne, noir sur blanc !

Dutch se raidit. La colère céda la place à une froideur d'acier tranchant.

— Inutile de discuter puisque votre décision est arrêtée. Je comprends votre détermination. Vous tenez enfin votre revanche sur Moose.

— Comment osez-vous me prêter un pareil comportement ?

— Parce que vous cherchez en permanence à rétablir l'ordre et la justice que vous estimez bafoués. L'innocent traitement de faveur réservé à Moose vous horripile depuis le premier jour. Maintenant, vous remettez les choses en place. Vous vous croyez irréprochable et, à côté de vous et de la haute opinion que vous avez de vous-même, tous les autres sont suspects. Moi, je ne prétends pas être parfait, mais si quelqu'un me disait que vous aviez commis une malhonnêteté, instinctivement je le nierais. Je prendrais votre défense.

— Mais comment le nier ?

— Je ne vous en demande pas tant. Simplement de chercher à comprendre. De ne pas condamner s'il demeure le moindre espoir qu'il s'agisse d'un malentendu.

— Et que proposez-vous ?

— Vous remettez les copies au doyen lundi prochain, n'est-ce pas ? D'ici là, je tirerai l'affaire au clair avec Moose. S'il se révèle incapable de se justifier, tant pis. Vous lui mettrez un zéro.

— D'accord.

Dutch se leva. On se serait cru à la fin d'une consultation chez un médecin tant son ton était impersonnel.

— Pas plus que moi vous ne vous sentez d'humeur à faire la fête, je suppose ? Remettons notre soirée à plus tard, quand tout sera rentré dans l'ordre.

— Bien sûr.

Il se dirigea vers la porte.

— En tout cas, merci de m'avoir prévenu.

Dans quelques secondes, il franchirait le seuil de sa maison et sortirait définitivement de sa vie. Dolorès sentit une chape de glace lui tomber sur les épaules. Non ! Ce n'était pas possible. Elle ne pouvait pas le laisser partir ainsi.

— Je tenais beaucoup à vous en parler. Cela m'a soulagée.

L'appel au secours à peine voilé que contenaient ces paroles ne le toucha pas. Il tira la porte derrière lui sans ajouter un mot.

Dissimulée derrière les rideaux du salon, imperceptiblement écartés, elle regarda sa voiture disparaître.

Sa conscience ne la tourmentait pas. Son cœur la harcelait. En n'ayant rien à se reprocher, elle perdait tout. La justice se payait au prix de son bonheur.

Les conséquences de son intolérance ne lui apparaissaient que trop clairement. « Quand tout rentrerait dans l'ordre », avait dit Dutch. Cet ordre-là, fait de confiance, de tendresse, d'amour, l'intransigeance de ses paroles le balayait à jamais.

Qu'était-ce donc qui la portait à détruire ce à quoi elle tenait le plus ? Tout amour rencontre des obstacles sur sa route. Cette première épreuve aurait dû renforcer le sentiment qu'ils éprouvaient l'un pour l'autre. Au lieu de cela, les liens qui les unissaient se distendaient.

Sa première réaction qui avait été de prévenir Dutch semblait logique. A deux, on analyse mieux les problèmes. S'ils s'avèrent impossibles à résoudre, on s'épaule dans l'épreuve. Dutch arrivait prêt à l'aider. Et, dès qu'elle s'était retrouvée en sa présence, elle l'avait agressé, l'avait soupçonné de chercher à couvrir la faute de Moose. Sa vindicte s'était reportée de l'un sur l'autre. Il l'avait senti et s'en était offensé. Quoi de plus normal ? Elle aurait voulu que sa réaction face à cette tricherie témoigne de la même indignation que la sienne. Elle ne s'attendait pas à ce qu'il recherche une solution de compromis. Pour elle, la justice était sacrée. Certaines valeurs ne souffraient pas la moindre distorsion. Elles étaient les piliers de la morale qui régissait le monde. Et chaque fois qu'on les bafouait, elle estimait de son devoir de les défendre. Selon Dolorès Parker, l'univers était fondé sur la perfection, l'harmonie et la vertu. Imparfait, discordant ou dépravé, elle le rejetait.

Et voilà ! A force d'aspirer au plus haut, elle se retrouvait sans rien.

Quelle chute en l'espace d'une soirée ! Quelques heures plus tôt, elle attendait toute frémissante une demande de mariage. Pour l'occasion, elle avait mis sa robe favorite, en soie vert amande, elle avait glissé deux peignes d'écaille dans ses cheveux, dévoilant ainsi la ligne pure de son cou et avait légèrement rehaussé d'un soupçon d'ombre à paupières le bleu profond de ses yeux...

Une larme puis une autre lui brouillèrent la vue. Elle se prit la tête dans les mains, se laissa tomber sur le canapé et enfouit son visage parmi les coussins. On ne voyait plus que la masse désordonnée de sa crinière blonde. Les escarpins dorés gisaient à terre en désordre.

Jamais plus elle ne retournerait à la ferme...

Chapitre dix

Dès le lendemain matin, elle s'attaqua aux devoirs qu'il lui restait à corriger. La scène de la veille avec Dutch l'avait mise en retard. Elle avait été incapable de reprendre son travail après son départ. Malgré tous ses efforts pour le réprimer, son chagrin la submergeait et des crises de larmes venaient sans cesse interrompre sa tâche. A présent, si elle voulait respecter les délais, il fallait mettre les bouchées doubles. Pour rien au monde, même au fond du désespoir, Dolorès ne se pardonnerait d'être en retard.

La pile de copies entassées devant elle diminuait trop lentement à son gré. En dépit de ses efforts de concentration, son esprit vagabondait. Dehors, il faisait gris. Une légère brume s'accrochait aux branches dénudées des arbres. Le froid et l'humidité enveloppaient la maison. Où était Dutch en ce moment ? A la ferme ? Pour la première fois depuis longtemps, elle ne l'y accompagnait pas. Ses parents s'en étonneraient sûrement. Ils l'interrogeraient discrètement sur les raisons de cette absence. Que répondrait-il ? Que tout était fini entre eux ?

Vers deux heures de l'après-midi, elle s'accorda un entracte. Le restaurant était bondé. Les étudiants, qui constituaient la majeure partie de la clientèle, parlaient tous à la fois, s'interpellaient, éclataient de rire. Le vacarme n'était pas plus assourdissant que d'habitude et, pourtant, Dolorès ne le supporta pas. Leurs conversations animées, leur insouciance, l'exaspéraient. Comment pouvait-on se montrer aussi inconscient pour s'amuser de l'existence ? Elle se força malgré tout à avaler une entrecôte et un café et se dépêcha de partir.

Plus que dix copies... cinq... deux... Avec un soupir de soulagement, Dolorès prit la dernière. Une longue nouvelle. Trop longue à en juger par le nombre de feuillets. Et quelle écriture ! Elle fronça les sourcils. Ces grandes lettres distordues, mal assemblées, ne lui étaient pas inconnues. Vite elle se reporta au coin supérieur gauche, là où l'étudiant inscrivait son nom.

Mike Morrison ! Ecrit en toutes lettres. Une bouffée de chaleur colora son visage. Qu'est-ce que cela signifiait ? Sûrement une erreur. Il avait rendu un poème... copié.

En tout cas, cette fois-ci, Moose ne trichait pas. Dolorès parcourut fébrilement les pages manuscrites, puis relut l'ensemble attentivement. Il s'agissait incontestablement d'une création imaginaire non dénuée de réelles qualités d'émotion même si, parfois, des maladresses de style ralentissaient le récit. La nouvelle retraçait l'histoire d'un footballeur professionnel en proie à une affection musculaire qui le contraignait à renoncer au sport. Un peu mélodramatique sans doute, mais émouvant. Ce devoir méritait une note largement au-dessus de la moyenne, presque une mention bien.

Le pauvre Moose avait dû se donner un mal fou pour aboutir à un tel résultat. Et elle qui l'accusait de tricherie, le condamnait sans appel ! Dieu merci ! Tout s'arrangeait. Les choses rentraient dans l'ordre. Tant mieux pour tout le monde.

Restait à expliquer la présence du poème. Pourquoi diable l'avoir recopié et surtout pourquoi l'avoir remis avec les devoirs ? Debbie Reynolds, la petite amie de Moose n'y serait-elle pas pour quelque chose ? Très probablement. D'autant plus que, dans la pile de copies, le poème venait juste après son propre devoir.

Dolorès se précipita sur le téléphone. Dutch n'était pas chez lui. Elle composa le numéro de la ferme. Martha lui répondit.

— Dutch et son père aident un voisin à réparer son toit. Nous regrettons beaucoup que vous n'ayez pas pu vous libérer. Dutch dit que vous avez beaucoup de travail.

— Demandez-lui de me rappeler dès son retour. Ou de passer chez moi aussitôt que possible.

— Je n'y manquerai pas. Mais je ne compte pas sur eux avant l'heure du dîner.

— Merci. C'est vraiment très important.

Dolorès raccrocha et demeura assise à sa table de travail, le regard dans le vague, perdue dans ses pensées.

Les heures s'écoulèrent sans que la sonnerie du téléphone ne retentisse. Elle ne s'en inquiéta pas outre mesure. Sans doute préférait-il passer la voir ? Elle aussi. Une réconciliation se négocie plus aisément en tête à tête, par un baiser, qu'au bout du fil.

Vers huit heures, le téléphone se mit à sonner. C'était Dutch.

— Bonne nouvelle ! Moose a bel et bien remis un devoir. Et excellent de surcroît : il mérite quatorze sur vingt.

Son enthousiasme ne trouva aucun écho chez Dutch.

— Tant mieux. Je lui ai parlé et il jurait ses grands dieux ne rien comprendre à toute cette histoire.

— Le poème se trouvait sans doute parmi les devoirs par erreur. J'enquêterai demain.

— Excellente idée.

— Je regrette ma réaction impulsive. J'espère que vous ne m'en voulez pas trop.

— Bien sûr que non.

Son ton glacé démentait ses paroles. Un flot de reproches ou d'insultes même eût mieux valu que cette politesse creuse, indifférente.

— Tout est bien qui finit bien.

L'enjouement de Dolorès sonnait faux.

— Il faut que je vous quitte maintenant. Mes parents m'attendent pour dîner. Merci de votre appel.

— C'est la moindre des choses. A bientôt.

— Au revoir.

Elle n'entendit plus que la tonalité. Il avait raccroché. Bon ! Il n'avait pas digéré leur dispute. Il lui en voulait. Dans quelques jours, il aurait oublié. Elle s'était excusée platement et, si leur réconciliation l'exigeait, elle recommencerait. Avant la fin de la semaine, il débarquerait à l'improviste dans son bureau, comme par le passé. Cette perspective volontairement optimiste la rasséréna l'espace d'un instant. Mais, très vite, l'inquiétude reprit ses droits.

Le lendemain, lundi, elle rendit leurs devoirs à ses étudiants.

— Bravo, Moose, excellent travail.

Le compliment le laissa indifférent.

— Merci, grommela-t-il en récupérant sa copie.

A la fin de la classe, Debbie vint trouver Dolorès. Moose, le visage buté, la suivit de près.

— Je voulais vous expliquer pour le poème. Le micmac vient de moi. Je l'ai remis par erreur.

— Je m'en doutais. M. Kampen vous en a parlé n'est-ce pas, Moose ?

— Ouais...

Il évitait de regarder la jeune femme.

— Euh... Faut que je parte, mademoiselle Parker. A propos... les leçons particulières, ce n'est plus la peine. Je me débrouillerai tout seul. Bon ! Eh bien... c'est tout.

Debbie intervint vivement, cherchant à atténuer la portée des paroles de son ami.

— Je l'aiderai de mon mieux.

— Je n'en doute pas le moins du monde. Mais cela ne me dérange pas une minute de continuer les leçons.

— Le poème, celui d'Elizabeth Browning, est l'un de mes poèmes préférés. Je le récitais à Moose et ne parvenais pas à me souvenir de la dernière strophe, expliqua Debbie. Alors Moose l'a recopié à la bibliothèque pour moi. Il traînait parmi mes affaires et a dû se glisser parmi les feuillets de mon devoir.

Son récit paraissait vraisemblable. Recopier des poèmes ! Tout à fait le romantisme des amoureux de vingt ans !

— Bien sûr, la rassura Dolorès. Je soupçonnais une confusion de ce genre.

Moose n'ouvrait pas la bouche. Son pied droit allait et venait sur le parquet avec un bruit de frottement exaspérant. Dolorès se demanda ce que Dutch lui avait dit. Plus que le nécessaire probablement. Pour tous, il eût mieux valu que cette affaire reste entre eux.

Toute la journée Dolorès attendit la visite de Dutch. Dès qu'un bruit de pas résonnait dans le corridor, son cœur se mettait à battre la chamade. A plusieurs reprises, elle se rendit à la cafétéria avec le vain espoir de l'y trouver.

Lois Seaton l'accompagna au ciné-club après quoi Al Lexington les rejoignit au restaurant.

— Comment se passe la vente des billets pour la représentation d'*Œdipe roi* ? lui demanda Dolorès.

— Les étudiants se démènent activement. Bientôt, il ne restera plus une place de libre. Nous jouons toujours à guichets fermés. J'espère que vous avez déjà retenu la vôtre.

L'assurance d'Al la fit sourire. Décidément, il ne doutait de rien !

— Oui, depuis la semaine dernière.

Elle en avait même acheté deux, destinant la seconde à Dutch.

Lois Seaton la raccompagna chez elle en voiture.

— Al est furieux que la donation Morrison lui échappe. Il comptait dessus pour édifier une nouvelle salle de spectacles, expliqua Lois.

— Vraiment ? Vous croyez que c'est la raison pour laquelle il se proposait d'inscrire Moose dans son cours ?

Lois hocha la tête avec commisération.

— Quelle naïveté ! Evidemment !

— A mon avis cet argent financera la construction d'un nouveau gymnase.

— Faites confiance à Dutch Kampen pour pousser à la roue dans ce sens, approuva Lois.

Maintenant que Moose ne prenait plus de leçons avec elle, le mardi redevenait un jour calme. Dolorès en profita pour jeter un coup d'œil sur les copies de fin de trimestre des étudiants d'Al Lexington qui souhaitait connaître son avis. La médiocrité du niveau général la consterna. On aurait dit les rédactions bâclées de lycéens bien peu doués. Certains passages reproduisaient textuellement des paragraphes d'ouvrages de référence sur l'art dramatique. La perfection du style et la clarté des idées exprimées comparées à l'assemblage disparate qui les entourait prouvait la supercherie. Et cette lamentable moisson se paraît des notes les plus flatteuses! Le jugement de Dutch sur Al Lexington lui revint en mémoire.

En les rendant à son collègue, elle ne put s'empêcher de manifester sa perplexité devant tant de clémence.

— Je tiens surtout compte de l'effort fourni, expliqua Al.

— Où se situe l'effort pour ceux qui recopient purement et simplement des passages de livres?

— Dans le travail de documentation, du moment que l'extrait s'applique à la question traitée.

Evidemment, dans ce cas... Dolorès choisit de ne pas pousser plus loin la discussion. Son opinion était faite.

— J'espère que vous viendrez à notre petite fête, samedi, continua Al. Tous les professeurs y assisteront. J'ai invité Dutch Kampen mais je ne sais pas s'il daignera se déranger. Je crois que le théâtre ne le passionne pas.

Dolorès réserva sa réponse.

— Je vérifierai sur mon agenda si c'est possible.

L'invitation ne lui disait rien qui vaille. Tout dépendait de Dutch. Si, d'ici là, il ne donnait pas signe de vie, elle s'y rendrait dans l'espoir de lui parler.

Le lendemain et le surlendemain s'écoulèrent sans que rien ne survienne. N'y tenant plus, Dolorès se résolut à prendre les devants.

Le bâtiment des sports s'élevait à l'autre extrémité du campus. Elle le traversa à pas lents, se répétant mentalement les arguments qu'elle avancerait une fois en sa présence. Le bureau de l'entraîneur occupait une partie du rez-de-chaussée, juste à côté de la grande salle de gymnastique au parquet étincelant.

Par la porte entrouverte, elle aperçut Dutch, penché sur sa table, occupé à écrire.

La pièce ne payait pas de mine avec ses murs

peints en vert pâle jusqu'à mi-hauteur, puis en blanc. Un mobilier métallique dépareillé, tube chromé et plastique gris, s'éparpillait de droite et de gauche. Le classeur démantibulé livrait aux regards de tous ses dossiers en désordre.

Dolorès frappa timidement.

— Je peux entrer ?

Dutch leva la tête.

— Dolorès ! Prenez un fauteuil. Qu'est-ce qui vous amène aussi loin de vos bases ?

Toujours cette politesse exaspérante, digne d'un médecin ou d'un avocat en rendez-vous profession-nel ! La jeune femme décida de ne pas se laisser impressionner, de ne faire aucun reproche et de considérer toute l'affaire comme une plaisanterie.

— Je pensais que les dernières péripéties des aventures de l'élève Moose Morrison et de son devoir vous intéresseraient. Votre protégé destinait le poème à Debbie qui me l'a remis par erreur.

— Il me l'a dit.

— Vous a-t-il dit également que désormais je ne lui donnais plus de leçons particulières, que c'est Debbie qui s'en charge ?

— Oui. Je présume que cela vous arrange. En ce qui me concerne, voilà qui clôt cette histoire.

Il s'exprimait posément, froidement. Ni sa voix ni ses traits ne reflétaient la moindre émotion.

— Oui, Dieu merci ! approuva Dolorès.

Le ton de Dutch se fit brusquement plus incisif.

— Des excuses vous paraissent superflues ?

— Je vous ai déjà présenté mes excuses. Au cas où cela vous aurait échappé, je les réitère : veuillez me pardonner d'avoir tiré des conclusions trop hâtives.

— Il ne s'agit pas de moi mais de Moose.

— Pourquoi Moose ? Dois-je comprendre que vous lui avez tout répété ?

— Evidemment. Pour obtenir ses explications.

— Je ne l'ai jamais accusé personnellement de

quoi que ce soit et je comptais sur votre discrétion pour ne pas lui rapporter mes soupçons.

— Il accepte très mal votre manque de confiance. Un mot d'excuse me paraît la moindre des choses.

Dutch devenait de plus en plus abrupt. Elle regretta de s'être assise. Ce fauteuil défoncé la mettait dans une situation d'infériorité.

— Pourquoi ne pas avouer tout simplement que vous n'avez pas supporté l'idée que je puisse vous soupçonner de vouloir me faire couvrir une triche-rie ? Je me trompais. Je le regrette.

— Moi aussi, je me trompais à votre sujet.

Qu'entendait-il par cette phrase sibylline ? L'ir-ruption d'un étudiant l'empêcha de demander des explications. Dutch sortit dans le corridor pour parler à son visiteur.

Dolorès profita de son absence pour regarder autour d'elle. Un amoncellement de papiers recou-vrait la table dans le plus grand désordre. Des photos encadrées ornaient un pan de mur. Certaines un peu défraîchies dataient de l'époque où Dutch était étudiant. Des équipes de football, des remises de coupe, des instantanés de matchs. La jeune femme les parcourut d'un œil distrait. L'une d'elles arrêta son regard. Dolorès se leva pour l'examiner de plus près. C'était la photo de sa promotion : on la reconnaissait tout sourire, ravissante, au cinquième rang. Pourquoi figurait-elle dans ce bureau ?

La discussion entre Dutch et son interlocuteur s'éternisait. Peut-être faisait-il exprès de prolonger cet entretien pour ne pas avoir à poursuivre leur conversation. Dans ce cas, inutile de s'incruster. Dolorès ramassa son sac et sortit.

— Je vous laisse, Dutch. Au revoir.

Il ne chercha pas à la retenir.

— O.K. Merci de votre visite.

Le trajet de retour à travers le campus lui parut très long. A mi-chemin environ, elle croisa Moose

Morrison. Il ne manquait plus que cela ! Il marchait tête baissée, engoncé dans un caban, le col relevé pour se protéger du froid. Il fit mine de ne pas l'apercevoir.

— Moose !

Il ne put faire autrement que de s'arrêter.

— Désolé, mademoiselle Parker, mais je suis très en retard pour l'entraînement.

— Je ne vous retiendrai qu'une minute. Je tenais à vous expliquer pour cette affaire...

— Pas la peine, l'interrompit-il à peine poli.

Sa mauvaise volonté évidente ne désarçonna pas Dolorès.

— Qu'auriez-vous fait à ma place en tombant sur ce poème au beau milieu des copies ?

— J'aurais conclu à la même chose, admit-il.

— Je regrette de vous avoir soupçonné et j'espère que vous ne m'en gardez pas rancune.

Moose sembla s'amadouer. Il se balançait d'un pied sur l'autre, signe chez lui d'un profond embarras.

— Je comprends bien, mademoiselle Parker. N'en parlons plus.

— Alors, de nouveau amis ?

Moose serra la main qu'elle lui tendait. Un gentil sourire de petit garçon éclaira son visage.

— Bien sûr, mademoiselle Parker.

— Bon, eh bien, bonne chance avec le football, Moose.

Chacun repartit dans sa direction. Dolorès se sentait plus légère.

Le soir de la représentation théâtrale survint sans que Dutch ait donné de ses nouvelles. En désespoir de cause, la jeune femme demanda à Lois Seaton de l'accompagner.

A la fin du spectacle, les deux amies se rendirent à la réception que donnait Al Lexington en l'honneur de sa pièce. Quand elles arrivèrent, Al pérorait au milieu de son habituel cercle d'admiratrices. Il les aperçut tout de suite et se précipita vers elles. Lois réussit habilement à leur fausser compagnie et Dolorès dut subir seule le récit circonstancié de son triomphe et l'énumération de ses mérites.

Elle l'écouta stoïque, indifférente. Que lui importait d'être ici ou ailleurs, avec Lexington ou un autre ? Elle ne participait pas à la conversation, se contentant de sourire en silence, le plus aimablement possible. L'esprit vide, elle laissait son regard errer à travers la pièce.

Un cri manqua lui échapper. Elle venait d'entrevoir Dutch, négligemment adossé à la porte d'entrée. L'espace d'une seconde leurs yeux se croisèrent. Puis Dutch tourna les talons et s'en fut.

Bouleversée, Dolorès hésita un instant puis, comme malgré elle, elle se précipita sur ses traces. Lorsqu'elle arriva au rez-de-chaussée, l'entraîneur était déjà au volant de sa Buick. Il démarra dans un crissement de pneus et s'enfonça dans la nuit.

Chapitre onze

Le lendemain de cette mémorable et sinistre soirée, Dolorès se réveilla fort tard, juste avant onze heures. Elle avait la tête lourde et se sentait plus fatiguée encore qu'en se couchant. Une longue promenade la remettrait d'aplomb, songea-t-elle. Hélas! Le temps gris et pluvieux qu'elle découvrit en tirant ses rideaux l'en dissuada bien vite.

Elle prit un bain chaud, se lava les cheveux, se peignit les ongles en rouge, mais cela ne suffit pas à remplir la matinée.

Frileusement enveloppée de sa robe de chambre, Dolorès allait du canapé au fauteuil et du fauteuil au canapé, désœuvrée, nerveuse, incapable de fixer son attention sur quoi que ce soit.

Que lui arrivait-il? Jamais elle ne s'était sentie aussi désemparée. Elle chercha en vain la cause de son malaise : était-ce le surmenage? le gâteau mangé hier soir?

Elle envisagea toutes les raisons possibles sauf une, enfouie dans un coin de son cerveau et systématiquement rejetée.

Dans un sursaut de volonté, Dolorès sortit livres et dossiers de son attaché-case et attaqua la préparation des cours de la semaine à venir. Le roman psychologique au dix-huitième siècle, sujet inscrit au programme, lui était complètement indifférent.

Les idées s'enfuyaient, ses raisonnements s'envolaient à peine formés. Elle avait beau mâchonner l'extrémité de son stylo, rien ne venait. Malgré elle, en pensée, elle se retrouvait là-bas, à la ferme. Dutch y passait certainement la journée. La saison des pommes était terminée. Leur pommier, dépouillé de son feuillage, ne portait plus aucun fruit. Dans huit mois, il s'en couvrirait à nouveau, rouges et jaunes, lustrées, charnues. Mais plus jamais elle ne goûterait leur saveur parfumée...

La sonnerie du téléphone la ramena à la réalité.

— Allô ?

— Hello, Dolorès. C'est Lois.

Le fol espoir qui, un instant, lui avait fait battre le cœur se dissipa. Son amie l'invita à dîner. Au moins, pendant ce temps-là, ses sombres pensées lui accorderaient un répit. Elle ne se montra pas une convive très distrayante. Lois profita de son mutisme pour déballer sa vie avec force détails.

Le lendemain, il fallut reprendre le collier. Ses étudiants semblaient avoir du mal à appréhender les subtilités du roman psychologique. A la fin du cours, Moose et Debbie vinrent la trouver.

— Je ne comprends pas bien ce que vous entendez par écriture non figurative, dit Moose. Pourriez-vous me l'expliquer plus en détail ?

— Pas maintenant, un autre cours m'attend. Passez à mon bureau plus tard.

Moose, la mine très sérieuse, consulta son emploi du temps.

— Quatre heures vous conviendrait ?

— Parfait.

— Pourquoi ne nous retrouverions-nous pas chez Mac, le café ? C'est près de chez vous et pas trop loin du stade où je me rendrai ensuite pour l'entraînement. Cela me donnera l'occasion de vous offrir un verre, ajouta-t-il timidement.

— Excellente idée. Soyez à l'heure !

— Comptez sur moi, mademoiselle Parker.

La suggestion de Moose la réconforta quelque peu. En voilà au moins un avec lequel les choses s'arrangeaient. Au fond, c'était un gentil garçon. Juste un peu maladroit et plus intelligent qu'on ne l'estimait au premier abord. Décidément, ces footballeurs cachaient bien leur jeu.

De temps à autre, Dolorès rejoignait ses étudiants au café. Ce contexte favorisait des rapports moins cérémonieux.

Dolorès arriva la première, un peu en avance. Cela lui laissait le choix de la table. Elle s'assit près de la grande baie vitrée, au fond de la salle. A sa grande surprise Moose vint seul, sans Debbie.

— Hello, Moose ! Debbie nous laisse tomber ?

— Elle a un cours de psycho à quatre heures et demie.

La jeune femme commanda un café et Moose, deux milk-shakes, d'emblée.

Ensemble, ils reprirent le cours. Moose posait des questions sans vraiment écouter les réponses. Toutes les cinq minutes, il se tournait vers la porte d'entrée. Le plus étonnant venait de ce que, malgré cela, il semblait maîtriser parfaitement les subtilités de l'écriture non figurative. A croire qu'il ne s'agissait là que d'un prétexte pour se trouver seul en sa compagnie.

— A part ce point précis, pas d'autre problème, Moose ? demanda-t-elle.

— Euh... non. Savez-vous que la donation de mon père servira à la construction d'un nouveau gymnase ?

— Vous me l'apprenez. Ce choix me paraît tout à fait justifié.

— Lexington a fait des pieds et des mains pour que l'argent aille à une salle de spectacles. Il cherchait à influencer mon père par mon intermédiaire. Pour ce faire, il a essayé d'utiliser Debbie pour me manœuvrer. Mais elle n'a pas marché. Le bel Al doit tirer une de ces têtes! Vous vous entendez particulièrement bien avec lui, n'est-ce pas?

La brutalité indiscrète de la question la surprit. Elle répondit du ton le plus sec possible.

— Pas plus qu'avec mes autres collègues.

La conversation prenait une tournure qui lui déplaisait. Elle n'était pas là pour discuter de sa vie sentimentale!

— Bon! Il est temps que je rentre chez moi et que vous vous rendiez à votre séance d'entraînement, conclut Dolorès en terminant son café.

Moose se retourna carrément sur sa chaise. Là-bas, à l'autre extrémité du bar, une silhouette familière se dessina.

Dutch! Moose le héla.

— Il vient toujours ici avaler une bière avant l'entraînement, expliqua Moose. Ne vous inquiétez pas. Hier, je lui ai sorti ses quatre vérités quant à son comportement envers vous. Avec nous aussi, il est imbuvable depuis plusieurs jours. Je ne sais pas ce que vous lui avez fait mais il n'est pas à prendre avec des pincettes.

De quoi se mêlait-il! Cette initiative absurde et ridicule l'irritait au plus haut point. Un instant, elle envisagea de partir. Cette fuite ne rimerait à rien. Puisque la situation l'exigeait, autant faire face.

La première réaction de Dutch ressembla fort à la sienne. Il semblait tout aussi surpris. Sans se presser, il s'approcha de leur table. Pas le moindre sourire n'éclairait son visage fermé. Moose se leva pour l'accueillir.

— Une nouvelle tactique de jeu de mon cru, plaisanta-t-il. J'espère que vous l'approuvez.

Sur ce, il s'éclipsa sans demander son reste.

Dutch portait un blouson de daim sur un tricot bordeaux à col roulé. Ses mains s'enfonçaient profondément dans les poches de son pantalon en velours côtelé.

— Comme vous le constatez, mon capitaine se révèle un stratège plein de finesse.

Il s'exprimait d'une voix grinçante, visiblement furieux d'être tombé dans le piège.

— Le pauvre garçon croyait sans doute bien faire. N'imaginez surtout pas que ma surprise soit moindre que la vôtre.

Dutch haussa les épaules. Il tira une chaise et s'assit.

— Je ne vous soupçonne pas une minute.

— Moose m'apprend que la donation ira à un nouveau gymnase. Félicitations.

— Merci.

A ce rythme-là, l'entrevue tournerait court rapidement.

— Je vous ai aperçu l'autre soir à la réception qui a suivi la représentation théâtrale, enchaîna Dolorès.

— Moi aussi, en compagnie d'Al Lexington.

— On lui échappe difficilement. Je suis arrivée et repartie avec Lois Seaton.

— Vous voudriez me faire croire qu'il n'existe aucun lien entre Lexington et vous ?

— Décidément, cela se transforme en manie !

— J'ai l'impression que, chaque fois que je vous vois, ce type surgit à vos côtés comme un ange gardien.

A cette seule évocation, la froideur qu'affectait Dutch depuis le début se transforma en colère. Il avala sa bière d'un trait comme pour se calmer.

— Mener une double vie ne me tente aucunement. Entretenir le genre de rapports que vous évoquez avec Al, derrière votre dos, me ressemble très peu.

— Bien sûr, admit Dutch, battant en retraite. Je

voulais dire : depuis que nous ne sortons plus ensemble.

La tasse dans les doigts de Dolorès trembla dangereusement. Elle la posa précipitamment sur la soucoupe. Ainsi, comme il le constatait froidement, c'en était fini de leur amour. Il appartenait au passé. Pour Dutch, tout au moins, car il brûlait encore dans son cœur à elle. Rien ne parviendrait à l'éteindre. Beaucoup de tristesse et un immense découragement l'envahirent soudain. Pauvre Moose, qui imaginait pouvoir recoller les morceaux cassés ! Il survenait après la bataille.

Dutch jeta un billet de cinq dollars sur la table.

— Il faut que je vous laisse. L'entraînement débute dans dix minutes et je suis à pied. Ma voiture est en panne.

— Je vous dépose.

L'offre de Dolorès ne cachait aucun stratagème. Elle représentait tout au plus un pathétique subterfuge pour reculer de quelques minutes le moment de l'inexorable séparation.

Dutch n'accepta ni ne refusa sa proposition. Sans un mot, il la suivit jusqu'au parking. Il fit le tour de la voiture et lui ouvrit galamment la portière tandis qu'elle s'installait au volant, puis il prit place à ses côtés.

La jeune femme fixa toute son attention sur la circulation, assez dense à cette heure de la journée. Elle sentait sur elle le regard de son compagnon. Ce qui l'intimidait. Une voiture les dépassa en klaxonnant furieusement.

— J'ai réagi un peu stupidement à propos de Moose. J'en suis désolé, Dol.

Dol ! Il l'appelait Dol ! Depuis plus d'une semaine il n'avait pas utilisé ce diminutif.

— Moi aussi, répondit-elle dans un murmure.

— Je crois que tous les deux nous nous sommes

laissé emporter beaucoup plus loin que nous ne le souhaitions.

— Quand on réfléchit au point de départ de cette affaire, il paraît invraisemblable qu'elle ait dégénéré à ce point, admit Dolorès.

Ses mains se crispaient sur le volant. Elle n'osait plus détacher les yeux de la route qui défilait à toute allure.

— Je n'ai pas supporté l'idée que vous me soupçonniez de vous demander de couvrir Moose, reprit Dutch. Pour nous autres, sportifs, la tricherie est la plus impardonnable des fautes. De plus, je savais que, dans votre bouche, une pareille accusation équivalait à la plus sévère des condamnations.

— En l'occurrence, c'est plutôt moi qui mérite d'être punie... pour intransigeance.

Dutch parut se détendre un peu comme si de parler du conflit qui les avait dressés l'un contre l'autre le soulageait.

— Votre confiance en Moose ou en moi-même est plutôt limitée, en effet.

— Nous avons reparlé de tout cela avec Moose. Il comprend parfaitement ma première réaction.

— Ah !

De toute évidence, il espérait apprendre qu'elle s'était excusée sans pourtant oser le demander.

— Je lui ai même présenté mes excuses.

— Pourquoi continuons-nous à épiloguer sur cette affaire ? Elle est terminée. Oublions-la.

La voiture s'immobilisa devant le stade. Le moteur tournait toujours.

— Nous y voici, dans les délais, annonça Dolorès.

Dutch ouvrit la portière et descendit.

La gorge de la jeune femme se noua. Ses lèvres se mirent à trembler. De peur de se donner en spectacle, elle ne leva pas les yeux sur lui. Elle ne souhaitait plus qu'une chose : repartir le plus vite possible.

Dutch se pencha à la portière encore ouverte.

— Merci pour la promenade. Si votre soirée est libre, je crois me souvenir que nous avons un dîner à rattraper.

Il n'attendit pas sa réponse et précisa :

— Huit heures et demie chez vous.

Dolorès se borna à hocher la tête en souriant faiblement. Elle ne savait pas quoi dire et, de toute façon, son émotion la rendait incapable de prononcer une parole.

La portière claqua. Dutch, se ravisant, lui fit signe de baisser la vitre.

— Disons, huit heures. Inutile de perdre du temps.

Dolorès démarra très lentement. Tout s'embrouillait dans son cerveau. L'envie la prenait de foncer à deux cents kilomètres-heure. Elle roula jusqu'à la maison à une allure d'escargot.

Dans trois heures, il arriverait... Dans deux heures et cinquante-neuf minutes, il sonnerait à la porte... Dans deux heures... Non ! Elle ne pouvait demeurer plantée là, à suivre la course des aiguilles de sa montre, à compter les minutes qui la séparaient encore de leurs retrouvailles. Elle se secoua. D'abord, pas question d'aller au restaurant ce soir. Pas de témoins, leur heure viendrait plus tard. Juste eux deux, ici, chez elle, au coin du feu. Après l'entraînement intensif qu'il imposait à ses élèves et à lui-même, Dutch serait affamé. Il fallait prévoir un dîner copieux. Dolorès établit l'inventaire de son frigidaire. Comme elle n'avait pas le temps de courir au supermarché, elle devrait se débrouiller avec les moyens du bord ! Heureusement, il restait du poulet froid en quantité suffisante, de la salade et des œufs pour une omelette. En guise de dessert, elle se lança dans la confection d'un gâteau au chocolat dont la recette lui venait de sa grand-mère. Craignant la comparaison avec Martha, excellente maîtresse de maison, la jeune femme tenait à apporter la preuve de sa capacité à bien s'occuper de son intérieur.

Le gâteau enfourné, il lui restait juste une heure pour se consacrer à sa toilette. Le bain bouillant, parfumé à l'huile d'aloès, dans lequel elle se plongea, la détendit au point qu'elle manqua s'y endormir.

Dans son placard patientait une robe, encore enveloppée de sa housse. Depuis plus d'un mois elle attendait que vienne son heure. C'était plus une parure qu'un vêtement et Dolorès l'avait achetée sur un coup de tête, irrésistiblement séduite. Le taffetas de soie rouge contrastait avec la blondeur de ses cheveux. Les manches chauve-souris, la large jupe froncée, serrée à la taille par une ceinture de même tissu dont les pans retombaient librement sur le devant, lui conféraient une légèreté aérienne.

Dutch arriva avec trois minutes d'avance.

Pour la première fois, elle le découvrit en costume sombre.

— Je m'étais mis sur mon trente et un avec l'intention de vous emmener dans un restaurant chic, expliqua-t-il. Mais, si vous êtes d'accord, je préférerais rester ici, au coin du feu, sans veste, ni cravate.

Sans attendre sa réponse, il se dépouilla de l'une et l'autre.

— Je vous préfère ainsi, approuva Dolorès. Tel que je vous ai toujours connu.

Dutch engloutit l'omelette, avala le poulet, savoura le gâteau au chocolat. Assis côte à côte, ils contemplèrent le feu.

— Vous souvenez-vous de cette fête de Noël que nous préparions ensemble à l'époque du lycée, Dol ? Quel âge aviez-vous alors ?

282

— Quatorze ans. Et vous, dix-huit. Vous m'intimidiez beaucoup.

Tout naturellement leurs mains se rejoignirent.

— L'heure de votre revanche a sonné plus tard, ici, à Borden.

— Pas du tout, protesta Dolorès. Un capitaine d'équipe de football impressionne toutes les filles.

— Sauf une.

— Qu'en savez-vous ? Peut-être s'efforçait-elle simplement de dissimuler ce qu'elle ressentait ?

D'un baiser Dutch caressa le fin réseau de veines bleues sur le poignet de Dolorès.

— Félicitations pour cette victoire, en tout cas. La plus brillante des étudiantes de Borden avait réussi à m'ôter tous mes moyens.

— Sauf en certaines circonstances.

Un même sourire complice les unit. Ils revivaient cette soirée, des années auparavant, où, pour la première fois, le sentiment qui les attirait l'un vers l'autre avait révélé sa véritable nature.

— J'en garde un souvenir cuisant.

Dutch mima une grimace de douleur en effleurant sa joue.

— Vous le méritiez, protesta Dolorès, implorant son pardon en déposant un baiser sur la blessure imaginaire.

— Plus jamais je n'oserai vous insulter de pareille façon.

— Et si vous ne risquiez plus rien ?

— Dans ce cas...

Il recueillit le visage de la jeune femme entre ses mains. Le temps sembla suspendre son vol.

— Ne nous perdons plus jamais, Dol. Restons ensemble pour fonder une famille, élever nos enfants.

Ces quelques paroles la comblèrent de bonheur. L'homme qu'elle aimait lui offrait son amour. Dolorès lui tendit ses lèvres pour sceller à jamais ce pacte merveilleux.

Ce livre de la *Série Romance* vous a plu. Découvrez les autres séries Duo qui vous enchanteront.

Désir, la série haute passion, vous propose l'histoire d'une rencontre extraordinaire entre deux êtres brûlants d'amour et de sensualité.
Désir vous fait vivre l'inoubliable.

Série Désir : 6 nouveaux titres par mois.

Harmonie vous entraîne dans les tourbillons d'une aventure pleine de péripéties.
Harmonie, ce sont 224 pages de surprises et d'amour, pour faire durer votre plaisir.

Série Harmonie : 4 nouveaux titres par mois.

Amour vous raconte le destin de couples exceptionnels, unis par un amour profond et déchirés par de soudaines tempêtes.
Amour vous passionnera, *Amour* vous étonnera.

Série Amour : 4 nouveaux titres par mois.

Coup de foudre, une série pleine d'action, d'émotion et de sensualité, vous fera vivre les plus étonnantes surprises de l'amour.

Série Coup de foudre : 4 nouveaux titres par mois.

Série Romance : 4 nouveaux titres par mois.

Achevé d'imprimer sur les presses de l'Imprimerie Bussière
à Saint-Amand-Montrond (Cher)
le 24 mai 1985. ISBN : 2-277-80257-3. ISSN : 0290-5272
N° 541. Dépôt légal : mai 1985. Imprimé en France

Collections Duo
27, rue Cassette   75006 Paris
diffusion France et étranger : Flammarion